Also by May McGold
& Nik Ja

NOVELS BY MAY McGOLDRICK

16th Century Highlander Novels

A Midsummer Wedding *(novella)*

The Thistle and the Rose

Macpherson Brothers Trilogy

Angel of Skye (Book 1)

Heart of Gold (Book 2)

Beauty of the Mist (Book 3)

Macpherson Trilogy (Box Set)

The Intended

Flame

Tess and the Highlander

Highland Treasure Trilogy

The Dreamer (Book 1)

The Enchantress (Book 2)

The Firebrand (Book 3)

Highland Treasure Trilogy Box Set

Scottish Relic Trilogy

Much Ado About Highlanders (Book 1)

Taming the Highlander (Book 2)

Tempest in the Highlands (Book 3)

Scottish Relic Trilogy Box Set

Love and Mayhem

18th Century Novels

Secret Vows

The Promise (Pennington Family)

The Rebel

Secret Vows Box Set

Scottish Dream Trilogy (Pennington Family)

Borrowed Dreams (Book 1)

Captured Dreams (Book 2)

Dreams of Destiny (Book 3)

Scottish Dream Trilogy Box Set

Regency and 19th Century Novels

Pennington Regency-Era Series

Romancing the Scot

It Happened in the Highlands

Sweet Home Highland Christmas *(novella)*

Sleepless in Scotland

Dearest Millie *(novella)*

How to Ditch a Duke *(novella)*

A Prince in the Pantry *(novella)*

Royal Highlander Series

Highland Crown

Highland Jewel

Highland Sword

Ghost of the Thames

Contemporary Romance & Fantasy

Jane Austen CANNOT Marry

Erase Me

Tropical Kiss

Aquarian

Thanksgiving in Connecticut

Made in Heaven

NONFICTION

Marriage of Minds: Collaborative Writing

Step Write Up: Writing Exercises for 21st Century

NOVELS BY JAN COFFEY

Romantic Suspense & Mystery

Trust Me Once

Twice Burned

Triple Threat

Fourth Victim

Five in a Row

Silent Waters

Cross Wired

The Janus Effect

The Puppet Master

Blind Eye

Road Kill

Mercy (novella)

When the Mirror Cracks

Omid's Shadow

Erase Me

NOVELS BY NIK JAMES

Caleb Marlowe Westerns

High Country Justice

Bullets and Silver

The Winter Road

Silver Trail Christmas

REGENCY NOVELLA COLLECTION

Regency Novellensammlung

May McGoldrick

Book Duo Creative

Urheberrecht

Danke, dass Sie sich für dieses Buch entschieden haben. Falls Ihnen dieses Buch gefallen hat, würden wir uns freuen, wenn Sie es weiterempfehlen und eine Rezension hinterlassen. Sie können sich gerne mit dem Autor in Verbindung setzen.

ENJOY!

Nikoo & Jim

May/Jan C

Dearest Millie

Liebste Millie

An alle, die die Schlacht geschlagen haben,
an alle, die weiter kämpfen,
und an die Familien und Freunde, die sie unterstützen.

Chapter One

Die Abtei
Western Aberdeen
Das Schottische Highlands

LIEBSTE MILLIE,

Ich sollte arbeiten, aber die goldene Sonne geht im Südwesten unter und taucht mein Arbeitszimmer in ein magisches Licht. In den Gärten unter dem Fenster höre ich, wie meine Patienten zum Abendessen hereingebracht werden. Ich lasse meinen Blick über die Unordnung in diesem Büro schweifen und denke zum tausendsten Mal: *Ich sollte hier für mehr Ordnung sorgen. Millie würde das nicht gutheißen.*

Meine Gedanken schweifen nur selten von dir ab, meine Liebe. Jede Erinnerung an dich ist so strahlend wie diese untergehende Sommersonne. Und wie diese Himmelskugel taucht auch meine lebendige Erinnerung an unsere gemeinsame Zeit nur für wenige Augenblicke unter den Sommerhorizont, bevor sie wieder auftaucht und meinen Tag erhellt.

Ein unglückliches Liebespaar! Ich höre diesen Begriff oft, aber er trifft nicht auf uns zu. Wenn das Schicksal in unserer

Geschichte eine Rolle gespielt hat, liebste Millie, dann hat es am Ende eine wohlwollende Rolle gespielt. Unsere Einführung war nicht einfach, um sicher zu sein. Der Zufall schien sich tatsächlich einzumischen. All diese vereitelten Gelegenheiten, sich zu treffen... Das erste Mal, als Sie die Abtei besuchten, war ich geschäftlich in Aberdeen. Sie waren auf der Durchreise, um Ihre Schwester und ihren neuen Mann, meinen anspruchsvollen Partner Wynne Melfort, zu besuchen. Als ich zurückkam, fand ich mein Büro völlig umgestaltet vor. Bücher und Zeitschriften waren in Regale und Bücherschränke eingeräumt worden. Die Akten waren in Kartons verpackt und alphabetisch nach Fällen geordnet. Die Böden waren komplett gereinigt und meine Teppiche ausgeschüttelt. Und mein Schreibtisch - da sind Sie *zu* weit gegangen, Mylady - aufgeräumt und sauber, Stifte und Tintenfässer aufgereiht wie Soldaten bei einer Parade. Und ein frisches Löschblatt! Jede Oberfläche glänzte. Unerhörte Taten!

Ich muss zugeben, ich wusste nicht, dass das Holz meines Schreibtisches so schöne Maserungen hat.

Du bist jedoch meinem Zorn entgangen und hast deine Reise nach Norden fortgesetzt, als ich zurückkam.

Danach sehnte ich mich nach einer Gelegenheit, die vielbeschworene und doch geheimnisvoll verführerische Schwägerin meines Partners kennenzulernen, die Frau, die mein Büro organisierte. Als ich im Herbst nach Edinburgh reiste, um mich mit alten Kollegen an der medizinischen Hochschule zu treffen, habe ich dich knapp verpasst. Du warst in Hertfordshire bei deinen Eltern, feiges Mädchen, das du bist. Deine Schwester Lady Phoebe war zufällig im Haus deiner Familie in der Heriot Row. Ich muss sagen, dass sie mir mit Vergnügen dabei half, Ihre Zimmer neu einzurichten und jedes Buch in Ihrer persönlichen Bibliothek auf den Kopf zu stellen.

Zu meinem Entsetzen musste ich bald feststellen, dass man den Frauen in Pennington nicht trauen kann. Sie wurden über meine Bemühungen, Ihr Leben zu stören, ordnungsgemäß informiert. Als ich im darauffolgenden Frühjahr von einem kurzen

Aufenthalt in Aberdeen zurückkehrte - wohin ich gegangen war, um einen neuen Arzt zu engagieren, der mir hier im Krankenhaus assistieren sollte -, stellte ich fest, dass Sie wieder wie ein Dieb in der Nacht gekommen und gegangen waren. Sie können sich meine Überraschung vorstellen, als ich feststellte, dass der Eingang zu meinem Büro gestohlen worden war. An der Stelle, an der sich einst die Tür befunden hatte, fand ich eine Reihe von Bücherregalen, die früher die Wände meines Arbeitsplatzes gesäumt hatten. Und merkwürdigerweise waren alle Bücher nach Autoren geordnet, ein Organisationskonzept, das ich zugegebenermaßen nie in Betracht gezogen hatte. Ich wusste sofort, wer der Dieb in meinem Büro war.

Dann war endlich der Moment gekommen, als ich eine Einladung zum Sommerball in Baronsford erhielt. Diese Gelegenheit wollte ich mir nicht noch einmal entgehen lassen, denn Sie würden dort sein. Wie seltsam das Schicksal doch spielt, dass wir uns - wenn auch ohne Vorstellung - nur wenige Tage vorher über den Weg laufen sollten...

Chapter Two

Edinburgh, Schottland
Juni 1819

DIE WÄNDE DES STILLEN, düsteren Foyers, in dem Millie Pennington wie betäubt und erstarrt stand, waren nicht von Gräbern gesäumt. Dies war keine uralte Krypta, in der das Bildnis eines Kreuzritters und seiner Dame auf einer Steinplatte lag und für alle Ewigkeit in die Schatten eines Gewölbes starrte. Doch als sich die Tür zum Sprechzimmer des Arztes hinter ihr schloss, fühlte sich Millie wie eingeschlossen, gefangen in einer Ewigkeit der gedämpften Trostlosigkeit, abgeschnitten von der Welt des Lichts und der Luft.

Sie wandte den Kopf, als sie irgendwo in der großen Stadt das leise Läuten einer Totenglocke vernahm. Die dunklen Mauern schwankten um sie herum, bewegten sich nach innen und näherten sich bedrohlich. Das ferne Läuten verstummte, und ihr flacher Atem war wieder das einzige Geräusch. Das kleine fächerförmige Fenster über der Tür zur Straße ließ ein bräunliches Licht durch das rußverschmierte Glas. Bisher hatte sie ihre Gefühle im Zaum halten können, aber jetzt spürte sie, wie ihr Inneres implodierte. Dann kamen die Tränen, bedeckten ihre Wangen und tropften von ihrem Kinn wie Eis, das auftaut und von einem Schieferdach tropft.

Vor nicht allzu langer Zeit war ihr Leben noch in perfekter Ordnung gewesen, genau so, wie sie es sich gewünscht hatte. Sie war sechsundzwanzig Jahre alt und die jüngste Tochter des Grafen und der Gräfin von Aytoun. Sie hatte vier liebevolle Geschwister, alle verheiratet und mit Kindern, und ein weiteres Baby war unterwegs. Millie war ein Wesen der Ordnung und der Effizienz, der Pläne, des Durchdenkens jedes Schrittes, den sie in den kommenden Tagen, Monaten und Jahren tun sollte. Finanziell abgesichert, würde sie gerne heiraten, wenn der richtige Mann käme, aber sie konnte sich auch vorstellen, bequem älter zu werden und sich um ihre alternden Eltern zu kümmern. Sie wäre die ideale, vernarrte Tante für eine Generation von Nichten und Neffen.

Wie schnell die Träume zerplatzen! Das Schicksal hatte so eine unermessliche Macht! Es konnte einen in einem Augenblick von einem Abgrund in einen bodenlosen Abgrund schleudern.

Der muffige Geruch des Foyers drohte sie zu ersticken. Millie konnte nicht mehr atmen. Sie musste raus.

Sie schob sich aus der Tür und stolperte die Treppe hinunter. Die kopfsteingepflasterte Gasse war glitschig vom jüngsten Regen, und die rauchige Luft von Edinburgh bot wenig Erleichterung. Der beißende Gestank von tausend Kohlefeuern stach ihr in Nase und Lunge, aber ihre Gedanken waren ganz woanders, bei den unzähligen Gesichtern, die Antworten verlangten.

Millie war eine hingebungsvolle Tochter, die sympathischste aller ihrer Brüder und Schwestern. Sie war eine selbstlose und großzügige Freundin. Sie hatte einen Lebensweg eingeschlagen, der von Mitgefühl und Freundlichkeit geprägt war. Sie hatte ihn mit gutem Gewissen beschritten.

Trotzdem.

Sie ging ein paar Schritte vorwärts, gefühllos und ohne darauf zu achten, wohin ihre Füße sie trugen. Verschwommene graue und braune Ziegelsteine bedrängten sie auf beiden Seiten.

Warum ich?

Millies Knie wackelten, als sie von Ohnmacht übermannt wurde. Sie schwankte und fiel gegen eine Wand. Dort lehnte sie sich an, hielt sich ein Taschentuch vor das Gesicht und versuchte, Luft in ihre Lungen zu bekommen. *Opium, Arsen, Salbe, Balsam. Gebete. Viele, viele Gebete.* Irgendwann während der Konsultation heute hatte sie aufgehört, die Vorschläge zu hören.

Frische Tränen kullerten über ihre Wangen. Sie konnte es niemandem sagen. Sie konnte es ihrer Familie nicht sagen. Nicht einmal Phoebe. Mit zwei Jahren Altersunterschied waren die Schwestern am nächsten dran. Sie waren die besten Freundinnen, Vertraute. Aber Phoebe sollte nächsten Monat ein Kind bekommen. Millie würde ihrer Schwester niemals das Glück verderben, indem sie ihr die Neuigkeiten mitteilte. Was sie heute erfahren hatte, musste ihr eigenes Kreuz sein.

Millie stieß sich von der Mauer ab. Am Ende der Gasse befand sich Cowgate, und die Durchgangsstraße war ein Wirrwarr aus Fußgängern und Verkäufern, Karren und Kutschen. Als sie sich darauf zubewegte, führte eine schmale Seitengasse zu ihrer Linken in eine düstere Enge. Zwei zerlumpte Kinder standen mit großen Augen da und beobachteten sie, direkt neben einem Haufen Müll.

Sie winkte ihnen zu, und sie kamen vorsichtig näher. Als sie ihnen ihr Portemonnaie in die Hand drückte, starrten sie sie an, misstrauisch gegenüber solch unbekannter Großzügigkeit. Das jüngere Mädchen versuchte, ihr die Geldscheine zurückzugeben.

"Du kannst es mit mir teilen. Alles davon. Geh. *Geh*", drängte sie. Die beiden rannten los und verschwanden in der düsteren Nähe.

"Ich werde es nicht brauchen. Nicht heute." Ihre Stimme zitterte, ihre Sicht war getrübt. "Nicht morgen. Niemals."

Sie hat mit niemandem gesprochen. Sie waren weg.

Immer noch in die Richtung blickend, in die sie gegangen waren, wandte sich Millie um, um die Gasse wieder hinunterzugehen, und stieß sofort mit einem Mann zusammen, der zügig von Cowgate heraufkam.

. . .

Dermot McKendry war wie immer spät dran, aber der Anblick einer Frau, die ihr Fadenkreuz in die ausgestreckten Hände eines Straßenjungen leert, erregte sofort seine Aufmerksamkeit. Er war in Gedanken bei einem Treffen mit einem früheren medizinischen Kollegen, einem Anatomen, der mit dem Chirurgenhaus verbunden war, das nicht weit von hier entfernt lag. Der Mann unterhielt Sprechzimmer in dem Gebäude am Ende der Gasse und hatte kürzlich eine Abhandlung über unberechenbares Verhalten nach traumatischen Kopfverletzungen veröffentlicht. Dermot hatte in den Hügeln westlich von Aberdeen das Abbey Hospital gegründet, eine zugelassene private Anstalt für Menschen, die an psychischen Störungen infolge von Verletzungen oder Krankheiten litten, speziell für die Behandlung solcher Patienten, und er war gespannt auf die neuesten Beobachtungen seines Freundes.

Die Frau sah ihn nicht, bevor sie zusammenstießen, und Dermot streckte die Hand aus, um sie zu beruhigen. Sie war mittelgroß, jung, soweit er das beurteilen konnte. Die Worte der Entschuldigung, die sich auf seinen Lippen bildeten, waren in dem Moment vergessen, als sein Blick auf ihr verzweifeltes Gesicht fiel. Als sie wieder auf die Beine kam, sank ihr Kinn auf die Brust, und die Haube versperrte ihm den Blick auf ihr blasses Gesicht. Aber nicht bevor er die Tränen gesehen hatte.

Er war einen Moment lang fassungslos. Er kannte sie.

Sie waren sich nie wirklich begegnet, waren sich nie vorgestellt worden, aber er erkannte Millie Pennington an ihrem Porträt im Haus der Familie in der Heriot Row in Edinburgh. Seit einem Jahr war er von ihr fasziniert und wartete sehnsüchtig auf den Moment, an dem sie endlich vorgestellt werden würden. Ihr spielerischer Sinn für Humor gefiel ihm, ihre Beharrlichkeit, Ordnung in sein Leben zu bringen, kitzelte ihn.

Dermot war sprachlos wie ein Schuljunge, und seine Worte gerieten durcheinander, als er versuchte zu sprechen. "M'Lady..."

"Verzeihen Sie, Sir."

Ohne eine weitere Silbe zu sagen, löste sie sich von ihm und eilte die Gasse hinunter. Dermot sah ihr sprachlos hinterher, und in weniger als einem Moment war sie um die Ecke verschwunden.

Was hatte sie hier zu suchen? fragte er sich.

Sie war offensichtlich sehr verzweifelt. Er erinnerte sich an ihre Worte an die Waifs. *Ich werde es nicht brauchen. Heute nicht. Nicht morgen. Niemals.*

Die grauen Augen waren voller Tränen gewesen, und ihr Verhalten erinnerte ihn an einen trauernden Menschen. Dermot dachte sofort an die Familie Pennington und was er über sie erfahren hatte. Lord Aytoun, ihr Vater, war im fortgeschrittenen Alter, ebenso wie ihre Mutter. Aber er hatte keine schlechten Nachrichten über sie gehört. Das hätte er auch, denn er war aus den Highlands in den Süden gekommen, um an ihrem Sommerball in Baronsford teilzunehmen.

Nicht, dass er ein Interesse am Tanzen gehabt hätte. Er war nur aus einem Grund gekommen - um Millie Pennington zu treffen.

Er drehte sich um, um ihr zu folgen. Als er die Durch-gangsstraße erreichte, war sie verschwunden, verloren in der geschäftigen Menge und dem Verkehr. Jetzt würde er sie nie finden.

Dermot ging zurück und hob eine Karte auf, die ihm auf das Kopfsteinpflaster gefallen war, als sie ihr Geld an die Kinder verteilte.

Er erkannte sofort den Namen des Arztes.

Chapter Three

BARONSFORD. Ein märchenhaftes Schloss, umgeben von Bauernhöfen, Wiesen und Wäldern. Als Dermot in seiner gemieteten Kutsche die kurvenreiche Straße zum Eingangstor entlangfuhr, kam er an einem schimmernden See vorbei, der in einem grünen Hain verschwand. Fünf Tage waren vergangen, seit er sie das letzte Mal gesehen hatte. Fünf Tage, seit er seine Stellung in der Ärzteschaft missbraucht und Millie Penningtons Arzt überredet hatte, die Wahrheit zu sagen, warum eine Patientin, die auf ihre Beschreibung passte - sie hatte ihren richtigen Namen nicht genannt -, nach der Konsultation bei ihm so verstört war.

Dermot starrte über die Felder auf den Fluss Tweed, der sich auf seinem Weg zum Meer vorbei schlängelte. Wie viele Dichter hatten das Leben als einen Fluss beschrieben, der einen durch die Turbulenzen und Prüfungen dieser zerbrechlichen Existenz trägt? Er kannte die Krankheit gut. Er hatte sie in ihren vielen Formen gesehen - auf dem Meer, in der Praxis, im Krankenhausbett. Er hatte sich um die Gebrechen von Fremden und von Menschen gekümmert, die er innig geliebt hatte.

Der Morgen versprach nichts, ganz gleich, wie gesund man aussah oder wie viel Reichtum man besaß. Der Wandel war die

13

einzige Konstante, und das gleiche Ende erwartete alle. Was zählte, war, dass das Leben umarmt werden musste. Das Heute. Diesen Moment. Seine Gedanken glitten durch die Jahre zurück. Millies tränenüberströmtes Gesicht wurde durch ein anderes ersetzt. Susans blasse und eingefallene Wangen und ihre blauen Augen, die von Verzweiflung erfüllt waren, erschienen wieder wie ein umherirrendes Gespenst, das ihn daran erinnerte, ihn vor allem warnte, was schiefgehen konnte. Er fuhr sich mit der Hand über das Gesicht und verdrängte erneut den jahrzehntealten Schmerz, verbarg ihn vor der Welt und hielt seinen Schmerz fest in seinem Herzen verschlossen.

Der Nebel der Erinnerungen lichtete sich, als sich seine Kutsche dem umzäunten Innenhof näherte. Baronsford war lebendig und blühte offensichtlich auf. Die Erhabenheit des Ortes war sowohl inspirierend als auch beängstigend.

Der Reichtum und die Macht der Penningtons waren ebenso legendär wie ihr Ruf der Gastfreundschaft. Der örtliche Adel und jeder, der auch nur die geringste Verbindung zur Familie hatte, wartete mit Spannung auf die zwei Tage im Jahr, an denen Baronsford seine Tore für Außenstehende öffnete. Aber die Familie war auch für ihre enge Loyalität bekannt.

Er fragte sich, ob Millie es ihnen gesagt hatte. Viele Menschen in ihrer Situation weigerten sich oft, ihre Neuigkeiten mit Angehörigen zu teilen. Sie zogen es vor, ihr Geheimnis zu verschweigen. Als er die Schlange der Kutschen vor ihm betrachtete, bezweifelte er, dass sie etwas gesagt hatte. Wenn die Penningtons von Millies Krankheit wüssten, würde dieser Ball nicht stattfinden.

Wenige Augenblicke später stieg Dermot die Stufen hinauf, vorbei an Lakaien und anderen Bediensteten, und betrat ein prächtiges Foyer. Er war zum ersten Mal hier, aber er teilte nicht die offene Begeisterung der anderen Gäste um ihn herum. Vor den hohen Doppeltüren, die in den riesigen Ballsaal im palladianischen Stil führten, drängelte sich eine in ihre schönsten Kleider und Abendgarderobe gekleidete Menschenmenge, die darauf wartete, einen besseren Platz zu bekommen. Die Musik von Haydn vermischte sich mit den Klängen der Feiernden im Saal.

Da ihm klar war, dass er sich vor dem Eintreten in ein festliches Gewand hüllen musste, ging er zu einem Fenster mit Blick auf den Hof. Er war es gewohnt, seinen Mitmenschen eine amüsante Fassade zu präsentieren. Im Laufe der Jahre hatte Dermot die Kunst erlernt, seinen Schmerz hinter einer Fassade aus Charme und Humor zu verbergen. Und seiner Erfahrung nach sahen die Leute nur das, was er ihnen zu sehen erlaubte. Oder was sie zu sehen wünschten. Nur wenige hatten Interesse daran, herauszufinden, warum ein angesehener Mediziner von der besten Universität Schottlands plötzlich beschloss, ein Jahrzehnt lang Schiffsarzt zu werden und dann sein Erbe und seine Ausbildung in die Gründung einer Anstalt zu investieren.

Er wandte seinen Blick von den anderen Gästen ab.

Millie. Er war wegen Millie hier.

Er war ein Arzt, sagte er sich. Er hatte die Pflicht zu helfen, wenn er konnte. Jedes körperliche Leiden war eine Herausforderung, und es war ganz natürlich, dass man extreme Traurigkeit und sogar Trauer empfand, nachdem man die Wahrheit erfahren hatte. Aber er wusste besser als jeder andere, wie zerstörerisch Trauer sein kann.

Im Ballsaal stimmte das Orchester einen Walzer an. Die Schar der wartenden Gäste hatte sich gelichtet, und durch die Türen blickte er auf die Empfangsreihe. Die Familie war versammelt. Die Stimmung schien heiter zu sein. Nichts schien nicht in Ordnung zu sein.

Nur Millie war nicht dabei.

"Dr. McKendry, Sie sind hier."

Dermot drehte sich um und lächelte den Sohn seines Partners, Wynne Melfort, an. Cuffe war gekleidet wie ein Herzog und strahlte das Selbstvertrauen und die Selbstsicherheit eines jungen Mannes aus, der weit über seine elf Jahre hinaus war. Obwohl er immer noch eine Locke seines widerspenstigen Haares über die Stirn fallen ließ, war er ein anderer Mensch, seit die Familie aus

Jamaika zurückgekehrt war und Cuffes Großmutter mitgebracht hatte.

Cuffe gestikulierte in Richtung der Tür. "Ich kann Ihnen einen anderen Weg zeigen, wenn Sie die Familie nicht gleich kennenlernen wollen. Lord Aytoun ist äußerlich ein schroffer Kerl, aber freundlich wie ein alter Pfarrer, sobald er Sie kennt. Der Vicomte ist genau derselbe."

Dermot kannte die Männer aus Informationen, die Jo weitergegeben hatte. Er wusste auch von dem Duell zwischen dem Vicomte, Hugh Pennington, und Wynne vor Jahren. Die beiden standen jetzt nebeneinander und tauschten freundliche Sticheleien aus, als ob sie nie etwas getrennt hätte.

Dermot starrte über die Empfangslinie hinaus, konnte aber immer noch keine Spur von Millie entdecken.

"Aber die Frauen in meiner Familie sind alle weich wie gekämmte Wolle." Cuffes braune Augen erhellten sein Gesicht. "Lady Aytoun ist die Beste, warm wie die Sommersonne."

Es überraschte ihn nicht, dies zu hören. Die Kinder, die er kennengelernt hatte, strahlten die gleiche Wärme aus.

Cuffe zeigte auf eine andere Tür. "Aber wenn wir durch die Bibliothekstür gehen, können wir durch die Gärten reinkommen..."

Er schüttelte den Kopf. "Danke, Junge. Ich freue mich darauf, die Familie kennenzulernen." Er hielt inne. "Aber zuerst möchte ich Lady Millie sehen, und sie scheint nicht in der Empfangsreihe zu stehen."

"Ich habe gehört, dass sie für den Ball nicht runterkommt."

"Warum nicht? Fühlt sie sich unwohl?"

"Kopfschmerzen. Ich habe gehört, wie Lady Jo mit dem Arzt gesprochen hat. Sie ruht sich in ihrem Zimmer aus."

Niemand stand zwischen Dermot und dem Ballsaal. Es war Zeit, hineinzugehen, aber stattdessen blickte er die breite Treppe hinauf. "Können Sie mich zu ihr hinaufbringen?"

"Was sind Ihre Absichten?" Cuffe starrte ihn an. "Selbst *ich* weiß, dass das nicht angemessen wäre."

Dermot lächelte, als er den Tonfall von Wynne in den Worten

seines Sohnes hörte. "Ich verspreche dir, dass meine Absichten völlig ehrenhaft sind. Streng beruflich. Du brauchst keine Angst um ihren Ruf zu haben."

Cuffe schüttelte den Kopf und strich sich eine Haarsträhne aus der Stirn. Er warf einen kurzen Blick auf die beiden livrierten Türsteher, die den Eingang zum Ballsaal flankierten. "Ihr müsst erst der Familie vorgestellt werden."

Zu jedem anderen Zeitpunkt hätte Dermot angesichts dieses Wächters des Anstands lachen können. Cuffe war wie ein Sohn für ihn. Sie sahen sich jeden Tag. An einem Tag in der Woche begleitete er Dermot auf den Stationen des Krankenhauses. An einem anderen Tag las er den Patienten vor und beantwortete die Post derjenigen, die nicht in der Lage waren, ihren Familien selbst zu schreiben. Hier in Baronsford, nach Wynne und Jo, kannte Cuffe Dermot besser als jeder andere.

"Ich werde sie alle zu gegebener Zeit treffen. Aber wenn du es wissen willst, Junge, ich habe ein Geschenk für Lady Millie."

Diese Nachricht wurde mit einem skeptischen Blick quittiert. "Aber du hast sie noch nicht *getroffen*, oder?"

"Nun, nein", gab er zu. "Aber wie Sie wissen, haben wir miteinander kommuniziert ... sozusagen."

"Und bis jetzt ist sie besser als du." Cuffe plusterte sich stolz auf. "Ich habe ihr bei ihrem letzten Besuch in der Abtei geholfen, dein Arbeitszimmer einzurichten."

Dermot würde ihn also zum Komplizen machen müssen. "Dann weißt du, dass ich jetzt an der Reihe bin, zuzuschlagen?"

"Streiken?" Der Blick des Jungen verengte sich. "Dann ist das also kein Geschenk?"

"Es ist ein Geschenk." Er versuchte, beruhigend zu klingen. "Es ist etwas, das Lady Millie in ihrem Leben jetzt gut gebrauchen kann."

Cuffes Verdacht wurde kaum zerstreut.

"Nun gut", sagte Dermot ohne Umschweife. "Zugegeben, es geht hier um ein kleines bisschen Vergeltung."

"Das habe ich mir schon gedacht."

"Aber wenn du dich dann besser fühlst, machen wir es so: Du

May McGoldrick

bringst mich zu Lady Millies Tür, und ich lasse dich persönlich die Übergabe ihres Geschenks beaufsichtigen."

Millie drückte sich an ihre Mitte und starrte mit leerem Blick aus dem Fenster auf die roten und goldenen Streifen, die den westlichen Himmel färbten. Reihen von Kutschen, die von Pferdepflegern und Kutschern gepflegt wurden, füllten ein frisch gemähtes Heufeld neben den Ställen. Mit der sanften Brise drangen ferne melodische Klänge zu ihr, die mal lauter, mal leiser wurden.

Sie stellte sich vor, dass ihre Eltern, Hugh und seine Frau Grace und die anderen wahrscheinlich schon mit dem Empfang ihrer Gäste fertig waren. Ihr Vater, der in seiner Jugend bei einem Sturz von einer Klippe über dem Fluss fast ums Leben gekommen war, musste sein Bein ausruhen. Hoffentlich saß Phoebe bereits. Ihre Schwangerschaft war für sie nicht gerade angenehm gewesen.

Sie sollte dort unten sein, dachte Millie, aber sie konnte all diesen Leuten einfach nicht gegenübertreten.

Jeder der Penningtons, ob jung oder alt, wurde zu diesem Ereignis erwartet. Trotz des ausgelassenen Treibens und der Aufregung ging es an diesem Abend nicht um die feinen Kleider, die beeindruckenden Kutschen oder das Gerede der Tonne über das prächtige Haus der Familie. Im Mittelpunkt des Balls stand das Zusammentreffen von Menschen aus ganz unterschiedlichen gesellschaftlichen Kreisen.

Diejenigen mit lohnenden Projekten hatten die Möglichkeit, auf ihre Wohltätigkeitsorganisationen aufmerksam zu machen. Und für die Wohlhabenden gab es Projekte, die sie unterstützen konnten. Ein Projekt zur Schaffung von Arbeitsplätzen für Einwanderer in Glasgow. Eine neue Schule für die Kinder der Straße in Edinburgh. Jo's Projekt, Frauenhäuser zu errichten, bedurfte immer einer Erweiterung, in Schottland und in England. Die Bemühungen waren vielfältig, und die anwesenden Mitglieder

18

der Tonne wussten, dass ihre Großzügigkeit am Ende des Abends auf die Probe gestellt werden würde. Trotz der Würdigkeit des Abends konnte Millie immer noch nicht nach unten gehen. Sie war nicht bereit, ihren Mut in der Öffentlichkeit zu beweisen. Ihre Tränen waren versiegt, bevor sie sich nach Baronsford zurückwagte, aber sie hatte so viel zu bedenken, so viel zu planen. Auch wenn sie bei ihrer Ankunft etwas zurückhaltend war, so war dies kein Grund zur Sorge. Ihre scheinbare Ruhe wurde als selbstverständlich hingenommen.

Die Ankündigung in letzter Minute, dass sie sich entschieden hatte, nicht nach unten zu gehen, hatte jedoch ihre beiden Eltern in ihr Zimmer geführt. Dies war nicht die Millie, die sie kannten, und ihre Versicherung, dass sie sich nur ausruhen müsse, trug wenig dazu bei, ihre Sorge zu lindern. Dr. Namby, der immer ein früher Gast auf dem Ball war, wurde sofort heraufgebracht, um sie zu sehen. Millie hatte keine Mühe, den Dorfarzt davon zu überzeugen, dass ihre Kopfschmerzen von Erschöpfung herrührten und nichts anderes waren.

Die Klänge eines Walzers wehten mit dem Rosenduft von den Spalieren unter ihrem Fenster herein, und Millie kehrte zu ihrem Schreibtisch zurück und nahm das Buch in die Hand, das sie gelesen hatte. Lord Byrons Tragödie, *Manfred*. Sie zog ein gefaltetes Papier aus dem Buch und betrachtete das Bild des dreimastigen Schiffes am oberen Rand des Blattes. Es war ein Flugblatt, das sie in Edinburgh aufgeschnappt hatte. Sie las es noch einmal durch.

Abfahrt am 1. August,
Für New York,
Das wohlbekannte Packetschiff

FREUNDE
Thomas Choate, Kommandant
Das 400 Tonnen schwere, kupferbeschlagene und neu verkupferte Schiff (kürzlich in 21 Tagen aus Charleston eingetroffen) verfügt über hervorragend ausgestattete

May McGoldrick

Unterkünfte für die Passagiere und eine Kuh an Bord, um sie mit Milch zu versorgen.

Verlader und Passagiere werden gebeten, Waren oder Gepäck, die für dieses Schiff bestimmt sind, bis spätestens Donnerstag, den 29. in Leith abzugeben.

Für Fracht oder Passage, beantragen Sie bei: Stevenson, Miller & Co. in Leith; der Kapitän an Bord; oder John Fyfe & Co: Edinburgh, 11. Juni, 1819

Bevor sie die Stadt verließ, schrieb Millie an Mr. Fyfe und sicherte sich eine Passage.

Sie würde bis nach dem Ball warten, um ihrer Familie zu sagen, dass sie nach Amerika gehen würde. Vielleicht wäre es das Beste zu warten, bis Phoebe nächsten Monat ihr Baby bekommt. Dann wären alle viel zu fröhlich abgelenkt, um etwas dagegen zu haben.

New York. Von dort aus würde Millie mit einer Postkutsche oder einem Küstenschiff nach Boston reisen, wo ihr Onkel Pierce und seine Frau Portia lebten. Sobald sie die beiden besucht hatte, reiste sie durch die ehemaligen Kolonien, bis es soweit war.

Zeit. Sie dachte an eine Zeile, die sie zuvor in Byrons Werk gelesen hatte. *Glauben Sie, dass die Existenz von der Zeit abhängt?* Vieles von dem, was der Arzt während der Konsultation gesagt hatte, war in einem Nebel untergegangen. Sie erinnerte sich daran, die Worte *"sechs Monate"* gehört zu haben, aber auch der Arzt behauptete, dass es *keine Möglichkeit gäbe, das mit Sicherheit zu wissen.*

Das Klopfen an der Tür ließ Millie aufschrecken, und sie schob den Handzettel in das Buch und stand auf. Sie beschloss, dass es eine der Frauen ihrer Familie sein musste, die im Auftrag ihrer Mutter kam, um nach ihr zu sehen.

"Sie können eintreten", rief sie. "Ich schlafe nicht."

Einen Moment später klopfte es erneut.

Jeder der Bediensteten wäre bereits hereingekommen, und ihre

Familie hätte weniger gezögert. In Baronsford wimmelte es von Gästen. Dass jemand zufällig hierher kam, war zwar möglich, aber kaum wahrscheinlich. Seit Generationen war die Familie Pennington das Ziel von Gerüchten und oft bösartigem Klatsch und Tratsch. Millie konnte sich nur vorstellen, welche Geschichten über ihre Abwesenheit im Ballsaal die Runde machten. Und hier war sie nun, kurz vor der "Bestätigung", dass sie verbannt worden war, eingesperrt in ihrem Zimmer. Ein weiteres Klopfen.

Millie zog den Gürtel ihres Morgenmantels enger und warf einen Blick auf ihr blasses Spiegelbild. Nun, sie sah definitiv grässlich aus.

Sie durchquerte den Raum und öffnete die Tür, als der junge Mann gerade wieder an die Tür klopfen wollte.

"Cuffe? Was machst du denn hier oben? Ist etwas passiert?", fragte sie, streckte die Hand aus und nahm sie.

Besorgnis durchfuhr sie, und Millie dachte sofort an mögliche Katastrophen. Sie konnte sich nicht vorstellen, dass der Elfjährige die Feierlichkeiten verließ, es sei denn, er hatte den Auftrag, ihr eine Nachricht zu überbringen.

"Ist es Phoebe? Liegt sie in den Wehen? Ist es mein Vater? Ist jemand krank geworden?"

"Es ist alles in Ordnung." Die dunkelbraunen Augen flackerten zu einem Mann, der schweigend in der Nähe stand. "Ich bin hier, um die Übergabe eines Geschenks zu überwachen."

Überrascht bemerkte Millie den großen Mann. Die weiße Brokatweste aus Satin und die gestärkte Seidenkrawatte bildeten einen scharfen Kontrast zu der ebenholzfarbenen Jacke, die beeindruckend breite Schultern umschloss. Sie starrte auf die kantigen Linien seines Gesichts, die wachen dunklen Augen, das kurze, aber ungepflegte Haar, in dem die Spuren unruhiger Finger zu sehen waren. Der Anflug eines Lächelns umspielte seine Lippen, als wolle er sie herausfordern, zu erraten, wer er war. Sie kämpfte mit ihrem Gedächtnis. Er kam ihr bekannt vor, und doch konnte sie nicht genau sagen, wann oder wo sie diesem Herrn vorgestellt worden war.

"Lady Millie Pennington", sagte Cuffe förmlich und beendete

May McGoldrick

damit die Spannung, "darf ich Ihnen Dr. Dermot McKendry vorstellen.

Unerwartete Freude durchströmte sie, und sie lächelte ... zum ersten Mal seit Tagen. Einen Moment lang war alles gut. Ihre Welt, wie sie sie kannte, drehte sich reibungslos um ihre Achse, und morgen war ein neuer Tag, genauso fröhlich und voller Hoffnung wie heute.

"M'Lady." Er verbeugte sich.

Sie glättete den Morgenmantel. Plötzlich fühlte sie sich peinlich berührt, wie sie aussah und wie sie gekleidet war. Seit Monaten hatte sie sich diese Vorstellung ausgemalt. Dr. McKendry faszinierte sie. Sie war begeistert von dem, was sie über seine Arbeit wusste, von seiner Leidenschaft, den vergessenen und ignorierten Menschen zu helfen.

Natürlich hatte sie bei ihrem Besuch bei ihrer Schwester das Chaos in seinem Büro etwas schelmisch in Ordnung gebracht. Und wenn sie ehrlich zu sich selbst war, hatte Jo's Beschreibung des jungenhaften Aussehens und des Sinns für Humor des Arztes ihr Interesse nur noch verstärkt.

Sie knickste. "Dr. McKendry. Endlich lernen wir uns kennen."

"Ich war enttäuscht, dass es Ihnen nicht gut genug ging, um unten zu sein. Ich wollte Ihnen meine Dienste anbieten."

"Ich danke Ihnen. Mein ... Siechtum kam ganz unerwartet."

"Im Allgemeinen schon", antwortete er. "Und wie geht es Ihnen jetzt?"

Die Realität holte sie zurück. Lügen und Lügen und noch mehr Lügen würden ihre einzige Antwort sein. Sie berührte die Seite ihres Kopfes. "Es geht schon besser. Morgen werde ich wieder völlig gesund sein."

"Ausgezeichnet. Darf ich Sie dann morgen früh aufsuchen? Ich wollte schon immer mal..."

"Ich entschuldige mich, aber ich kann nicht. Ich reise morgen nach Edinburgh." Sie sprach die Wahrheit. Sie hatte bereits beschlossen, dass es viel einfacher wäre, ihre Situation zu verbergen und ihr Schicksal abseits der Familie zu betrauern. Sie hatte keine Lust, vor ihnen tapfer zu sein. Sie war keine Stoikerin,

22

und sie wusste nicht, wie lange ihre Fassade der Gelassenheit halten würde.

"Das ist auch für mich viel besser." Er klang erfreut. "Ich wollte eigentlich im George Inn in Melrose Village eine weitere Nacht verbringen. Jetzt habe ich keinen Grund mehr dazu. Ich werde auch nach Edinburgh zurückkehren und kann Sie dort besuchen."

Sie konnte das nicht tun. Millie wollte nicht eine Freundschaft fördern, die nicht sein konnte. Sie war nicht mehr die Frau, die ihn in seiner Abwesenheit herausgefordert und geneckt hatte.

"Dr. McKendry, ich fürchte, mein Terminplan..."

"Vielleicht", warf Cuffe ein, "vielleicht würde Lady Millie ihre Meinung ändern, wenn Sie ihr Ihr Geschenk anbieten würden."

Sie hatte völlig vergessen, dass ihr Neffe dastand und die Unterhaltung mit anhörte. Millie folgte Cuffes Blick und sah einen Korb mit einem Klappdeckel zu den Füßen des Arztes stehen.

"Natürlich, mein Geschenk." Er hob es auf. "Darf ich es für Sie hineintragen?"

Sie hatte sein Büro aufgeräumt. Er hatte mit ihren Büchern Chaos angerichtet. Ihre Interaktion könnte von einigen so ausgelegt werden, dass sie über die gesellschaftlichen Regeln des höflichen Umgangs hinausgingen.

Millie war sich sicher, dass sie ein Klopfen im Inneren hörte, als er ihn anhob. "Was ist da drin?"

"Öffnen wir ihn und finden es heraus."

Sie schüttelte den Kopf. "Du wirst es mir zuerst sagen."

"Wovor haben Sie Angst, Mylady? Es ist ein unschuldiges Geschenk."

Cuffe entfernte sich von der Tür, als der Arzt näher kam und den Korb hochhielt. Wieder ein dumpfer Schlag.

"Es lebt", rief sie aus. "Da *ist* etwas Lebendiges in diesem Korb.

"Das hoffe ich sehr."

"Aber er wird nicht mehr lange leben, wenn Sie ihn nicht bald rauslassen", warf Cuffe ein.

Sie wich zurück. Dermot McKendry hatte sich bereits als fähiger Unheilstifter erwiesen. "Nun, ich weiß es nicht."

Aber es war zu spät. Der Arzt folgte ihr hinein, fiel auf ein Knie und öffnete das Verdeck.

Ein Schwein. Ein junges blauäugiges Schwein, das mit Fett beschmiert war, blinzelte, als es zu ihr aufblickte. Millie starrte ungläubig zurück. Ein Welpe. Vielleicht ein Kätzchen. Vor ein paar Sekunden hatte sie beschlossen, dass dies die einzigen Geschenke waren, die der Mann es wagen würde, in einem Korb in ihr Zimmer zu bringen. Aber ein Schwein?

"Dr. McKendry, warum in aller Welt bringen Sie ein ...?" Das war alles, was sie sagen konnte, bevor das Schweinchen quietschend aus dem Korb sprang, über den Boden flitzte und auf Millies Perserteppich Spuren von Fett hinterließ. "*Halt!*"

Das Schwein jedoch rannte bereits im Kreis durch den Raum, offensichtlich zu jung, um ihren Befehl zu verstehen.

Sie schrie auf, als das Tier an ihr vorbeiraste, sie fast umwarf und einen Fleck auf ihrem Morgenmantel hinterließ, als es an ihrem Bein abprallte.

"Dr. McKendry, *halten Sie* das Tier *auf!*"

"Ich versuch's ja." Er stürzte sich auf die Verfolgung. "Bleib da stehen, ich werde ihn zu dir lenken."

Sie wollte den Mann töten. "Nicht *mir* gegenüber."

"Du bist beim Korb."

Sie schmiss den Korb weg. "Ich habe nicht vor..."

Das Ferkel rannte durch den Kamin, und das Gestell mit den Eisen flog durch die Luft, und die Werkzeuge verteilten sich klirrend über den Kamin und den Holzboden.

"Du hast ihn verpasst!" rief McKendry aus, als die panische Kreatur an ihr vorbeiraste und einen Kerzenständer streifte.

Millie klammerte sich an den Ständer, als er wackelte.

"Sie müssen sich mehr Mühe geben", mahnte er.

Sie hielt sich gezwungenermaßen zurück, ihm den Ständer an den Kopf zu schlagen. "Glaub mir. Du willst doch nicht, dass ich mich jetzt noch mehr anstrenge."

"Jähzornige Ausbrüche würden ein so kleines, sensibles Tier nur aufregen."

"Mein *kleines, sensibles Haustier* wird keine *Wutanfälle bekommen*." Sie stellte sich dem Tier in den Weg und beschloss, dass es an ihr lag, es zu fangen. "Aber du .. du ..."

"Ich weiß. Du brauchst es nicht zu sagen. Du bist so erfreut über mein Geschenk. Dir fehlen die Worte, um es auszudrücken." Millie wollte etwas nach ihm werfen. "Da kommt er wieder. Fangen Sie ihn", rief Cuffe.

Millie griff nach ihm, aber das Schwein spritzte durch ihre Hände und warf seinen glitschigen Körper auf das Bett. "Nein!" Zu spät.

Sie taumelte, als sie sich auf den kleinen Dämon stürzte, und wäre beinahe gestürzt, als ihr der Fuß ausrutschte. Der Arm des unruhestiftenden Arztes lag um ihre Taille. Einen Moment lang standen sie sich zu nahe. Ihre Hand drückte gegen seine Brust. Ihre Lippen waren nur Zentimeter von seinen entfernt. Das Klopfen ihres Herzens war so laut, dass sie sicher war, er könne es hören. Ein köstliches Kribbeln machte sich in ihrem Bauch breit, und sie warf einen Blick auf sein Gesicht und sah ein Lachen. Sie war enttäuscht, als er sie auf die Füße stellte und zurücktrat.

Die Bettdecke war gezeichnet, wahrscheinlich für immer. Ebenso wie ihre fettverschmierten Hände. Sie war zufrieden, als sie ihren Handabdruck auf seiner Satinweste sah.

"Meine Bücher!"

Auf der anderen Seite des Raumes schlug das Schweinchen auf den kleinen Sockeltisch neben ihrem Lesesessel und quiekte blutig auf, als der ordentliche Bücherstapel auf seinen schmierigen Körper niederprasselte.

"Ich kriege ihn", rief McKendry, als das Ferkel an ihm vorbeiprintete und unter dem Bett verschwand.

"Komm raus, du Bestie!", schrie sie und ging neben dem Bett auf die Knie.

Die Schulter des Mannes drückte gegen ihre, als er zu ihr auf den Boden kam. Ihre Hüften berührten sich. "Komm heraus, Satan!", befahl er. Der Mann war keine Hilfe.

Die beiden breiteten sich auf dem Boden aus und griffen beide nach dem Tier. Plötzlich füllten unerwartete Bilder ihren Kopf, und entsprechende Empfindungen, erregend und unpassend, pulsierten durch ihren Körper. Sein Körper auf dem ihren. Ihr Körper auf dem seinen. Millie wusste nicht, was er mit ihr gemacht hatte.

"Das werde ich dir nie verzeihen", murmelte sie, die den Kopf frei bekommen musste, aber nicht bereit war, sich von ihm zu entfernen. "Was in aller Welt hat dich dazu gebracht...?"

"Ich muss schon sagen ... Da geht er hin, Cuffe!", rief er, als das Schwein in die andere Richtung davonlief. "Wenn du nicht besser auf meine Geschenke aufpasst..."

Millie saß auf dem Boden, umgeben von einem quiekenden Ferkel und einem aufgeregten Elfjährigen, der sie verfolgte, und das alles zu den Klängen eines Walzers in der Ferne. Ihr sauberes und ordentliches Zimmer sah aus, als wäre ein Sturm durch es hindurchgefegt. Ihre trübe Stimmung war nur noch eine vage Erinnerung. Sie berührte die fettigen Flecken auf ihrem ehemals makellosen Morgenmantel und beschloss, dass ihr der Farbkontrast gefiel. Die Absurdität des Ganzen war zu viel, und das Lachen kochte in ihr hoch.

Als das Ferkel wieder an ihnen vorbeiging, stürzte sich der Arzt auf es, und ein reißendes Geräusch kam aus seiner Hose, als eine Naht aufplatzte.

"Wahrscheinlich haben sie diese Träne in Melrose Village gehört", kommentierte sie, ohne sich dagegen wehren zu können.

Er lehnte sich mit dem Rücken gegen das Bett, und sein Gesichtsausdruck war unbezahlbar. Sie konnte sich ein lautes Kichern nicht verkneifen, und er schloss sich ihr an, während das Schwein weiter um sie herumlief. Millie lachte, bis sie kaum noch atmen konnte. Cuffe ließ sich auf einen Stuhl am anderen Ende des Zimmers sinken.

"Da ich verwundet wurde, könnte ich Sie vielleicht übermorgen in Edinburgh aufsuchen. Ich bin mir sicher, dass Sie bis dahin eine geeignete Möglichkeit gefunden haben, mir für mein Geschenk zu danken."

Bevor Millie etwas erwidern konnte, sah sie die Augen des Ferkels auf die offene Tür gerichtet.

"*Nein!*", schrie sie.

Als er die Freiheit in greifbarer Nähe sah, stürzte der kleine Teufel aus dem Zimmer und verschwand auf dem Flur.

Chapter Four

Zwei Tage später

MILLIE STAND an der Fensterfront des Salons, ihr Buch unter den Arm geklemmt, und starrte auf den vorbeifahrenden Verkehr in der Heriot Row. Ihre Stimmung verlangte nach einem grauen und regnerischen Tag, aber die Natur wollte nicht mitspielen. Der Morgenhimmel über Edinburghs New Town war azurblau und kristallklar. Sie riss das Fenster auf und roch die milde, frische Luft, die hereinwehte. Draußen fuhren Menschen in offenen Kutschen vorbei.

Immer noch keine Spur von ihm, dachte sie. Vielleicht ist er nicht gekommen.

Sie war wie immer früh aufgestanden und hatte ihrem Dienstmädchen, der Haushälterin, dem Butler und allen anderen, die ihr über den Weg liefen, mitgeteilt, dass sie heute keine Anrufer empfangen würde.

Die Nachbarn schienen zu wissen, wann einer der Penningtons in der Stadt eintraf, denn der Strom von Gästen und Einladungen setzte immer sofort ein. Freunde und sogar vage Bekannte kamen täglich zu Besuch, wenn Lord oder Lady Aytoun oder eines ihrer Kinder in Edinburgh waren. Aber Millie war kaum in der Stimmung, zu unterhalten oder unterhalten zu werden. Aber, so gestand sie sich ein, es waren nicht Freunde oder Bekannte, an die sie jetzt dachte. Es ging um Dermot McKendry, und sie überlegte immer noch, ob sie ihn treffen sollte oder nicht.

Müde von Lord Byron und ihren eigenen düsteren Gedanken, erinnerte sich Millie an die unsinnige Szene am Abend des Balls. Bevor der Mann kam, hatte sie nicht geglaubt, dass sie jemals wieder lachen würde. Er hatte sie eines Besseren belehrt.

Wenn er heute Morgen kam und seine Karte hochschickte, überlegte Millie, und sie ihn nicht empfing, würde er das sicher als eine Abfuhr empfinden. Das hatte er nicht verdient. Die Lakaien und der Butler könnten sicher eine Lüge für sie auftischen, aber vielleicht wäre es besser, wenn sie ihm schrieb und erklärte...

Nein. Es gab nichts, was sie ihm in einem Brief hätte sagen können, um ihm verständlich zu machen, was sie durchmachte oder was sie fühlte.

Millie schritt im Salon umher. Sie wollte ihn nicht zurückweisen. Nicht als Mensch. Nicht als ... als was? Als Freund? Ihre Gedanken kehrten wieder zu der Ballnacht zurück. Sie drückte eine Faust gegen ihren Bauch, wollte sich nicht mit dem Körpergefühl beschäftigen, das sie durchströmt hatte. Stattdessen konzentrierte sie sich auf das Schwein. Das gefettete Schwein. Das Chaos endete auch nicht in ihrem Zimmer. Das Tier schaffte es die Treppe hinunter und in den Ballsaal, wo das Gebrüll der Gäste lauter war als das Quieken des verängstigten Tieres. Glücklicherweise konnte ein Lakai es einfangen, bevor dem kleinen Tier etwas zustieß.

Sie war überrascht, als sie ein Kichern hörte und feststellte, dass sie diejenige war, die gelacht hatte. Sie schüttelte den Kopf und lächelte immer noch vor sich hin.

McKendrys Vergeltungsschlag war in der Tat ein guter gewesen. Der Teufel.

Eine Kutsche kam vor dem Haus zum Stehen. Millie eilte zum offenen Fenster, und ihr Blick fiel auf den Mann, der auf den Bürgersteig trat und unter einem Arm etwas trug, das wie eine Tasche aussah.

May McGoldrick

Ihre Schwester Jo hatte mit Dr. McKendrys gutem Aussehen gewiss nicht übertrieben. Vor zwei Nächten war sie überrumpelt worden, aber jetzt starrte sie ihn an und würdigte die Details seines Gesichts. Die fein gezeichneten Wangenknochen. Die gerade Nase. Die hohe, intelligente Stirn. Das Selbstvertrauen stand in jeder Zeile und in seinem Schritt, als er auf das Haus zuging. Er war ein verführerisch gut aussehender Mann, und sie spürte das Flattern tief in ihrem Bauch.

Ihr Starren hörte schnell auf, als er seinen Blick nach oben zum Fenster richtete, wo sie stand und starrte. Er blieb stehen und lüftete seinen Hut vor ihr. Millie, überwältigt von der Hitze, die sie durchströmte, verharrte einen Moment lang an Ort und Stelle, wich dann aber schnell zurück.

Oh, nein. Er hatte sie gesehen, und gleich würde der Butler ihm sagen, dass sie nicht zu Hause war. Das wäre nicht gut. Es würde überhaupt nicht gehen.

Als es an der Haustür klopfte, eilte sie hinaus und konnte dem Lakaien den Weg abschneiden, bevor er die Tür öffnete. Schnell gab sie ihm ihre Anweisungen. Millie zog sich in den Salon zurück und versuchte, sich zu beruhigen, bevor er hereingeführt wurde. Was war schon ein Besuch von zwanzig Minuten oder so? Ihre persönliche Geschichte verlangte, dass sie ihm diese Höflichkeit gewährte. Er besuchte sie lediglich, um sich nach ihrem Befinden zu erkundigen. Mehr nicht. Sie atmete mehrmals tief durch.

Es blieb nicht viel Zeit, sich zu ärgern, denn auf ein leises Klopfen folgte schnell der Diener, der den Anrufer ankündigte.

"Dr. McKendry, wie nett von Ihnen." Ein Knicks und eine Verbeugung wurden ausgetauscht. "Was liefern Sie heute ab, wenn ich fragen darf?" Sie deutete auf die Tasche, die er unter den Arm geklemmt hatte. "Ein Bienenvolk? Oder vielleicht Kreuzottern?"

"Ich weiß nicht, wie Sie darauf kommen, dass ich zu einer solchen Gefühllosigkeit fähig bin." Er blickte in den Raum. "Aber jetzt, wo Sie es erwähnen, was haben Sie mit meinem Geschenk gemacht?"

Sie zog eine Augenbraue hoch. "Willst du das wirklich wissen?"

"Bitte sagen Sie mir nicht, dass er gestern in die Küche

30

geliefert und als Hauptgericht für das Abendessen verwendet wurde."

"Wohl kaum. Ich glaube, er terrorisiert zur Zeit die Zwinger in Baronsford, denn ich habe beschlossen, ihn als Haustier zu halten. Ich habe ihm sogar schon einen Namen gegeben."

Sie winkte ihm einen Stuhl heran, damit er sich setzen konnte. Er schüttelte den Kopf. "Haben Sie ihm einen Namen gegeben?"

"Ich nenne ihn 'Dermot'. Findest du nicht, dass das ein schöner Name ist?"

Sein Lachen erwärmte sie, und sie lächelte.

"Ich würde sagen, das *ist ein* schöner Name. Ich hoffe, er trägt ihn mit Stolz."

Millie deutete wieder auf einen Stuhl. "Darf ich Ihnen eine Erfrischung anbieten, Doktor?"

"Ich würde gerne bleiben, aber ich kann nicht." Er zog die Tasche unter seinem Arm hervor, öffnete sie und begann darin zu kramen. "Ich habe hier Vorlesungsunterlagen, die mir ein Freund anvertraut hat, der am Royal College of Surgeons lehrt. Ich muss sie heute kommentieren und zurückgeben. Ich wollte nicht, dass Sie weniger von mir halten, weil ich diesen Besuch so kurz gehalten habe."

Millie blickte stirnrunzelnd auf den dicken Papierstapel, den er mühsam aus der Ledertasche zog. "Wie könnte ich weniger von der einen Person halten, die erfolgreich Chaos in mein Leben bringt?"

"Sehr nett von Ihnen. . . denke ich." Er schob den Schulranzen hin und her, um die Papiere besser greifen zu können.

"Du brauchst es mir nicht zu zeigen. Ich glaube dir."

"Nein, ich bestehe darauf."

Sichtlich frustriert riss er den Papierstapel aus dem Schulranzen. Einen Augenblick später flogen die Seiten in alle Richtungen und fielen wie Herbstblätter herab.

Erschrocken über die Plötzlichkeit des Geschehens starrte Millie auf den Wind, der das Chaos noch vergrößerte und die Papiere aufwirbelte, so dass sie davonflatterten, als hätten sie Beine bekommen.

. . .

Während Millie die Seiten in die hintersten Ecken des Salons jagte, war Dermot damit beschäftigt, so viel wie möglich davon unter jeden Tisch und Stuhl zu kicken, den er erreichen konnte. Als sie sich umdrehte, stand er mit zwei Handvoll davon da und sah so verlegen wie möglich aus.

Als sie nach dem Schließen des Fensters auf Hände und Knie ging, um die Seiten zu einem Stapel zusammenzutragen, kniete er neben ihr auf dem Boden und tat so, als würde er helfen, während er in Wirklichkeit das Chaos verteilte, wenn sie wegschaute.

Sie lehnte sich auf ihren Fersen zurück. "Ich werde die Dienerschaft rufen. Wir brauchen Hilfe."

"Oh, bitte nicht." Dermot lehnte sich ebenfalls zurück. "Nach der großen Ferkelinvasion bin ich bereits aus Baronsford verbannt worden. Das wird sicher auch mein Schicksal in der Heriot Row besiegeln. Wenn das so weitergeht, werde ich nicht mehr südlich von Aberdeen wohnen dürfen."

Nachdem er in Edinburgh auf sie gestoßen war und von ihrer Notlage erfahren hatte, hatte er sich vorgenommen, ihr durch eine möglicherweise schwierige Zeit zu helfen und die dunklen Momente, die sie, wie er befürchtete, durchlitt, aufzuhellen. Und seit sie sich getrennt hatten, war sie kaum einen Moment aus seinen Gedanken verschwunden.

"Du bist nicht aus Baronsford verbannt. Ich habe später erfahren, dass Sie den Ballsaal gar nicht betreten haben."

"Das tragische Unglück mit einem bestimmten Kleidungsstück hinderte mich daran, die berühmte Gastfreundschaft der Penningtons zu genießen. Und dann war da natürlich noch das Schwein."

"In der Tat. Das Schwein." Sie rückte ihr Kleid zurecht. So, wie sie auf dem Boden saßen, schien sie sich sehr wohl zu fühlen. "Übrigens wurde der kleine Dermot gerade gerettet, als die verängstigte Kreatur unter den Röcken einer Herzoginwitwe hervorkam, die sich, wie ich hörte, trotz des Aufruhrs um sie herum bestens amüsierte. Allen Berichten zufolge musste mein Vater sitzen bleiben, so sehr hat er gelacht. Cuffe und ich beschlossen danach, nicht zuzugeben, dass wir etwas über den Eindringling wussten. Und später schien es niemanden mehr zu interessieren, woher das Schwein kam.

"Das mag daran liegen, dass ich Ihre Schwester und Wynne Melfort auf dem Weg nach draußen gesehen habe. Ich habe die volle Verantwortung übernommen ... und bin dann zu den Kutschen gerannt, bevor sich ein rachsüchtiger Mob bilden konnte."

"Das war weise, Dr. McKendry. Wir halten unsere Mistgabeln für solche Gelegenheiten geschärft."

Er nickte anerkennend. "Ich danke Ihnen. Meine Familie ist für ihre ehrenvollen Rückzüge bekannt."

Nachdem er Millies Zimmer verlassen hatte, suchte Dermot seinen Partner und Lady Jo auf, um sicherzugehen, dass kein Jugendlicher auf dem Anwesen für den Aufruhr verantwortlich gemacht werden würde.

Millie hob noch ein paar Seiten in ihrer Reichweite auf.

Ein Strahl der Morgensonne tauchte sie in ein weißes Licht, und Dermot starrte sie an. Er kannte Millies Schönheit und ihr einnehmendes Wesen schon lange vor seinem Abend in Baronsford, aber jetzt gab es andere Dinge, die seine Aufmerksamkeit erregten. Ihre Augen hatten einen magischen grauen Farbton mit silbernen Sprenkeln. Und sie hatte eine Art, unter ihren langen, dunklen Wimpern hervorzublicken, die das Herz eines Mannes höher schlagen lassen konnte, aber sie war keine Verführerin von Männern. Er vermutete, dass ihr ruhiges Gemüt es ihr ermöglicht hatte, in gesellschaftlichen Kreisen lange Zeit unbemerkt zu bleiben.

Sie lächelte nur langsam - aus gutem Grund, wenn man bedenkt, was sie kürzlich erfahren hatte -, aber wenn sich ihre Lippen um die Ecken wölbten, erhellte sich ihr ganzes Gesicht, und sie war so schön wie Venus selbst.

Sie beugte sich ein wenig vor, um Seiten unter einem Stuhl hervorzuholen. Eine chirurgische Zeichnung auf einem der Blätter ließ sie zögern, und ihre Miene verfinsterte sich. Er fragte sich, wann sie das Thema der Vorlesungsunterlagen bemerken würde.

"Deine Schwester Phoebe. Werden sie und Captain Bell in Baronsford bleiben, bis das Kind kommt?"

Sie sah auf und strahlte sofort wie ein Sonnenschein. "Nein, sie wird das Baby auf Bellhorne Castle bekommen. Sie haben mich gestern auf ihrem Weg zurück nach Fife hier abgesetzt. Keiner von ihnen möchte Captain Bells Mutter für längere Zeit allein lassen. Phoebe ist noch einen Monat von der Entbindung entfernt."

Dermot streckte seine Beine aus und beobachtete sie. "Ich nehme an, sie möchte, dass du bei ihr bist, wo auch immer sie ist, wenn die Zeit gekommen ist?"

"Da ist meine Mutter. Und Jo. Natürlich sind die Frauen meiner Brüder viel qualifizierter."

"Soweit ich weiß, bist du ihr engster Freund. Lady Jo prahlt immer damit, dass ihr beide genauso gut Zwillinge hättet sein können. Ihr wart schon immer unzertrennlich, hat sie mir erzählt. Es gibt nichts, was der eine von euch erlebt, woran der andere nicht beteiligt ist."

Millie blickte nach unten und machte Anstalten, die Papiere in ihrem Schoß zu ordnen. "Waren diese Seiten in irgendeiner Reihenfolge?"

"Leider waren sie das. Ein präziser Befehl."

"Und wann sagten Sie, dass Sie sie zurückgeben müssen?"

"Heute, wenn möglich. Mein Freund hat mich gebeten, einige Kommentare zu dem Vortrag abzugeben." Dermot sah sich um und versuchte, den Eindruck von Verzweiflung zu erwecken. "Ich weiß, es ist zu viel. Ich habe kein Recht, Ihre Zeit in Anspruch zu nehmen ..."

"Bitte fragen Sie."

"Darf ich die Notizen hier ordnen? Ich habe ein Zimmer im Boyd's Inn in White Horse Close genommen, aber die Taverne hat eine sehr schlechte Beleuchtung."

"Ich helfe Ihnen gerne."

Dermot war erleichtert, dass er richtig geurteilt hatte. Vielleicht, so hatte er gehofft, würde sie Trost in dem vertrauten Impuls finden, ein gewisses Maß an Kontrolle über eine Welt zu erlangen, die sich von ihr entfernt hatte.

Er sprang auf und reichte ihr die Hand, um ihr aufzuhelfen. Ihre weichen, kühlen Finger schmiegten sich in seine. Sein Daumen streichelte die Weichheit, bevor er sie wieder losließ. Er war froh zu sehen, dass ihr Gesicht eine gesunde Farbe behalten hatte. Sie führte ihn zu einem Tisch, auf dem sie die Seiten ablegen und auf beiden Seiten arbeiten konnten.

"Irgendwo in diesem Durcheinander ist ein Index. Wenn es Ihnen nichts ausmacht, kann ich, während Sie das Manuskript wieder zusammensetzen, den Inhalt durchsehen und überlegen, welche Empfehlungen ich geben soll."

Die Notizen gehörten *zwar* einem Freund von ihm, aber es bestand eigentlich keine Dringlichkeit, sie zurückzugeben. Sie stammten aus einer Reihe von Vorlesungen, die sein Kollege vor einigen Jahren gehalten hatte, und Dermot hatte heute Morgen eine Stunde damit verbracht, die Seiten durcheinander zu bringen. Sein Beitrag wäre natürlich sinnlos. Mehr als ein Jahrzehnt lang hatte er in der Royal Navy gedient und dann sein Krankenhaus in den Highlands aufgebaut. Aber er hatte diese Notizen extra herausgesucht, weil das Thema für Millies Situation besonders relevant war.

Trotz seiner Bemühungen, die Zettel so weit wie möglich im Raum zu verteilen, hasste er es, wenn sie sich bückte und sie aufhob.

"Warum fängst du nicht an, sie zu ordnen und lässt mich den Rest einsammeln?"

In wenigen Augenblicken hatte Dermot sie alle auf den vorgesehenen Tisch gestapelt. Ein Lakai brachte Tee und Sandwiches, und sie setzten sich einander gegenüber. Wie Dermot gehofft hatte, verlangte das Zusammentragen des Materials von ihr eine gewisse Kontrolle, und sie begann, Fragen zu stellen.

"Sie sagten, der Dozent ist ein Freund von Ihnen?"

"In der Tat. Robert Liston. Ein junger Mann, der eine neue Denkrichtung in der Chirurgie einleitet."

"Inwiefern sind seine Methoden anders?" Sie sah sich die Seite mit den anatomischen Skizzen genau an.

Dermot hielt inne, um seine Gedanken zu sammeln und das

Richtige zu sagen. Er hatte vorgehabt, ihre Neugier zu wecken, und er wollte diese Gelegenheit nicht verpassen.

"Liston plädiert für Schnelligkeit bei chirurgischen Eingriffen. Er glaubt, dass dies die Schmerzen reduziert und damit den Patienten entlastet. Er hat gezeigt, dass dies einen direkten Einfluss auf die Überlebensrate hat."

Millie hielt ihren Blick auf die Zeichnungen gerichtet.

"Auch andere Ärzte, die mit der Universität verbunden sind, leisten Pionierarbeit bei neuen Methoden. Chirurgen wie Archibald Drummond ... und seine Frau Isabella Murray Drummond, eine in Deutschland ausgebildete Ärztin *und* Chirurgin. Ihr Vater war ein lebenslanger Verfechter der Hygiene bei Operationen, und seine Studien zeigen, dass dies die Ergebnisse effektiv verbessert."

Sie legte die Seite beiläufig weg. "Eine Ärztin?"

"Sie praktiziert als Ärztin in der Klinik ihres Mannes in der Infirmary Street, hier in Edinburgh."

Dermot klopfte auf die Papiere auf dem Tisch und bemühte sich, nicht zu verraten, was er über ihre medizinische Situation wusste. Hier war Geduld gefragt, sagte er sich. Sie hatte die Wahl, und er wollte, dass sie wusste, welche das waren. Andere Ärzte und Chirurgen in der Stadt waren weitaus qualifizierter für die Behandlung, die sie brauchte, als der, den sie aufgesucht hatte.

"Ich weiß, dass Sie sehr beschäftigt sind und ich bereits zu viel von Ihrer Zeit in Anspruch genommen habe", sagte er. "Aber hätten Sie Interesse daran, mich heute Nachmittag zum Royal College of Surgeons zu begleiten?"

Sie schob ihm den Stapel entgegen. "Aus welchem Grund?"

"Ich wage die Vermutung, dass es ein Ort ist, den Sie noch nie gesehen haben. Betrachten Sie es als Unterhaltung, auf eine seltsame Art und Weise."

"Ich bin mir nicht sicher."

"Die Hochschule verfügt über ein Lehrmuseum, das von Studenten und Absolventen genutzt wird, um anatomische Fragen und Abweichungen besser zu verstehen. Die Öffentlichkeit hat keinen Zutritt, aber als Stipendiat kann ich Sie hindurchführen."

Er hielt inne und legte seine Hand auf den Stapel, den sie zurecht-gelegt hatte. "Gleichzeitig könnte ich Ihnen diese zurückgeben." "Du brauchst meine Gesellschaft nicht." Er lehnte sich in seinem Stuhl zurück. "Nun, das Museum ist berühmt für seine hervorragende Organisation der Artefakte, und da die Neuorganisation der Dinge für Sie von Interesse zu sein scheint, dachte ich, dass Ihnen das vielleicht ein paar Ideen geben könnte. Natürlich könnte ich es später bereuen."

"Sie sind sehr überzeugend, Dr. McKendry. Ich glaube, ich werde mich Ihnen anschließen."

Chapter Five

MILLIE BLIEB im Korridor vor den Doppeltüren stehen. Über dem Eingang waren vor langer Zeit die Worte ANATOMICALL THEATRE in altmodischer Schrift in das dunkle Holz geschnitzt worden. Die Entscheidung, die Einladung anzunehmen und zu kommen, war spontan getroffen worden, aber das Royal College of Surgeons war weitaus faszinierender, als Millie es sich je hätte vorstellen können. Als sie ankam, stellte sie fest, dass Dermot McKendry sie Freunden vorstellen wollte, die im College unterrichteten, aber Millie bestand darauf, dass sie zunächst das Museum besichtigten.

Dermot hatte ihr bereits erzählt, dass das alte Sezierhaus das Museum beherbergt hatte, solange er es kannte. Als er sie hereinführte, fiel ihr eine gerahmte, handgeschriebene Anzeige in einer Vitrine auf, die von einer erklärenden Karte begleitet wurde. Das rissige und vergilbte Papier war von der *Edinburgh Gazette* eingefügt worden und trug das Datum 16. September 1699.

Es handelt sich um die Mitteilung, dass die Chirurgen-Apotheker von Edinburgh eine Bibliothek mit physikalischen, anatomischen, chirurgischen, botanischen, pharmazeutischen und anderen kuriosen Büchern errichten

38

*wollen. Sie machen auch eine Sammlung von allen
natürlichen und künstlichen Kuriositäten. Wer solche zu
verschenken hat, möge sich bei Walter Porterfield, dem
gegenwärtigen Schatzmeister der Gesellschaft, melden, der
dafür sorgen wird, dass ihre Namen ehrenvoll registriert
werden, und wenn sie es nicht für angebracht halten, sie
kostenlos zu verschenken, sollen sie einen angemessenen Preis
dafür erhalten.*

Gliedmaßen, morbide Exemplare, kranke Organe, Abnormitäten. Zu ihrer Überraschung empfand Millie nichts davon als beunruhigend, obwohl der beißende Geruch, der die Luft durchdrang, so etwas noch nie erlebt hatte.

"Bewahrungsgeister." John William Turner, der Keeper des Museums, atmete tief ein und schüttelte den Kopf. "Ich nehme es gar nicht mehr wahr."

Millie ging mit Dermot von Gang zu Gang, und ihre Neugierde wurde auf Schritt und Tritt geweckt. Mr. Turner schlenderte neben ihnen her und erläuterte ausführlich die lange Geschichte des Museums und die Pläne für eine Erweiterung. Während sie gingen, wirkte der bebrillte junge Mann wie ein Gutsherr, der stolz sein Anwesen vorzeigt.

Die Direktoren solcher Einrichtungen kannten immer den Namen Pennington, und Millie war es gewohnt, dass man sich bemühte, das Interesse der Familie an einer Spende zu wecken. Ihre Eltern und jedes ihrer Geschwister hatten ihre eigenen Projekte, und sie war an all diesen beteiligt. Sie hatte sich immer vorgestellt, dass die Zeit kommen würde, in der auch sie eine Sache finden würde, die sie unterstützen könnte. Eines Tages.

Millie hielt vor einer Abbildung eines amputierten Arms inne. *Someday* deutete auf eine offene Zukunft hin, die sie nicht mehr besaß.

Als Dermots Hand sie berührte, wurde Millie aus ihren düsteren Gedanken gerissen. Sie blickte zu ihm auf und erkannte, dass die Berührung beabsichtigt war. Von dem Moment an, als sie hier hereingekommen waren, hatte er sie so sehr wahrgenommen, war so sehr auf ihre Stimmungen eingestellt gewesen.

Herr Turner erklärte, wie die jungen Schüler das Präparat benutzten, um die Verbindung von Sehnen, Bändern und Knochen zu verstehen. Dann zeigte der Museumskurator auf ein Knie mit einer Schusswunde und einer eingebetteten Musketenkugel auf dem Nebentisch.

"Wo kommen die alle her, Mr. Turner?"

"An vielen Orten, Mylady. Seit der Entscheidung, das Museum zu gründen, haben wir Exemplare aus allen möglichen Quellen angenommen und erworben", erklärte er. "Die meisten stammen aus privaten Sammlungen, gespendet von den Nachlässen ehemaliger Chirurgen und Professoren, die ihre eigenen Museen aufgebaut haben. Natürlich wurden auch einige Stücke aus den Schränken der Royal Infirmary gerettet."

Da Millie ihr ganzes Leben bei einigermaßen guter Gesundheit verbracht hatte, gab es so vieles, was sie nicht über Anatomie wusste. Aber die Bibliotheken von Baronsford und ihres Anwesens in Hertfordshire enthielten viele Bände über Wissenschaft und Medizin, und da sie eine eifrige Leserin war, wusste sie über die Krankheiten, die ihr Leben verkürzten, nicht völlig Bescheid.

Vor fast drei Wochen hatte sie zum ersten Mal ein Gefühl von Schwere in ihrer rechten Brust verspürt. Die Beule war spürbar.

Sie hatte es sofort gewusst, und die darauffolgenden Tage waren ein einziger Albtraum. Schließlich war sie nach Edinburgh gefahren, um es genau zu wissen. Ihr Verdacht war richtig. Die Diagnose des Arztes kam ihr wie Worte aus weiter Ferne vor. *Brustkrebs ... vielleicht ein Chirurg ... sehr wenig Hoffnung.* Sie erinnerte sich nur noch bruchstückhaft an das, was er danach sagte.

Sie kamen an einer langen Reihe von Regalen vorbei, in denen Kieferknochen in verschiedenen Größen ausgestellt waren. In zwei aufrechten Glasvitrinen am Ende waren ein Dutzend Schädel in unterschiedlichem Zustand ausgestellt.

Mr. Turner führte sie um eine Ecke in einen anderen Gang. "Und hier, in diesen Flaschen, haben wir dreiundzwanzig konservierte Exemplare von Brusttumoren".

Tumore in der Brust. Millies Knie wackelten, und ihre Schritte gerieten ins Stocken. Sie presste eine Hand auf ihren Bauch. Sie konnte ihren Blick nicht von den gedrungenen Glasgefäßen abwenden, die mit kleinen Fleischstücken in einer klaren, gelblichen Flüssigkeit gefüllt waren.

Sie waren einmal Teil von lebenden, atmenden Menschen gewesen. Frauen mit Familien und Träumen von einer Zukunft. War das alles, was von ihnen übrig geblieben war? Waren sie zu Staub zerfallen, während diese Tumore, die sie getötet hatten, hier blieben, für immer konserviert? Würde ein Teil von ihr eines Tages hier sein ... in einem Gefäß mit nur einer nummerierten Karte, um sie zu identifizieren?

Dermots Arm legte sich um ihre Taille. Millie brauchte ihn in diesem Moment, und er war da. Sie lehnte sich an ihn.

"Lady Millie hat es nicht nötig, *jedes* Exemplar im Museum zu sehen", sagte er scharf zu Mr. Turner. Er geleitete sie zu einem nahe gelegenen Fenster und stieß es auf.

Als sie die frische Luft einatmete, spürte sie, wie die Schwäche so schnell verschwand, wie sie gekommen war.

Der Museumswärter schwebte in der Nähe. "Ich hoffe, ich habe Ihre Ladyschaft nicht überwältigt. Ich neige dazu, in meinem Enthusiasmus etwas eifrig zu werden, und ich vergesse, dass Laien..."

"Es geht mir gut, Mr. Turner. Wirklich, das bin ich."

Dermot ließ sie nur langsam los.

Sie warf einen Blick zurück auf die abgefüllten Proben. Trotz ihrer anfänglichen Reaktion wollte sie sie sich genauer ansehen. Das Unbekannte machte ihr Angst, und allein der *Anblick der* Proben nahm ihr etwas von dem Geheimnis dieser Krankheit.

"Vielleicht", schlug Dermot vor, "sollten wir nach draußen gehen. Sie können mich zu den Hörsälen begleiten, und ich kann Dr. Liston diese Notizen zurückgeben."

"Ich habe mich gut erholt." Millie legte eine beruhigende Hand auf seinen Arm und sah ihm in die Augen. Er war immer noch besorgt.

Was für ein Glück, dass er in diesem Moment in ihr Leben

getreten war. Seine Freundlichkeit, sein Witz, sein Gespür für Komik brachten etwas in ihre Welt, das sie gerade jetzt brauchte. Es war, als hätte der Himmel ihn geschickt, um ihr Kraft und Klarheit in einer Zeit zu geben, in der sie beides brauchte. Er brachte sie sogar hierher und zeigte ihr - ohne es zu wissen - dass sie mit dem, was ihr bevorstand, nicht allein war. Wann hatte sie jemals einen Mann wie ihn getroffen? Noch nie.

"Ich stehe Ihnen zur Verfügung", warf Mr. Turner ein. "Was immer Sie zu tun beschließen."

"Ist dem Museum eine Bibliothek angeschlossen?"

"Das Museum verfügt natürlich über eine Sammlung von Büchern zum Nachschlagen. Aber ich fürchte, wir haben keine Leihbibliothek."

"Ich meinte, ob Sie einen Katalog mit all diesen Artikeln führen?" Sie wies auf die Gänge. "Vielleicht eine Zusammenfassung ihrer Geschichte."

Dreiundzwanzig Brusttumorproben schienen so viel zu sein. Bedeutete dies, dass die Krankheit weit verbreitet war? Von allen Frauen, die sie in ihrem Leben kennengelernt hatte, hatte keine jemals eine solche Nachricht erhalten wie sie. Zumindest hatte keine jemals darüber gesprochen. Sie wollte mehr über diese Tumore wissen und darüber, wie es den Patientinnen ergangen war.

"Das tun wir, Mylady." Mr. Turner gestikulierte in Richtung einer offenen Bürotür am Ende des Flurs. "Zu meinen Pflichten gehört es, genaue Aufzeichnungen über die Gegenstände zu führen, die wir beherbergen. Ich kann nicht bestätigen, dass die frühesten Einträge so getreu aufgezeichnet wurden, wie ich es zu tun versuche, aber ich zeige sie Ihnen gerne."

"Wunderbar." Millie wandte sich an Dermot. "Dr. McKendry, wenn Sie nichts dagegen haben, würde ich gerne hier bleiben, während Sie Ihrem Freund die Vorlesungsunterlagen zurückgeben."

Er hatte Einwände. Das konnte sie an seinem verfinsterten Gesichtsausdruck erkennen. "Um ehrlich zu sein, wäre es mir nicht ganz geheuer, Sie allein zu lassen, nachdem ich Sie hierher gebracht habe."

"Ich bin sicher, wenn ich tot umkippe, bin ich in Sicherheit", scherzte sie, um seine Bedenken zu zerstreuen. "Sie haben doch keine Ferkel in diesen Flaschen, Mr. Turner?"

"Nein, Mylady", antwortete der Museumsdirektor verwirrt auf die Frage.

"Sehen Sie? Ich komme schon zurecht, Doktor." Sie berührte seine Hand. "Du bleibst doch nicht zu lange weg, oder?"

"Wenn du darauf bestehst, gehe ich." Er verbeugte sich und fügte sich ihrem Wunsch. "Und ich komme sofort zurück."

Sie sah, wie er ihr einen Blick zuwarf, bevor er hinausging. Wenn das Leben eine Fantasie wäre und sie ein Morgen hätte, von dem sie träumen könnte, würde Millie sich diesen Blick als nächsten Schritt in ihrer Beziehung vorstellen.

Mr. Turner begleitete sie in sein Büro und setzte sie an seinen Schreibtisch. Er zog das erste von drei übergroßen, in Leder gebundenen Büchern aus dem Regal, drehte sich um und hielt dann inne.

"Verzeihen Sie, wenn ich hier über das Ziel hinausschieße, Mylady." Er starrte auf das Buch in seinen Händen und lächelte sie dann an. "Aber nach allem, was Dr. McKendry durchgemacht hat, ist es sehr erfreulich, dass seine Aufmerksamkeit wieder einer jungen Dame gilt."

Millie spürte, wie ihr Gesicht errötete. Sie sah keinen Grund zu erklären, dass sie nur Freunde waren. Das war alles. Aber seine Bemerkung machte sie neugierig.

"Was meinen Sie damit, Mr. Turner, was er durchgemacht hat?"

Jetzt war er derjenige, der rot wurde, und zwar vom Kragen bis zur Kopfhaut. "Ich weiß nicht, was ich mir dabei gedacht habe. Ich bitte um Verzeihung. Ich hätte es nie erwähnen dürfen."

"Aber Sie haben es getan, und jetzt machen Sie mich nervös. Was meinten Sie mit Dr. McKendry?", fragte sie erneut.

Ihr Gastgeber zögerte immer noch, aber Millie blieb hartnäckig, bis er es erklärte. "Meine unbedachten Worte bezogen sich auf seine verstorbene Verlobte. Er hat sie verloren, als er gerade sein Medizinstudium an der Universität beendete."

Millie erinnerte sich an alles, was ihre Schwester über Dermot gesagt hatte. Er war nicht auf der Suche nach Liebe. Jo hatte gehört, wie er gesagt hatte, dass er sich keinen Erben wünschte. Er war in seinem Krankenhaus engagiert. Seine Zeit wurde von Patienten in Anspruch genommen, die seine Pflege und Aufmerksamkeit brauchten. Jetzt wusste Millie, warum.

"Sie sagen, er hat sie verloren? Wie?"

"Sie hat sich nur wenige Tage vor der Hochzeit das Leben genommen", sagte Mr. Turner ernst. "Sie hatte schon seit einiger Zeit mit Melancholie zu kämpfen, soweit ich weiß."

Den Menschen zu verlieren, den man liebt, zu einem Zeitpunkt, an dem die Zukunft so rosig zu sein schien. Wie herzzerreißend für ihn.

Millie dachte über ihre eigene Zukunft nach. Sie wusste nicht, wie sich diese Krankheit im weiteren Verlauf auf sie auswirken würde, aber sie ahnte, dass das Ende nicht angenehm sein würde. Das war der Grund, warum sie nach Amerika reiste, um ihrer Familie eine lange Zeit des Schmerzes zu ersparen und ihren Verfall zu beobachten, während sie an Babys und die neue Generation der Penningtons denken sollten.

Dermots Verlobte kämpfte mit der Melancholie, jener allumfassenden Schwermut, die einen Menschen in der Dunkelheit versinken lässt, unfähig, sich aus den Tiefen der Verzweiflung zu erheben. Wenigstens hatte sie einen Mann, der sie liebte. Das war etwas, das Millie nie gekannt hatte.

"Wie kann man sich von einer solchen Tragödie erholen?", murmelte sie.

"Ihr Tod hat ihn verständlicherweise sehr hart getroffen. Er machte völlig dicht. Es war, als ob auch er tot wäre. Zu seiner eigenen Sicherheit wurde Dermot in die Anstalt drüben in Livingston Yards eingewiesen."

Chapter Six

"IHRE LADYSCHAFT IST NICHT zu Hause, Sir."

Dermot lauschte auf ein Zeichen von Millie, aber von oben kamen keine Geräusche. Das Haus war so still wie eine Kirche am Mittwoch.

"Wissen Sie, wann sie zu Hause sein wird und Anrufer empfängt?"

"Das kann ich nicht sagen, Sir."

Das steinerne Gesicht des Butlers zeigte nichts, und Dermot wusste, dass er mehr Glück haben würde, Informationen aus dem Blumenarrangement in der Mitte des Foyers zu bekommen. Er spürte, wie sich die Augen des stämmigen Lakaien, der an der offenen Tür stand, in seinen Rücken bohrten.

Resigniert klappte er eine Ecke seiner Karte um und ließ sie auf das silberne Tablett in der Hand des Butlers fallen. Einen Augenblick später schloss sich die Haustür hinter ihm und er schritt zur Kutsche. Er warf keinen Blick zurück auf die Fenster des Hauses.

Er hatte sie verärgert, und er konnte sich in den Hintern treten. Er hatte es besser geschafft, ihre Aufmerksamkeit zu gewinnen, als er den Narren spielte.

Es war ein Fehler, sie in das chirurgische Museum

mitzunehmen. Er wollte, dass sie andere Ärzte kennenlernt und erfährt, dass hier in Edinburgh große Fortschritte in der Medizin gemacht werden. Aber es war alles furchtbar schief gegangen. In dem Moment, in dem Turner auf die Brusttumorproben hinwies, schlug ihre Stimmung um. Der Schock, die Flaschen zu sehen, hatte ihr körperlich zugesetzt. Er hatte sie danach nicht mehr verlassen wollen, und er war ein Tölpel gewesen, das zu tun. Als er zurückkam, um die verflixten Vorlesungsunterlagen loszuwerden, war sie geradezu niedergeschlagen. Die Sorge trübte ihre Züge, sie sah ihn kaum an, und ihr Schweigen auf der Fahrt durch die Stadt war undurchdringlich gewesen.

Er hielt inne, bevor er in die Kutsche stieg. Sie beobachtete ihn jetzt. Dessen war er sich sicher. Aber er konnte sich nicht durchsetzen, um mit ihr zu sprechen. Er wollte jedoch nicht aufgeben. Sie brauchte jemanden, und er war der einzige, den sie im Moment hatte. Sie hatte ihre eigene Familie ausgeschlossen, er konnte nicht zulassen, dass sie das Gleiche mit ihm tat.

Er dachte an den Abend des Balls in Baronsford zurück. Wie sie gelacht hatte. Richtig gelacht, so lächerlich das alles auch gewesen war. In diesen wenigen Augenblicken war sie lebendig geworden, vorübergehend befreit von allen beunruhigenden Gedanken an die Zukunft. Offensichtlich brauchte sie mehr Geschenke. Lebendige Geschenke.

Der nächste Tag war Donnerstag. Im Morgengrauen schickte Dermot den Stallburschen des Gasthauses mit einem leuchtend gelben Kanarienvogel in einem kleinen Rattankäfig los. Er sollte in Sichtweite des Pennington-Stadthauses warten, um sicherzustellen, dass das Geschenk angenommen wurde. Der versiegelte Zettel an der Spitze war an sie adressiert.

Für Lady Millie,

Dieses bedauernswerte Geschöpf hat keinen einzigen Ton von sich gegeben, seit ich ihn gekauft habe. Ich weiß jedoch, dass dieser kleine Singvogel unter Ihrer zärtlichen Obhut und mit Ihrer fröhlichen Stimme einen Ton von sich geben wird,

Dearest Millie

"Wie die Lerche bei Tagesanbruch sich erhebt, Von der mürrischen Erde, singt Hymnen am Himmelstor."

Dein singloser Freund

Da er keine Antwort erhielt, schickte er am nächsten Morgen ein weiteres Geschenk. Diesmal lieferte der Junge einen Käfig mit einem roten Eichhörnchen zusammen mit seiner Nachricht.

Für Lady Millie,
Seit ich dieses Geschenk an einem Stand von St. Giles gekauft habe, hat die Kreatur nicht ein einziges Mal aufgehört, mir ihre Zähne zu zeigen und mich anzustarren. Und dann erinnerte ich mich an Folgendes,
"Das Eichhörnchen mit dem strebenden Geist verschmäht es, auf der Erde eingesperrt zu sein... Als wildester Mieter der Natur ist es frei und ein fröhlicher Förster."
In Ihrem Besitz wird dieses rote Fellknäuel sicherlich nichts anderes wollen, als Ihr lächelnder Begleiter zu sein (so wie ich!), der Ihnen den Tag versüßt und Ihre Freude an den Formschnittgärten von Baronsford steigert.
Ihr erdgebundener Bewunderer

Er war sich nicht sicher, ob es in Baronsford einen Formschnittgarten gab. Aber das spielte keine Rolle. Dennoch war Schweigen die einzige Antwort, die aus der Heriot Row kam.

Am Samstag beschloss er, ihre Geduld auf die Probe zu stellen. Nachdem er den Jungen weggeschickt hatte, wartete er.

Für Lady Millie,
Ich schicke Ihnen drei der kratzbürstigsten, widerspenstigsten Hühner, die man auf dem Viehhof in der Nähe des Grass Market finden kann. Ich übermittle sie Ihnen jedoch ohne jeden Zweifel, dass sie unter Ihrer aufmerksamen Pflege auf dem nächsten (oder vielleicht dem übernächsten)

47

May McGoldrick

*Michaelismarkt in Melrose Village preisgekrönt werden und Sie zum Neid
der ganzen Region machen.*

*Aber mein morgiges Geschenk wird Sie zum Star von ganz Schottland
machen.*

Ihr glühender Verehrer

Um die Mittagszeit kam der stämmige Lakai, der normalerweise
die Tür in der Heriot Row bewachte, mit einem Brief. Dem
gereizten Gesichtsausdruck des Mannes entnahm Dermot, dass
seine Geschenke Wirkung zeigten. Der Brief bestätigte dies. Die
Seite sah aus, als hätte man sie in einem Sommerregen aus
schwarzer Tinte liegen lassen.

Lieber Dr. McKendry,

*In Anbetracht der Verwüstungen, die Sie in meinem Haus angerichtet
haben, finde ich, dass Sie [unleserlicher Klecks] einen viel, viel längeren
Brief verdienen als [Tintenkleckse] diesen. Aber ich bin im Moment zu
[fleckiges und durchgestrichenes Wort] gereizt. Und, wie Sie vielleicht schon
vermutet haben, ist meine Feder zerbrochen.*

*Da ich jetzt meinen einzigen verbliebenen Krähen-Quilt benutze - und
da ich um seine Sicherheit in meiner Hand fürchte - muss meine Antwort
an Sie kurz ausfallen.*

Halt! Ich bitte dich. Hör auf.

P.S. Das Eichhörnchen hat den Butler bereits zweimal gebissen.

Ihr verärgerter ehemaliger Freund

Dermot hielt das mit Tinte verschmutzte Papier hoch und
betrachtete es mit Genugtuung. Er wusste, wo Millie's
Schreibtisch stand. Zur Linken öffnete sich ein großes Fenster zum
Garten auf der Rückseite des Hauses. Auf der rechten Seite
standen die Bücherregale, die er "arrangiert" hatte, wie eine Reihe
von Infanteristen an der Wand. Er stellte sich gerne vor, wie sie

ihm diesen Brief mit der Andeutung eines Lächelns auf den Lippen zusteckte.

Dermot wusste, dass diese Briefe gegen die Regeln der Etikette verstießen, aber sein Verhalten gegenüber Millie war vom ersten Tag ihrer Begegnung an unangemessen gewesen. Die gesellschaftlichen Sitten seien verdammt. Er setzte sich, um seine Antwort zu verfassen.

Liebste Lady Millie,
Ich muss gestehen, dass ich nicht weiß, was es ist, das Sie mir vorwerfen. Bitte erläutern Sie das. Womit aufhören, Mylady?

In der Zwischenzeit würde ich für immer in Ihrer Schuld stehen, wenn ich Sie aufsuchen und unsere freundschaftliche Bekanntschaft erneuern dürfte. Diese Stadt ist leider nur ein trostloser Abgrund der Verwüstung ... kalter Trost ohne Ihre schöne Gesellschaft.
Ich bleibe demütig und immer Ihr Freund usw.
Dermot McKendry

P.S. Wie geht es meinem schweinischen Namensvetter in den Borders? Sagt schnell Bescheid. Ich warte auf Eure Antwort.

Es war zu viel zu hoffen, dass sie ihn noch am selben Tag mit einem zweiten Brief beglücken würde. Dermot ließ sich nicht beirren und schickte am Sonntagmorgen ein weiteres Geschenk. Der Stallbursche kehrte zurück und sagte, er müsse um sein Leben rennen, denn ein "Lakai aus der Hölle" habe ihn fast überfallen, als er den Käfig auf die Eingangstreppe stellte.

Dermot's Notiz lautete:

Für Lady Millie,
Oh, ein wunderbarer Tag! Ich habe diesen Affen in einem Laden am Kai in Leith zum Verkauf gefunden und wusste sofort, dass er Ihnen

gehören MUSS. Der Vorbesitzer hat auf den Bart des Großvaters seines Urgroßvaters geschworen, dass er (also der Affe) gerne auf Ihrer Schulter reitet, egal ob im Park oder bei einem Spaziergang entlang der Heriot Row.

Solange Sie ihr nicht beibringen können, mit dem unaufhörlichen Geplapper aufzuhören (was Ihnen sicher in kürzester Zeit gelingen wird!), empfehle ich nicht, sie mit in den Gottesdienst zu nehmen. Zu viel Konkurrenz für den Prediger, würde ich meinen.

Ihr stiller Freund

Millie hat nicht bis zum Mittag gewartet, um einen Brief zu schicken.

Sir,
Ich erwarte Sie am Montagmorgen um Punkt zehn Uhr hier in der Heriot Row. Wenn Sie nicht kommen, und zwar pünktlich, dann werde ich bei allen gerechten Engeln im Himmel eine Herde Elefanten an Ihre Gasthaustür liefern lassen.

Millie

Dermot las den Brief zweimal und sah sein eigenes Lächeln in dem kleinen Spiegel an der Wand reflektiert. "Endlich, meine Einladung."

Er schritt zum Fenster, stieß es auf und lehnte sich hinaus. Der Stallbursche bürstete gerade sein nächstes Geschenk ab.

"Ahoi, mein Junge", rief er hinunter. "Bring die Lamas zu Ducrow's Circus zurück, mit meinen Grüßen. Ich werde sie nicht mehr brauchen."

Chapter Seven

"Wenn ich mir erlauben darf, noch einmal zu fragen, Mylady, seid Ihr *sicher, dass* Ihr das tun wollt?"

In einem Punkt war sich Millie ganz sicher. Es war das erste Mal in ihren sechsundzwanzig Jahren, dass ihr Butler im Stadthaus von Edinburgh ihre Wünsche in Frage gestellt hatte. Oder war es ihr Verstand, den er in Frage stellte? Sie hatte noch nie etwas so Ungewöhnliches getan, nicht einmal als kleines Kind.

"Ich bin mir sicher." Sie sah sich im Salon um. Die Perserteppiche waren aufgerollt, und über jeden Stuhl, jedes Sofa und jeden Tisch waren Tücher drapiert worden. Sogar die Bilder, die an den Wänden hingen, waren abgedeckt worden. Sie hatte keine Angst vor irgendwelchen Konsequenzen seitens ihrer Familie. Einer der Vorteile, wenn man sein Leben damit verbringt, sich an alle Regeln und Vorschriften zu halten, ist, dass man sich das Recht auf ein wenig Wildheit verdient hat.

Wenn ihre Zimmer in Baronsford von dem Schaden befreit werden konnten, den ein gefettetes Schwein angerichtet hatte, so konnte dies auch für diesen Salon gelten.

"Bringt sie hierher. Und zwar alle. Sofort."

"Wie Ihr wünscht, Mylady." Mit einem niedergeschlagenen

Blick nickte der Butler den Lakaien zu, die unsicher an der Tür standen.

"Und für alle, die später beim Aufräumen helfen, gibt es einen zusätzlichen Tageslohn", sagte Millie. Sofort hörte sie hinter sich ein zustimmendes Gemurmel, als sie das letzte Fenster schloss. Die Käfige wurden hereingetragen und auf den Boden gestellt. Nachdem sie die Diener hinausgeschickt hatte, begann sie, ihre neuen Gefährten zu befreien. Der Kanarienvogel flog sofort los, umkreiste den Raum und flatterte gegen jedes Fenster, bevor er auf einem verhüllten Gemälde an der Wand landete. Der Vogel war wahrhaftig der stillste Singvogel der Welt, und er sah Millie jetzt mit demselben zweifelnden Blick an, den der Butler getragen hatte.

Als das Eichhörnchen losgelassen wurde, verwandelte es sich in einen rostroten Fleck, rannte durch den Raum und sprang auf die Möbel und wieder herunter. Als es das Tablett mit den Erfrischungen aufspießte, war es im Handumdrehen auf dem Tisch, setzte sich auf seine Hüften und stopfte sich Walnüsse in die Backen, so schnell es nur konnte.

Millie ließ als nächstes die drei Hühner frei. Sie waren wirklich die erbärmlichsten Vögel, die es gibt. Wenn sie sie jetzt ansah, dürr und dünn, mit Flecken von Federn, die ganz fehlten, hatte sie keinen Zweifel daran, warum sie auf dem Markt unverkauft geblieben waren. Sie stolzierten umher, beschmutzten den dunklen Holzboden, gackerten und pickten an Möbelstücken und aneinander herum.

Das Äffchen beruhigte sich, sobald der Käfig geöffnet wurde. Das kleine Säugetier, das sich eindeutig als den anderen Tieren überlegen ansah, kletterte seelenruhig auf Millies Arm und setzte sich auf ihre Schulter, hielt sich am Kragen ihres Kleides fest und beäugte die anderen mit wohlwollender Verachtung.

Millie verspürte denselben Schmerz des Bedauerns, den sie gestern verspürt hatte, als sie Dermot ihre Nachricht mit der Bitte um das heutige Treffen geschickt hatte. Sie hätte damit warten sollen, denn sie war neugierig darauf, welche anderen Gefährten er ihr geschickt haben könnte.

Dermot McKendry hatte sie als Mensch und Arzt schon fasziniert, bevor sie ihm überhaupt begegnet war. Es waren nicht nur die Geschichten, die Jo ihr erzählte, oder der ursprüngliche Zustand seines Büros. Er hatte einen absolut verruchten Sinn für Humor. Diese neueste Dummheit war ungeheuer liebenswert und völlig unerwartet. Seit der Ankunft ihrer Menagerie hatte sie keine Zeit zum Nachdenken gehabt. Keine Zeit, um sich in der Tristesse ihrer Situation zu suhlen. In den letzten paar Tagen hatte sie morgens erwartungsvoll die Augen aufgeschlagen und war nach unten geeilt, um zu sehen, welches neue Geschenk geliefert worden war.

Zu Millies Überraschung trillerte der Kanarienvogel zum ersten Mal, einen Moment bevor es an der Haustür klopfte. Sie warf einen Blick auf die Uhr, als diese gerade die Stunde schlug. Dermot war natürlich pünktlich.

Welche Erwartungen oder Befürchtungen er auch immer gehabt hatte, wie sein Unfug auf Millie gewirkt hatte, sie waren in dem Moment in den Wind geschlagen, als Dermot den Salon betrat. Sie hatte alle seine Geschenke aufbewahrt, und sie liefen frei im Raum herum.

"Schließen Sie die Tür. Schnell! Wir können sie doch jetzt nicht entkommen lassen, oder?"

Die Förmlichkeit war vergessen. Der Lakai zog sich sofort zurück, und Dermot drehte sich gerade noch rechtzeitig um, als ihm ein gelber Vogel ins Gesicht flog. Vorsichtig versuchte er, ihn zu verscheuchen, aber der Kanarienvogel schien einen eigenen Willen zu haben.

"Ich glaube, sie ist die Wütendste von allen." Millie streckte ihre Hand aus, und der Vogel landete auf ihr. "Sie hat aber vorhin zum ersten Mal gesungen."

Millie war eine Vision aus einem Märchen. Sie war weiß gekleidet, hatte einen Affen auf der Schulter und einen Vogel auf dem Finger sitzen. Ihr Haar war leicht zerzaust. Ihre Wangen leuchteten rosa. Er wünschte sich, er hätte künstlerisches Talent, denn dieses Bild müsste gemalt und bewundert werden. Doch er verwarf den Gedanken schnell wieder; er konnte die lebendige Essenz ihrer Persönlichkeit niemals auf Leinwand bannen.

"Der Kanarienvogel ist eine Sie?", fragte er schließlich. Er brachte es nicht übers Herz, ihr zu sagen, dass nur der männliche Vogel singt.

"Sie sind alle weiblich. Ich dachte, Sie wüssten das."

Sie wies auf einen Tisch, auf dem ein Tablett mit belegten Brötchen, Gebäck und dergleichen stand. Das rote Eichhörnchen, das auf dem Tablett saß, schnappte sich die letzte Walnuss aus einer Schale und huschte davon.

"Keine Ausreden heute, Dr. McKendry. Sie leisten uns Gesellschaft bei den Erfrischungen."

"Autsch." Er sah auf die Hühner hinunter, die bösartig an seiner Hose pickten. "Hau ab."

"Reden Sie mit ihnen. Sag ihnen, dass es deine Schuld ist, dass die Köchin ihnen ein andersfarbiges Band an die Füße gebunden hat, um den Tag zu kennzeichnen, an dem sie in den Eintopf kommen sollen."

Er bemerkte die Bänder. Sie machte keine Scherze. "Vielleicht sollten sie erst ein bisschen gemästet werden."

"Du hast recht." Sie ermunterte den Kanarienvogel, sich auf eine unbeleuchtete Lampe zu setzen, und führte ihn zum Tisch. "Ich werde mit der Köchin darüber sprechen."

Dermot bewegte sich vorsichtig, während die gackernden Hühner zwischen seinen Beinen umherschwirrten und weiter nach ihm pickten. "Halt! Behandelt man so den Mann, der einen hierher gebracht hat? Es gibt weitaus schändlichere Schicksale, als als Lady Millies Abendessen zu enden ... obwohl mir im Moment keins einfällt."

Millie blieb stehen und sah ihn an. "Sie geben also zu, dass diese Geschenke von Ihnen stammen?"

Er verbeugte sich. "Du hast mich ertappt. Vielleicht hatte ich *etwas* damit zu tun."

Als seine Gastgeberin auf den Tisch zuging, sah er den Affen, der auf ihrer Schulter saß und ihm die Zunge herausstreckte, stirn-runzelnd an.

Millie setzte sich, und er setzte sich zu ihr. Mit einem kleinen Schubs kletterte der Affe herunter und folgte dem Eichhörnchen, das zurückgekehrt war und in einem Teller mit Sandwiches herum-stöberte.

"Möchten Sie auch eine, Doktor?"

Das rote Eichhörnchen hob sein Gesicht, beide Backen vollgestopft. Der Affe hielt ebenfalls inne und starrte, in jeder Hand ein Sandwich haltend. Die Warnung war eindeutig.

"Mir geht es gut."

"Kaffee also?" Sie schenkte eine Tasse ein und reichte sie über den Tisch.

Dermot wollte gerade einen Schluck nehmen, als der gelbe Vogel quer durch den Raum flog und auf seiner Schulter landete. Er trällerte hübsch in sein Ohr, und er begann zu glauben, dass er keine schlechte Wahl getroffen hatte - zumindest in diesem Fall - als der gefiederte Nager davonflog und einen Fleck auf seinem blauen Mantel hinterließ.

Er stellte die Tasse ab.

"Stimmt etwas nicht?", fragte sie.

Die Hühner stürzten sich wieder auf ihn, dieses Mal auf seine Stiefel. Als eine jedoch sein Knie angriff, griff Dermot hinunter, packte die Übeltäterin und warf sie über seine Schulter. Es segelte in einem empörten Flattern von Federn und Gekrächze davon, das rote Band hinter sich herziehend. "Überhaupt nichts."

Der Kanarienvogel flog zurück und hockte sich auf seine andere Schulter. Offensichtlich war er noch nicht fertig. Er sah ihm in die Augen, zwitscherte ein paar tiefe Töne und flog dann davon, wobei er auch dort seine Spuren hinterließ, wie er es erwartet hatte. Vielleicht war es ja doch eine "Sie".

"Findest du meine kleinen Freunde lästig?"

"Keineswegs." Die Hühner waren wieder da und pickten wie wild. Er schüttelte ihnen seine Serviette entgegen und schlug die Beine übereinander.

"Fühlen Sie sich wohl, Dr. McKendry?"

"Auf jeden Fall", log er.

"Und amüsieren Sie sich?"

"Auf jeden Fall." In diesem Moment sprang die rothaarige Henne auf sein Knie und grub sich mit ihren scharfen Krallen ein.

"Wie könnte ich das nicht sein?"

Als er den Vogel wegschlug, sprang das Eichhörnchen vom Tisch und rannte durch seine Beine, und der Affe stand auf dem Tablett und kreischte zur Unterstützung. Der Kanarienvogel war wieder da, dieses Mal landete er auf seinem Kopf und pickte an seiner Kopfhaut.

"Verdammte Scheiße!"

Dermot sprang auf, seine Hände und Füße bewegten sich gleichzeitig, als er versuchte, die Angreifer abzuwehren.

"Entschuldigen Sie meinen Ausbruch", brachte er zwischen zwei Verteidigungsmanövern heraus. "Aber wie haben Sie sie in so kurzer Zeit trainiert?"

"Ich weiß nicht, was Sie meinen", sagte sie unschuldig und sah ihn ruhig an, als ob nichts geschehen wäre. "Sie leben *doch* in den Highlands, Herr Doktor, nicht wahr?"

Er bemerkte den Anflug eines Lächelns auf ihren Lippen. Er hatte diese Biester an ihre Tür gebracht, aber es waren ihre Augen, die vor Schalk tanzten.

"Das letzte Mal, als ich die Abtei besuchte, bin ich durch die Bauernhöfe gegangen. Arbeitende Bauernhöfe. Ich kann nicht verstehen, warum dich ein oder zwei Tiere so beunruhigen."

"Nun gut. Ich werde es sagen. Ich entschuldige mich dafür, dass ich euch mit dieser Plage wilder Dinge behelligt habe."

Dann, so plötzlich wie sie begonnen hatten, verloren die Tiere ihr Interesse an ihm. Die Hühner wanderten davon, das Eichhörnchen und der Affe nahmen ihr Frühstück wieder auf, und der Kanarienvogel flog auf die Spitze der Uhr, wo er zu singen begann.

Dermot schüttelte den Kopf, setzte sich wieder hin und erwiderte Millies Lächeln.

Sie neigte den Kopf in Richtung Tür. "Ich werde Ihre Entschuldigung an das Personal weitergeben. Die Haushälterin war gestern Abend bereit, ihren Posten zu kündigen. Und der Butler denkt, ich sei verrückt geworden. Die Dienstmädchen rennen weg und verstecken sich, sobald der Diener die Haustür öffnet."

Dermot beäugte das Huhn mit der roten Schleife misstrauisch. Sie starrte ihn von hinter Millies Stuhl aus an. Er würde sich auf dem Weg nach draußen selbst entschuldigen. Er wusste nicht genau, wie er es ihr sagen sollte, aber das Chaos war nicht das einzige Ergebnis, das er erreichen wollte. Ihre gute Laune war das, was er sich erhofft hatte, und ihr strahlendes Gesicht sagte ihm, dass er sich nicht verrechnet hatte.

"Erst das Ferkel. Und dann diese Tiere." Sie winkte den Kreaturen um sie herum zu. "Warum habt ihr euch so viel Mühe gemacht?"

Millies Frage war direkt, und sie half ihm. Vielleicht war die Zeit gekommen, offen zu sprechen. Er griff nach seiner Tasse, sah die warnenden Blicke auf den Gesichtern des Affen und des roten Eichhörnchens und überlegte es sich anders.

"Ich weiß, dass es nicht deine Absicht war, die Streiche, die wir uns gegenseitig gespielt haben, auf die Spitze zu treiben." Sie faltete ihre Serviette und strich sie auf ihrem Schoß glatt. "Und ich weiß, dass du es nicht tust, um mir den Hof zu machen. Da ist noch etwas anderes."

Er *wünschte sich,* er hätte ihr mit seinem Verhalten den Hof gemacht, aber er verdrängte den Gedanken.

Dermot war ein Meister darin, die Gedanken eines Menschen zu manipulieren, um ihn zu beruhigen oder herauszufordern. Die Jahre, die er in seinem Beruf verbracht hatte, hatten ihn mit unschätzbaren Werkzeugen ausgestattet, die er einsetzen konnte, um jemandem zu helfen, der von Trauer oder Melancholie oder einem anderen Zustand geistiger Not geplagt war. Und in der vergangenen Woche hatte er oft an diesen Moment gedacht. Aber plötzlich war sein Verstand leer. Er konnte nur noch aus seinem Herzen sprechen.

"Ich wollte Sie ablenken."

"Mich ablenken?" Sie war überrascht. "Warum?"

"Weil ich weiß, was du gerade durchmachst."

Sie begann zu antworten, hielt aber inne. Die Tasse wanderte langsam zu ihren Lippen. Er wollte nicht, dass seine Worte den Vorsprung, den sie in den letzten Tagen gewonnen hatte, wieder zunichte machten. Geh langsam, sagte er sich.

"Was *genau* wissen Sie, Dr. McKendry?", fragte sie schließlich und stellte die Kaffeetasse auf dem Tisch ab.

Es war nicht möglich, sich ihren Fragen zu entziehen, selbst wenn er es wollte. Direktheit bestimmte die Art, wie sie ihr Leben lebte. Die Art, wie sie die Welt sah. Dermot war genauso. "Ich habe dich getroffen - oder besser gesagt, du hast mich getroffen - ein paar Tage vor dem Ball in Baronsford. Es war in einer Gasse oberhalb von Cowgate. Du warst zu aufgeregt, um aufzublicken, aber ich habe dich erkannt."

Ihre Augen schlossen sich kurz und sie massierte ihre Schläfen. Sie suchte nach einer plausiblen Erklärung für ihre Anwesenheit. Aber er wollte nicht, dass weitere Erfindungen das Wasser zwischen ihnen trübten.

Er griff in seine Tasche und holte die Karte heraus, die er seit diesem Tag bei sich trug. "Die haben Sie verloren, als Sie den Kindern in der Gasse Ihr Geld gaben. Es ist die Karte von Dr. Jessen."

Sie schaute ihn an und schüttelte den Kopf. "Sie müssen sich irren. Ich bin in dieser Woche einmal durch Cowgate gegangen, aber-"

"Nicht, Millie", sagte er sanft und ließ die Förmlichkeit beiseite. "Ich *weiß*. Ich habe mit ihm gesprochen ... als Arzt. Er erzählte mir die schwierige Nachricht, die er der jungen Frau überbringen musste, die gerade sein Büro verlassen hatte."

Ihr Kinn hob sich. Ihre Augen waren groß und verängstigt. Dermot wollte zu ihr gehen, sie in seine Arme nehmen und ihr sagen, dass alles gut werden würde.

"Wem haben Sie es gesagt?"

"Keiner. Deine Entscheidungen, deine Wahl, musst du allein treffen. Ich würde Sie darin niemals untergraben", sagte er mit Leidenschaft und meinte jedes Wort. "Als Freund und als jemand, der in der Medizin tätig ist, habe ich mir die Freiheit genommen,

Sie abzulenken und Sie auf die Möglichkeiten hinzuweisen, die Ihnen offen stehen."

"Die Vorlesungsunterlagen über chirurgische Eingriffe mitzubringen war Teil Ihres Plans."

"Das ist eine Option, die Dr. Jessen vielleicht nicht mit Ihnen besprochen hat. Und es gibt hervorragende Chirurgen in Edinburgh. Ich habe Ihnen von Dr. Isabella Drummond erzählt, weil sie immer in den höchsten Tönen gelobt wird, und sie ist eine Frau."

"Du hast mich ins Museum gebracht, ins Royal College of Surgeons."

"Ich wollte, dass Sie andere Ärzte kennenlernen. Jessen ist ein guter Arzt, aber er ist nicht annähernd der Beste für die Behandlung eines Patienten mit Ihrem Zustand." Seine Stimme zitterte, aber er bemühte sich um einen überzeugenden Tonfall. "Ihr Leben steht auf dem Spiel, Millie. Sie können sich nicht auf eine einzige Person und eine einzige Meinung verlassen. Sie haben die Mittel, um..."

"Was ist, wenn mir niemand helfen kann?"

Susans Gesicht erschien vor seinem geistigen Auge, und wie Asche, die vom Wind verweht wird, löste sich das Bild auf, wirbelte herum und flog davon. Dermot hatte ihr nicht geholfen. Er hatte nicht gewusst, wie, und er hatte einen Fehler gemacht. Das war jetzt, sagte er sich. Er war erwachsen geworden. Er hatte viel mehr Wissen, mehr Verbindungen. Und Millie musste ihm vertrauen.

"Jemand *wird* dir helfen. Ich werde dir helfen. Es gibt einen Weg, und wir werden ihn finden."

Ihre Augen funkelten, als sie sich zu ihm hinunterbeugte. "Danke."

Sie streckte ihre Hand über den Tisch. Er nahm sie in seine eigene. Ihre Finger waren kalt, und sie umklammerten seine fest. Er konnte sie nicht sterben lassen. Er würde es nicht zulassen.

"Ich bin dankbar für das, was du getan hast, und für deine Freundschaft, aber im Moment brauche ich Zeit", flüsterte sie und nahm ihre Hand zurück. "Zeit zum Nachdenken."

Er verstand das, aber er fühlte sich auch wie ein Versager. Er hatte so viel mehr im Kopf, das er mit ihr teilen wollte. Sie war ihm wichtig. Mehr als nur ein Freund oder die Schwägerin seines Partners. Millie war für ihn unverzichtbar geworden. Sie füllte eine klaffende Lücke in seinem Herzen, die dort seit Jahren klaffte.

"Millie."

"Es ist in Ordnung. Aber bitte, jetzt musst du mich verlassen."

Die Tür schloss sich hinter Dermot, und ihre Tränen kullerten und flossen über. Millie saß auf der Kante des Stuhls, als ihr Schluchzen sie überkam. Sie war nicht allein. Sie musste die Krankheit nicht allein durchstehen.

Das Äffchen kletterte auf ihre Schulter und legte seine Arme um ihren Hals.

Millie lachte durch ihre Tränen hindurch und streichelte das kleine Tier.

Dermot kannte ihr Geheimnis. Er sorgte sich. Er war betroffen von dem, was sie durchmachte. Er hatte Hoffnung, als sie sich nicht traute, welche zu haben. Sie wischte sich über das Gesicht und versuchte, sich zu beruhigen. Sie wollte etwas von der Last, die sie in den letzten Wochen getragen hatte, mit ihm teilen.

Aber sie konnte ihm das nicht antun; Mr. Turners Worte kamen ihr immer wieder in den Sinn.

Dermot hatte geliebt, und er hatte verloren. Er hatte schwer gelitten, so sehr, dass er in eine Anstalt eingewiesen wurde.

Sie konnte seine Zuneigung zu ihr spüren. Wenn sie seine Hilfe annahm, würde er dann wieder verletzt werden? Sie konnte sich nicht verzeihen, wenn ihr eigenes Leiden ihm Schmerzen bereitete.

Und was ist mit ihr? Wäre sie zufrieden, wenn er ihr als Freund der Familie helfen würde ... und dabei unparteiisch bliebe? Sie sorgte sich bereits zu sehr um ihn. Tränen liefen ihr über die Wangen. Sie hatte keine Antworten.

Chapter Eight

DIE HUFE des Pferdes erklangen auf dem Granitpflaster der Heriot Row und sprühten Funken, als der Reiter aus Bellhorne sein Pferd zügelte und auf den Bürgersteig vor dem Stadthaus der Penningtons sprang. Als er an die Tür klopfte, um den Lakaien und den Rest des Haushalts zu wecken, läuteten die Glocken von St. Andrew's ein paar Blocks weiter die Stunde drei.

Nachdem er Lady Millie seine Nachricht überbracht hatte, saß er im Nu wieder auf seinem Pferd und ritt durch das trübe Morgenlicht in Richtung Baronsford.

Die Nachricht von Captain Bell war eindeutig übereilt und enthielt nur wenige Informationen, außer dass Phoebe bereits Wehen hatte und ihre Schwester bei sich haben wollte.

Millie weinte, sie lachte, und dann verspürte sie den Drang, sich sofort auf den Weg zu machen. Während ihr Dienstmädchen ihr beim Anziehen und Packen half, rief sie nach einem Kutscher und Lakaien, die eine Kutsche bereithalten sollten. Als die Haushälterin das Dienstmädchen hinausschickte, um die Reise vorzubereiten, hielt Millie sie auf. Sie würde sie nicht mitnehmen. Sie hatte einen anderen Plan.

Eine Stunde später ratterte die Kutsche vor den Eingang von White Horse Close. Einer ihrer Lakaien bot ihr an, eine Nachricht für sie ins Gasthaus zu bringen. Aber das wollte sie nicht. Sie kümmerte sich nicht mehr um die Regeln der Gesellschaft. Was zählte schon ein guter Ruf, wenn es keine Gewissheit über das Morgen gab?

Es war weit nach vier Uhr morgens, als sie an Dr. McKendrys Tür klopfte, und er sie aufriss. Ihr Herz machte einen Sprung, als sie ihn sah, der im Licht der Morgendämmerung durch das Fenster in seinem Zimmer lag. Ungepflegtes Haar, schläfrige Augen, sein Hemd offen und eine muskulöse Brust entblößend. Die Hose hing ihm tief in die Hüften, und seine Füße waren nackt.

Als er sie sah, wurde er sofort hellwach. "Millie, was ist los?"

"Ich weiß, dass es völlig unangebracht ist, hierher zu kommen. Und ich verstehe, dass ich kein Recht habe, dich darum zu bitten, dass ich unsere Beziehung missbrauche."

"Was ist es? Sag es mir. Frag irgendetwas."

"Phoebe liegt in den Wehen. Sie will mich bei sich in Fife haben. Das Baby kommt früher." Panik durchflutete sie, und die Worte sprudelten nur so aus ihr heraus. "Was, wenn etwas schief geht? Was ist, wenn alles schief geht? Ich habe Angst. Ich glaube, ich werde verrückt. Traurige Gedanken . . schreckliche Gedanken . . ."

Millie bemerkte nicht, dass sie zitterte, bis Dermot sie in seine Umarmung zog und sie seine muskulösen Arme um sich spürte. Er streichelte ihren Rücken und ihre Schultern und flüsterte ihr beruhigende Worte ins Ohr. Sie drückte ihre Wange an seine warme Brust, atmete seinen Duft ein und hielt ihn fest, während er sie festhielt.

"Sie braucht mich. Aber ich bin von schrecklichen Zweifeln erfüllt. Ich erwarte das Schlimmste. Ich glaube nicht, dass ich stark genug bin, um zu ihr zu gehen."

Sein Kinn berührte ihr Haar. "Du bist ihre Schwester. Und du *bist* stark. Sehr stark. Und du wirst die Schlachten schlagen, die geschlagen werden müssen. Du wirst die Monster erschlagen, die dich bedrohen. Du wirst alles tun, was du tun musst. Du wirst ihr zur Seite stehen, ihre Hand halten und sie unterstützen. Sie wird die Geburt überstehen, und alles wird gut werden. Denke es. Glaube daran. Alles wird gut gehen."

Vor ihrem geistigen Auge erschien das schöne Gesicht von Phoebe. Phoebe, die Schriftstellerin. Phoebe, die Gefahrensuchende. Phoebe, die rechthaberische Schwester, die sich von Millie in Persönlichkeit und Temperament unterschied. Und doch waren sie wie zwei Hälften eines Ganzen. Wo die eine Fehler machte, flickte die andere sie. Wo die eine ausrutschte, hielt die andere sie auf festem Grund. Sie liebten und ergänzten sich gegenseitig.

Noch vor einem Jahr folgte der eine dem anderen, wohin er in der Welt ging. Dann heiratete Phoebe Captain Ian Bell, und das Leben hatte sich für beide verändert. Es war die natürliche Entwicklung, und Millie hatte sie mit Freude angenommen. Jetzt wünschte sie sich nur, dass das Kind ohne Schwierigkeiten auf die Welt kommen würde, dass es Freude und Lachen nach Bellhorne bringen würde, wo sie so lange abwesend gewesen waren. Die Familie Bell hatte lange Zeit getrauert, seit sie Ians jüngere Schwester Sarah verloren hatte.

Heute Abend jedoch lag der Schwerpunkt auf Phoebe. Millie war mit allem einverstanden, was Dermot sagte. Und was auch immer sie mit ihrer eigenen Gesundheit durchmachte, es hatte nichts mit dem zu tun, was für ihre Schwester getan werden musste.

Er wich zurück und neigte ihr Gesicht nach oben. Seine Daumen wischten die Nässe auf ihren Wangen weg. "Besser?"

"Viel", flüsterte sie. Er war ein Geschenk. Seine Worte waren das, was sie hören musste. "Du bist der Einzige, der weiß, was ich durchmache. Der Einzige, der mich versteht."

Er streichelte die Linie ihrer Wange. Seine Augen studierten sie, als würde er diesen Moment in seine Erinnerung einbrennen. Millie wünschte sich, sie könnte für immer hier bleiben, in seinen Armen versammelt. Wie leicht wäre es, ihre Lippen auf seine zu pressen, ihre Finger über seine Haut gleiten zu lassen, die Tür hinter ihnen zu schließen und die Welt auszusperren.

Aber ihre Schwester brauchte sie.

"Meine Kutsche wartet. Und ich weiß ... es ist eine Härte, eine Unannehmlichkeit ... aber würdest du in Betracht ziehen, mit mir nach Fife zu kommen?" Sie holte tief Luft und hielt den Atem an, als sie sich der Zumutung eines solchen Gefallens bewusst wurde. "Es tut mir leid. Ich hätte niemals ..." "Ich fühle mich geehrt, dass du mich fragst. Warten Sie unten auf mich. Ich bin gleich unten."

Die zehn einfachen Meilen von Edinburgh nach Queensferry verliefen in absoluter Stille, denn Millie saß mit ihrem Arm in seinem und ihrem Kopf an Dermots Schulter. Er war froh, dass sie bei ihm genug Trost fand, um zu schlafen. Sie war eingeschlafen, noch bevor Castle Hill hinter ihnen verschwunden war.

Dermot beobachtete die flachen und hügeligen Felder und Dörfer und die gelegentlichen Turmruinen, während die aufgehende Sonne Schatten auf die Vorderwand des Wagens warf. Er sagte sich immer wieder, dass aus Anziehung keine Zuneigung entstehen musste. Sich um jemanden zu kümmern, konnte unabhängig von der Liebe existieren. Das war nur logisch.

Die Unverfrorenheit seiner Gefühle sagte ihm jedoch, dass es für solche Spitzfindigkeiten viel zu spät war. Seine Gefühle für sie hatten sich verändert, vertieft. Jedes Mal, wenn sie sich trafen, kamen sie sich näher und bauten auf einem Fundament auf, das gelegt worden war, bevor sie sich überhaupt vorgestellt wurden.

Aber es war die Krankheit, von der sie befallen war, die ihn verzweifeln ließ. Er war mehr als besorgt, er war verzweifelt. Jeden Tag kam sie einen Schritt näher, bis es zu spät war. Er war Chirurg. Er wusste, dass es darauf ankam, rechtzeitig zu handeln. Er verstand die Gefahren, denen sie ausgesetzt war, aber es musste etwas getan werden. Sie stand vor Entscheidungen, die sie treffen musste. Und doch konnte er sie nicht zwingen, etwas zu tun. Er würde es ganz sicher nicht ihrer Familie erzählen, auch wenn Wynne und ihre Schwester Jo seine engsten Freunde waren.

Er hatte diesen Fehler schon einmal gemacht, und er hatte dazu geführt, dass Susan sich das Leben nahm.

Der Firth of Forth war glatt für die Fährüberfahrt, und vor ihnen war der Himmel über Fife klar. Als er neben Millie stand, verbarg er seine Sorgen und redete sich ein, dass er für sie da war. Was er allein bieten konnte, musste ausreichen. Es war so, wie sie es sich wünschte. Was er für sie empfand, die Ängste, die ihn quälten, mussten im Zaum gehalten werden. Sie waren zweitrangig gegenüber ihrem Verlangen.

In Erwartung von Millies Ankunft hatte Kapitän Bell für die restlichen sechzehn Meilen ihrer Reise eine Kutsche am Fähranleger bereitstehen.

Sie saß wie zuvor neben ihm, den Kopf an seine Schulter gelehnt, die Mütze auf dem Sitz gegenüber. Sie fühlte sich so wohl bei ihm, dass sein Herz anschwoll. Sie waren schon eine ganze Weile auf der Küstenstraße unterwegs, als Dermot zu ihr hinüberschaute und sah, dass sie wach war. Er strich mit dem Kinn über ihr weiches Haar. Ihre Hand glitt in seine, und die Art, wie sich ihre Finger umschlangen, sprach von mehr als Freundschaft. Plötzlich spürte er ein Brennen in seiner Kehle.

"Haben Sie über einen der Vorschläge nachgedacht, die ich gestern gemacht habe?"

Sie rieb ihre Wange an seinem Mantel und blieb still.

"Wenn Sie mir erlauben, kann ich für Sie ein Treffen mit mehreren Chirurgen arrangieren. Gute Chirurgen. Sie können sich den aussuchen, den Sie wollen."

Eine zweite Hand ruhte auf seinem Ärmel. Sie starrte aus dem Seitenfenster.

"Millie." Er drückte ihre Hand. "Sprich mit mir. Sag mir, dass du es in Betracht ziehst."

Sie hob ihr Gesicht und sah zu ihm auf. Er sah die aufsteigenden Tränen, sah die zitternden Lippen.

"Als Freunde. Du musst es mir versprechen. Du wirst dich nicht mehr um mich kümmern, als um einen einfachen Freund."

"Oh, Schätzchen, dafür ist es viel zu spät", antwortete er und beugte sich vor, um sie zu küssen.

Millie wollte es, aber sie fürchtete es. Ihr Körper und ihr Herz schmerzten, um in Dermots Armen zu liegen, aber ihr Verstand forderte sie auf, sich an seine Vergangenheit und seinen Verlust zu erinnern.

Leider hatte er Recht. Es war viel zu spät.

Seine Lippen zogen sich zurück, als hätte er ihr Zögern gespürt, aber sie wollte ihn nicht loslassen. Millie richtete sich auf und küsste ihn erneut. Ein Feuer raste durch sie hindurch und löschte alle Reste der Vernunft aus. Sie wollte ihn.

Sie bewegte sich in seinen Armen und versuchte, näher an seinen Körper zu kommen. Er hob sie hoch und setzte sie auf seinen Schoß. Ihre Hände wanderten über seine Schultern, seinen Rücken. Ihr Mund suchte seinen und fand ihn.

Als er sie erneut küsste, öffnete sie sich für ihn. Er stöhnte seine Zustimmung. Seine Zunge suchte, schmeckte. Sie wollte mehr. Sie hatte noch nie Leidenschaft erlebt, aber sie wusste, dass sie alles verzehren konnte. Und sie wollte verzehrt werden. Sie brauchte ihn.

Millies Hände wanderten in seinen Mantel und seine Weste. Sie wollte sein Hemd aufreißen, die heiße Haut spüren, gegen die sie ihr Gesicht gepresst hatte, als sie im Gasthaus zu ihm gekommen war.

Sie bewegte sich unruhig in seinem Schoß und spürte, wie er sich hart gegen sie stemmte. Seine Hände griffen nach ihrer Taille und er brach den Kuss ab.

"Millie, ich falle zu schnell."

Sie bewegte sich wieder. "Dann fall. Bitte fall. Und nimm mich mit. Zeig es mir."

Dermots Hände umrahmten ihr Gesicht, und er sah ihr in die Augen. "Ich kann nicht. Ich werde dich nicht ausnutzen. Nicht, wenn du so bist."

"Was zum Beispiel?"

"Wenn man so verletzlich ist."

"Ist das verletzlich?" Millie küsste ihn erneut. Diesmal

versuchte sie, all die Sehnsucht, die sie in sich aufsteigen fühlte, in den heißen Druck ihrer Lippen, in den ursprünglichen Tanz ihrer Zungen zu legen. "Ich will dich, Dermot."

Seine Reaktion kam sofort. Seine Arme schlossen sich um sie, sein Mund war so gierig wie ihr eigener, als er so viel gab, wie er nahm. Millie klammerte sich an ihn und schwankte am Rande der Vernunft, während er ihr Kleid an ihren Körper schmiegte und formte. Jeder Zentimeter ihres Körpers war lebendig.

Doch als sie mehr erwartete, zog er sich leicht zurück. "Willst du mich morgen immer noch?"

"Das werde ich", versprach sie und schwebte in einem Dunst.

"Und am Tag danach?"

Sie drückte ihre Lippen auf seine. "Das werde ich."

"Willst du mich nächsten Monat?"

Jetzt war sie an der Reihe, ein wenig zurückzutreten, und sie sah die Traurigkeit in seinen Augen. Tränen kullerten ihr über die Wangen. Sie drückte ihre Stirn an seine. Sie verstand, was er wollte.

"Das werde ich."

"Dann musst du diesen Kampf für mich führen. Und du musst mir erlauben, es mit dir zu bekämpfen. Wir beide werden uns durchkämpfen und uns einen Weg in die Zukunft bahnen, so schwer er auch sein mag."

Millie schlang ihre Arme um ihn und vergrub ihr Gesicht an seiner Schulter.

Sie wollte diese Zukunft. Sie wollte alles, was er verlangte. Aber sie hatte Angst.

Chapter Nine

MILLIE UND DERMOT wurden mit einer guten Nachricht begrüßt, als die Kutsche vor Bellhorne Castle zum Stehen kam. Sarah Pennington Bell war kurz vor Sonnenaufgang auf die Welt gekommen, fast zur gleichen Zeit, als der Reiter in Edinburgh eintraf, um Ian Bells Brief zu überbringen.

Dr. Thornton, der das Baby entbunden hatte, unterbrach widerwillig das Frühstück, das er im Esszimmer einnahm, um Millie einen ausführlichen Bericht zu geben. Obwohl er von allen Leuten, die mit Bellhorne verbunden waren, kaum ihr Liebling war, schien der Hausarzt weit weniger schroff und unverschämt zu sein, als sie es in Erinnerung hatte. Phoebe zufolge hatten sich seine Umgangsformen und sein Temperament seit seiner Heirat mit Captain Bells Cousine Alice Young stetig verbessert.

Dennoch verkündete Thornton in seiner unnachahmlichen Art, dass die Lungen der Kleinen stark seien und ihr Temperament mit dem ihrer Mutter mithalten könne. Das kleine Mädchen und Phoebe machten sich prächtig. Kapitän Bell hingegen könnte ein oder zwei Tage brauchen, um wieder zu Kräften zu kommen. Millie war sich sicher, dass sie den Mann noch nie scherzen gehört hatte. Sie verließ Dermot in Begleitung des Arztes und seiner Frau, die ihr zur Seite stand. Thornton war froh, einen anderen Mediziner kennenzulernen.

Ein paar Minuten später klopfte Millie an die Tür ihrer Schwester und trat ein, als sie Phoebes Stimme hörte. Sie wusste nicht, ob sie lachen oder weinen sollte bei dem Anblick, der sich ihr bot. Natürlich tat sie beides.

Phoebe lag aufgestützt im Bett, die Kissen um sie herumgeschlungen. Sie sah müde aus, aber beim Anblick von Millie strahlte sie vor Glück. Auf ihrem Schoß balancierte ein tragbarer Schreibtisch, und Millie hatte keinen Zweifel, dass sie bereits über die Tortur der Geburt schrieb. Neben ihr schlief Ian tief und fest und hielt seine wertvolle, schlafende Tochter in der Armbeuge.

"Kannst du es glauben? Sie ist hier." Phoebe stellte den Schreibtisch auf einen Beistelltisch und öffnete ihre Arme.

Millie schmiegte sich in die Umarmung ihrer Schwester. Eine Mutter. Ihre Schwester war eine Mutter. Das Schlimmste von Millies Sorgen lag hinter ihnen. Phoebe und das kleine Mädchen waren gesund. Trotz allem, was Phoebe durchmachen musste, schien sie außergewöhnlich gut gelaunt zu sein. Sie lehnte sich zurück, um wieder in das Gesicht ihrer Schwester zu sehen, und strich die dunklen Locken weg.

"Geht es Ihnen wirklich gut?"

"Es ging mir nie besser." Phoebe lächelte ihren Mann an und berührte die winzige Faust, die aus dem Windelpaket ragte. Die kleinen Finger waren perfekt. "Wir haben sie Sarah genannt."

"Ich bin mir sicher, dass Ians Schwester jetzt auf euch alle herablächelt. Ich habe Mrs. Bell - die *ältere* Mrs. Bell - nicht unten gesehen, um ihr zu gratulieren. Ich weiß, dass sie sich auch freuen muss."

"Sie ist sehr glücklich." Phoebe seufzte. "Sie war die ganze Zeit bei mir und hat meine Hand gehalten. Ich musste sie anflehen, sich etwas auszuruhen, bevor unsere Familie eintrifft."

Millie rückte die Decken auf dem Schoß ihrer Schwester zurecht. "Ich vermute, morgen werden alle vor deiner Tür stehen."

Phoebe berührte Millie an der Wange. "Aber du bist sofort gekommen."

"Ich war am nächsten dran. Ich habe die Nachricht als Erster erhalten."

"Bist du allein gereist?"

"Eigentlich bin ich mit Dr. McKendry gekommen."

Phoebes Quietschen ließ Ian aufschrecken, und das Baby hüpfte. Die Schwestern starrten sich an und hielten den Atem an, als der Säugling kleine wimmernde Laute von sich gab, bevor er wieder einschlief.

"Also ... Dr. McKendry!" fragte Phoebe in gedämpftem Ton. "Wann habt ihr euch endlich getroffen? Er sollte doch zum Ball kommen."

Jo und Wynne und Cuffe waren die Einzigen in der Familie, die wussten, dass Dermot dort gewesen war. Und keiner von ihnen, einschließlich Millie, hatte etwas darüber gesagt.

"Er hat mich in Edinburgh aufgesucht."

"Kein Wunder, dass du unbedingt zurück in die Stadt wolltest." Phoebe rückte ihre Position zurecht und zuckte zusammen.

"War es sehr schwierig?", fragte sie. "Die Geburt, meine ich."

Millie half ihr, ein wenig herunterzurutschen.

"Überhaupt nicht", spottete Phoebe und zuckte erneut zusammen. "Da ist nichts dabei."

Als sie sich niedergelassen hatte, betrachteten die beiden das Baby – die frischgebackene Mutter mit einem Blick voller Zufriedenheit und Liebe, Millie mit einem Gefühl der Ehrfurcht.

Phoebe ergriff Millie's Hand. "Wisst ihr, dass Jo und ich ein ganzes Jahr lang versucht haben, euch beide zusammenzubringen?"

Ihre verkuppelnden Schwestern. Millie wusste es. Sie hatte sich das Gleiche erhofft. Aber das Schicksal wollte es, dass sie sich schließlich unter ganz besonderen Umständen trafen.

"Du siehst blass aus. Du hast geweint. Was ist denn los?"

"Es ist alles in Ordnung", log Millie. "Nur ein bisschen müde. Ich war die meiste Zeit der Nacht unterwegs."

Phoebe zerrte an ihrer Hand. "Nun, müde oder nicht, erzähl mir von unserem guten Doktor. Was hältst du von ihm?"

"Ich halte sehr viel von ihm." Millie lächelte.

"Du musst, sonst hättest du ihn nicht mitgebracht." Sie stupste sie an. "Wie oft hat er dich aufgesucht? Ich brauche Einzelheiten." Phoebes Augenbrauen wanderten suggestiv auf und ab.

Ihre Schwester änderte sich nie. Das war einer der tausend Gründe, warum Millie sie so sehr liebte.

"Ich werde nicht kampflos aufgeben, Miss. Hat er Sie geküsst?"

"Phoebe!"

"Hast du ihn zurückgeküsst?"

Millie erinnerte sich an die letzte Etappe ihrer Fahrt und ihren Kuss. "Sie, Mrs. Bell, sind jetzt eine verheiratete Frau. Und eine Mutter. Benehmen Sie sich und ruhen Sie sich aus."

"Das heißt *ja*." Phoebe legte wissend den Kopf schief. "Hat er dir irgendwelche Geschenke geschickt? Das ist ein sicheres Zeichen, wenn ein Verehrer Geschenke schickt."

Millie sagte nichts, sondern strich das Bettzeug um ihre Schwester herum glatt. Wenn Phoebe nur wüsste ...

"Ihr beide wart tagelang allein in Edinburgh. Ich hoffe, ihr habt das Beste aus eurer Zeit gemacht. Aber ich sehe schon, dass ich an das Personal in der Heriot Row schreiben muss, um die Fakten zu erfahren."

"Phoebe! Du bist unverbesserlich. Im Ernst!" Sie gestikulierte bedeutungsvoll in Richtung des Mannes, der auf der anderen Seite des Bettes schlief, und schüttelte den Kopf.

"Wie Sie wünschen. Ich lasse Sie für den Moment frei, aber wir sind noch nicht fertig mit der Diskussion."

"Ich glaube, wir sind fertig, du Monster."

Phoebe nahm ihre Hand. "Nun, nach all deinem Werben ist es deine Pflicht, ihn zu fragen, ob er dich heiraten will."

"Meine Pflicht?" Sie lachte.

"Du bist die Tochter eines Grafen mit einer großen Mitgift, und du weißt, dass das für jeden Mann, der kein Glücksritter ist, einschüchternd sein kann. Und wir wollen nicht, dass uns ein guter entkommt. Aber ich werde kein weiteres Wort darüber verlieren ... für den Moment."

Millie dachte an Dermot. Irgendwie hatte sie sich zwischen

umgeräumten Bücherregalen und gefräßigen Eichhörnchen in ihn verliebt. Aber bevor sie jemals über eine Heirat sprechen konnten, musste sie ihm sagen, was sie über seine Vergangenheit, seine Verlobte und seine Zeit in der Anstalt wusste.

"Wann kann ich meine Nichte stehlen?" sagte Millie, stand auf und wechselte das Thema. Im Moment wollte sie nicht über die Zukunft nachdenken. Sie wollte nur diesen Moment genießen.

"Ich kann es kaum erwarten, sie zu halten."

Phoebe sah zu ihrem Mann und ihrer Tochter hinüber und lächelte. "Sie stehlen? Da müsst ihr euch mit Captain Bell anlegen. Ich glaube nicht, dass er sie *jemals aus den* Augen lassen wird."

In vielerlei Hinsicht erinnerte Bellhorne Castle Dermot an die Abbey, sein eigenes Haus in den Highlands. Menschen kamen und gingen. Sie halfen, wo sie gebraucht wurden. Und sie gehörten einfach dazu.

Kapitän Bells Mutter schien eine Kombination aus Dermots Tante und Jo's richtigem Vater, Charles Barton, zu sein... Freundlichkeit und Momente des Vergessens in einer liebevollen Person vereint. Als sich der Nachmittag dem Abendessen näherte, stellte die alte Frau Dermot ein halbes Dutzend Mal die gleiche Frage in Abwandlungen.

Oh, meine Liebe, sind wir uns schon vorgestellt worden?

Zu wem gehören Sie, Sir?

Wann haben Sie und Lady Millie geheiratet?

Es war einer dieser Momente, in denen Bell Dermot zu Hilfe kam. "Dr. McKendry, erlauben Sie mir, Sie in die Bibliothek zu begleiten. Lady Millie wartet dort."

"Danke." Mit einer Verbeugung vor Mrs. Bell entschuldigte er sich. Er hatte Millie seit ihrer Ankunft nicht mehr gesehen, obwohl er wusste, dass sie mit ihrer Schwester beschäftigt war.

"Ich hoffe, du verzeihst meiner Mutter, dass sie manchmal ... unkonzentriert ist", sagte Bell, als sie die Treppe von der Großen Halle zu einer Galerie hinaufstiegen.

"Bitte, denken Sie nicht weiter darüber nach. Sie ist eine reizende Frau."

"Ich bin mit Ihrer Arbeit in der Abtei vertraut und bewundere, was Sie und Hauptmann Melfort erreicht haben. Aber meine Mutter ist anders und..."

"Ich verstehe. Ich weiß, dass ihr Zustand nach dem Verschwinden Ihrer Schwester begann. Aber ich habe gehört, dass er sich im letzten Jahr stark verbessert hat." Dermot wusste, dass sein Beruf die Menschen manchmal in die Defensive bringt. Geisteskrankheiten wurden nicht sehr gut verstanden, und Angst war oft die Folge. Aber es ging ihm nicht darum, Patienten für sein Krankenhaus zu rekrutieren. Auf dem Weg dorthin ging er behutsam auf diese Frage ein.

Der Hauptmann war gerne bereit, mit ihm darüber zu sprechen. Er nahm ihn nur bis zur Tür mit. "Ich habe Millie bereits gewarnt, dass ich die Wachhunde losschicken werde, wenn sie versucht, mit meiner Tochter zu fliehen." Er lächelte. "Sie haben das Sagen, McKendry. Sorgen Sie dafür, dass sie keinen Ärger macht."

"Ich werde mein Bestes tun."

Dermot betrat die Bibliothek und blieb sofort stehen. Er nahm sich einen Moment Zeit, um die Szene vor ihm zu genießen, und einen weiteren Moment, um seine Stimme zu finden.

Millie saß in einer Ecke des hellen, gut ausgestatteten Raums. Goldene Sonnenstrahlen fielen auf den Boden. Sie hatte ihre Pantoffeln ausgezogen und die Beine auf einem Sofa ausgestreckt. Ihr Gesicht war über ein kostbares Bündel in ihrem Arm gebeugt. Ein Teil ihres weichen, braunen Haares hatte sich gelöst und hing lose herab, wie am ersten Abend, als er sie in Baronsford gesehen hatte. Sie hob ihr Gesicht und sah ihn an, und Dermot wusste, dass er ein verlorener Mann war.

"Komm." Sie lächelte. "Komm und lerne sie kennen."

Sie schwang ihre Füße auf den Boden, und er setzte sich neben sie.

"Ist sie nicht das schönste Geschöpf, das du je gesehen hast?"

"In der Tat, das ist sie." Mille *war* ein wunderschönes

Geschöpf. Er schaffte es, seinen Blick von ihr loszureißen und auf den Säugling mit den großen Augen herabzusehen. Das Kind öffnete den Mund und streckte ihm die Zunge heraus. Sie wusste, dass er nicht die Wahrheit gesagt hatte.

"Ich glaube, es ist ein Zeichen von Genialität, wenn ein Kind seine Zunge herausstreckt."

"Ich bin sicher, Sie haben Recht", sagte er und bewunderte die vollen Wangen und die hellen Haarsträhnen.

"Sie ist klein, aber kräftig. Sehen Sie sich diese kleinen Finger an. Sogar die Fingernägel. So perfekt."

Er stimmte zu. Dermot berührte die kleinen Finger, und sie streckten sich ihm entgegen. Er strich über die blassen, gewölbten Augenbrauen. Die weiche, glatte Stirn. Die kleine Sarah blinzelte, als wäre sie zufrieden mit seiner Aufmerksamkeit.

"Das werde ich nie erleben, oder?", fragte sie mit tränenerstickter Stimme. "Ich kann keine Mutter sein, nicht wahr?"

Millies Worte drohten ihm das Herz zu zerreißen. Dermot zwang sich aus dem Abgrund der Traurigkeit und fand seine Stimme.

"Es gibt nichts, was du nicht tun kannst", flüsterte er und strich mit seinen Lippen über ihre Schläfe. "Hab Vertrauen, meine Liebe."

Chapter Ten

MILLIE WUSSTE, dass sie, sobald ihre Eltern in Bellhorne eintrafen, keine Zeit mehr für sich selbst haben würde. Sie hatte Dermot einiges zu sagen. Als er am nächsten Morgen die Treppe hinunterkam, wartete sie bereits auf ihn. Sie führte ihn durch die Gärten, hinaus auf die Felder und durch das verlassene Nomadenlager zu dem Weg, der am schattigen Bach entlangführte.

"Wohin gehen wir?"

"Du wirst schon sehen." Millie hatte diese Wege schon oft beschritten, als sie jünger war. Ians Schwester führte immer den Weg an.

Die Ermordung von Sarah hatte viele Menschen erschüttert, darunter auch Phoebe, die ihr besonders nahe gestanden hatte. Dann hatte das Schicksal seine Hand im Spiel und kreuzte die Wege von Phoebe und Ian in den Gewölben unter der Altstadt von Edinburgh. Die darauf folgenden Gefahren hätten beinahe das Leben anderer Menschen gekostet, hatten aber ein glückliches Ende genommen.

"Man nennt diesen Wald den Auld Grove. In einer Schlucht nicht weit von hier gibt es eine Gruppe von verlassenen Steinhäusern, in denen Ian meine Schwester gerettet hat, nachdem sie in einen Brunnen gestoßen wurde." Sie zog ihre Mütze ab und winkte in diese Richtung.

"So, das ist also der Ort." Dermot sah sich um. "Ich habe gestern einiges von Dr. Thornton und seiner Frau gehört. Schrecklich für euch alle."

"Es tut mir leid, dass ich dich so lange im Stich gelassen habe." Er lächelte. "Ich kenne meine Grenzen. Ich kann niemals mit diesem hübschen Mädchen um deine Aufmerksamkeit konkurrieren." Er nahm ihre Hand. "Aber mal im Ernst: Du nimmst mich doch nicht mit, um mich in den Brunnen zu stoßen, oder?"

"Das könnte ich sein."

Nicht weit entfernt kamen sie zu einem Wasserfall in der Schlucht. Nach einem kurzen, steilen Anstieg erreichten sie eine offene Wiese, die von dichtem Wald gesäumt war. In der Mitte stand ein alter Steinkreis.

"Ich liebe diesen Ort", flüsterte sie.

Sie standen zusammen in der Sommersonne, umgeben von Glockenblumen, die ihre kleinen Köpfe bewegten. Sie ließ seine Hand los, und er bewegte sich in das Innere der stehenden Steine.

"Sarah sagte immer, dass die Leute aus ganz Schottland hierher pilgern. Die Steine waren verwittert, und einige waren umgestürzt, aber der Kreis war noch weitgehend intakt.

"Ich habe schon andere solche Fälle gesehen. Auf Orkney und Shetland. Und auf der Isle of Lewis." Er berührte einen Stein nach dem anderen, bewegte sich langsam von einem zum nächsten und fuhr mit den Fingern über die Rillen, die der Lauf der Jahre in die Steine gegraben hatte. "Ich kann mir vorstellen, dass Hexen und Zauberer hier in mondhellen Nächten Rituale der alten Religion abhalten."

Während er sprach, wurde sie daran erinnert, dass er ein Highlander war. Die Geschichte und Kultur dieses Landes war ein Teil von ihm.

"Ich hatte also recht." Er stellte sich neben einen groben Steintisch in der Mitte. "Ihr wollt mich auf diesem Altar für die Geschenke opfern, die ich Euch in Edinburgh geschickt habe."

"Ich habe andere Pläne für dich." Sie winkte ihm, in Richtung der Schlucht zu kommen. Unter ihnen plätscherte der Wasserfall über moosbewachsene Felsen, und ein kühler Nebel hing in der Luft. Sie ging am Rand entlang, bis sie den Strauch erreichten, den sie suchte.

"Weißes Heidekraut!", rief er aus.

Sie beugte sich hinunter und berührte die zarten Blüten. "Kennst du die Legende?"

"Welcher Highlander hat das nicht am Knie seiner Großmutter gehört?"

"Ich kenne die Geschichte nur aus Büchern."

Er hockte sich neben sie, und Millie bewunderte das Spiel des Windes in seinem Haar. Sie starrte auf seine Lippen, und in ihren Gedanken war sie wieder in der Kutsche und küsste ihn. Dann war sie in der Bibliothek, als sie in Tränen ausbrach und er sie festhielt, während das Kind sicher und behaglich zwischen ihnen lag.

Seine Finger berührten Millies Finger, als er mit ihnen über die weißen Blumen strich. "Sag mir, was du weißt."

"Ich habe die Geschichte in James Macphersons Buch Ossian gelesen."

Er setzte sich neben das Heidekraut und zog sie zu sich heran.

"Ossian hatte eine schöne Tochter, Malvina", begann sie, "und sie war reinen Herzens und sehr schön."

"Sie war mit Oscar verlobt, dem stärksten und mutigsten aller Krieger", beendete er für sie. "Aber bevor du fortfährst, warne ich dich davor, dass die beiden etwas mit uns gemeinsam haben könnten. Die Geschichte ist zu traurig."

Sie stimmte zu. Sie würde es nicht tun. "Eines Tages, als der Sommer in den Herbst überging, war Oscar im Krieg, sollte aber bald zurückkehren. In der Ferne sah sie eine Gestalt, die durch das Heidekraut auf sie zuhumpelte."

"Oscars treuer Bote, verwundet im Kampf", fügte Dermot hinzu.

"Der Mann kniete vor Malvina nieder und gab ihr einen Zweig Heidekraut, den Oscar gepflückt hatte, als er tödlich verwundet auf den Tod wartete. Er schickte ihn als Zeichen seiner unsterblichen Liebe."

May McGoldrick

Millies Blick hob sich und traf Dermots.

"Als sie zuhörte, fielen Tränen aus Malvinas Augen, und das violette Heidekraut wurde weiß", fuhr er für sie fort. "Als Malvina danach über die Heide ging, färbten ihre Tränen die Blüten weiß, wo immer sie fielen."

Millie wusste nicht, dass sie weinte, bis Dermot ihr die Hand reichte und ihr zärtlich die Tränen wegwischte.

"Selbst in ihrer Traurigkeit wünschte sie sich das Glück anderer." Millie hielt inne und konnte nicht fortfahren. Ein faustgroßer Knoten hatte sich in ihrer Brust gebildet, und sie konnte die Worte nicht herausbringen.

Dermot beendete es für sie, aber auch seine Stimme war voller Emotionen. "Sie betete, dass das weiße Heidekraut, ein Symbol für ihren Kummer, allen, die es finden, Glück bringen möge.

Er beugte sich zu ihr und küsste die Nässe von einer Wange, dann von der anderen.

"Hier ist das weiße Heidekraut, Millie. Wünsch dir etwas. Glaube an die Magie."

Sie weinte und lächelte gleichzeitig und zupfte dann eine Blüte ab. "Dass es Phoebe und ihrer Tochter weiterhin gut geht."

Dermot brach einen Zweig mit weißen Blumen ab. "Dass die Vereinigung der Familien Pennington und Bell sie beide stärkt."

"Dass die Freude in den Hallen von Schloss Bellhorne wohnt, jetzt und für immer."

Er zeichnete den Weg der Tränen auf einer Wange nach und berührte ihre Lippen. "Dass ... dass Lady Millie geheilt wird und ihre Krankheit nie wiederkehrt."

Sie nahm die Blüte von Dermot entgegen und legte sie zu ihrer. Sie wählte einen weiteren Zweig. "Damit Dr. McKendry weiß, dass er mir in der schwierigsten Zeit meines Lebens ein wahrer Freund war."

Er hielt noch einen hoch. "Damit Lady Millie weiß, wie sehr ich sie liebe und dass das, was ich tue und sage, von Herzen kommt."

Die schneefarbenen Blumen, die er ihr reichte, tanzten in ihrem Blickfeld. Sie konnte Dermot nicht in die Augen sehen. Sie fürchtete, dass die Worte, die sie sagen wollte, niemals ihre Lippen verlassen würden, wenn sie zugeben würde, wie sehr sie auch ihn liebte.

"Dass ich, wenn ich ... " Sie holte tief Luft, ihr Gesicht hob sich zum Himmel. "Dass, wenn ich nicht mehr bin, mein liebster Dermot nicht so leiden muss wie damals, als er die erste Liebe seines Lebens verlor."

Dermot hatte eine weitgehend unausgesprochene Regel, nach der er lebte. Egal, wie eng die Bekanntschaft war, man erkundigte sich nicht nach der Vergangenheit des anderen. Selbst bei seinem Partner Wynne Melfort war das, was jeder über die Geschichte des anderen wusste, nur angeboten und nicht erfragt worden.

Millie wusste über Susan Bescheid und sagte ihm sofort, dass sie an dem Tag, als sie das Museum besuchten, von seinem Liebeskummer erfahren hatte. Sie nahm an, er würde sich über Turner ärgern, aber das tat er nicht. Die Besorgnis seines alten Freundes kam von Herzen; er hatte Dermot beigestanden, als er sich selbst nicht helfen konnte. Wenn er jemals das Bedürfnis verspürte, jemandem seine Vergangenheit zu erklären, war es jetzt an der Zeit.

Sie umklammerte den Strauß aus weißem Heidekraut, als er ihr aufhalf und sie aufforderte, mit ihm zu gehen.

"Susan und ich waren jung", begann er. "Wir fühlten uns sofort und gegenseitig zueinander hingezogen. Ihre Eltern waren beide tot, aber sie stammte aus einer alten Gutsbesitzerfamilie. Sie war das Mündel ihres ältesten Bruders, und er hatte keine Einwände gegen unsere geplante Verlobung. Wenn ich jetzt daran zurückdenke, ging alles so schnell."

Dermot wusste damals so wenig über die Funktionsweise des menschlichen Geistes oder über die Krankheiten, von denen Menschen befallen wurden, die vorgaben, glücklich zu sein.

"Sie war schön, liebevoll und freundlich. Aber gleichzeitig war sie auch besorgt. Mit jedem Monat, den unsere Verlobung dauerte, machte ich mir mehr Sorgen um sie. Sie sagte oder tat Dinge, die mich verwirrten. Momente der Angst, die sie nicht zugeben wollte. Kommentare über die Hoffnungslosigkeit des Lebens. Ich fand heraus, dass es Zeiten gab, in denen sie ihr Zimmer tagelang nicht verließ. Bis heute weiß ich nicht, was die Ursache für ihre Melancholie war.

"Eines Tages sah ich sie zufällig in einer Apotheke in der Nähe der Chirurgenhalle. Sie wollte Arsen kaufen."

Dermot hat die Vorfälle mit Susan vor diesem Tag nie vergessen. Von der Nordbrücke springen zu wollen. Vor den Postwagen zu treten. Es waren viele. Er nahm einen tiefen Atemzug. Es war so schwer, darüber zu sprechen.

"Ich war besorgt. Und dann habe ich den Fehler gemacht, mit ihrem Bruder darüber zu sprechen."

Millie verschränkte ihren Arm mit seinem und drückte ihre Wange gegen seine Schulter.

"Ich weiß nicht, was er zu ihr gesagt hat. Aber am selben Nachmittag kletterte sie auf die Spitze des Nelson-Denkmals auf dem Calton Hill und stieg ab."

Sie hielten am Becken am Fuße des Wasserfalls an. Die Bäume und die Felsen der Schlucht verdeckten das Sonnenlicht, und die Luft war kalt, aber Dermot bemerkte es kaum. Die Nachricht von Susans Tod erreichte ihn noch am selben Abend.

"Zuerst war ich wütend. Ich gab ihrem Bruder die Schuld. Dann, in den folgenden Tagen, stellte sich eine Gefühlslosigkeit ein. Ich war mir dessen nicht einmal bewusst. Ein dunkler Abgrund tat sich auf, in den ich unbewusst hinabstieg. Ich war von Trauer überwältigt; das weiß ich jetzt. Ich gab mir selbst die Schuld. Die Melancholie machte mich handlungsunfähig, schaltete meinen Verstand so weit ab, dass ich nicht einmal mehr für mich selbst sorgen konnte. Diejenigen, die mich kannten, fürchteten, ich könnte dasselbe tun wie Susan, und so wiesen sie mich in eine Anstalt im Schatten von Edinburgh Castle ein."

Seitdem ließ er die Leute in dem Glauben, dass er nach seinem Medizinstudium in einer Anstalt arbeitete.

"Wie lange waren Sie dort?"

"Drei Monate. Die Zeit, die ich dort in Livingston Yards verbracht habe, war ein Horror." Die Methoden waren barbarisch. Die Misshandlungen waren ungeheuerlich. Während sich sein Geist zu heilen begann, wurde ihm immer mehr bewusst, wie unmenschlich die Bedingungen waren.

"Aber du hast überlebt. Und dann wurdest du Schiffsarzt."

"Ich musste weg von Edinburgh, weg von Susans Erinnerung. Ich musste vergessen, was ich durchgemacht hatte."

"Und die Marine brauchte Chirurgen", flüsterte sie.

Er nickte. "Ich hatte Glück. Ich bekam einen Platz auf dem Schiff, das von Wynne Melfort kommandiert wurde. Ich fand in ihm einen Freund fürs Leben. Und als die Kriege gegen die Franzosen und die Amerikaner vorbei waren, wusste ich, dass ich zurückkommen und eine Anstalt gründen musste, in der die Patienten mit Mitgefühl und Anstand behandelt wurden."

Er sah auf Millies Hand hinunter. Sie umklammerte immer noch das weiße Heidekraut. Er erinnerte sich an ihren letzten Wunsch.

"Meine Reaktion auf ihren Tod waren Schuldgefühle. Ich hatte ihr Vertrauen missbraucht. Anstatt ihr selbst zu helfen, habe ich mich an jemanden gewandt, der dazu nicht in der Lage war. Meiner Meinung nach waren meine Handlungen dafür verantwortlich, dass sie vom Turm gestoßen wurde."

"Aber Sie waren nicht dafür verantwortlich. Er war ihr Bruder."

"Das weiß ich jetzt. Aber ihr Bruder war auch nicht wirklich verantwortlich. Er mag die Dinge mit ihr schlecht gehandhabt haben, aber am Ende war ihre Krankheit ihre eigene." Dermot drehte Millie in seinen Armen, bis sie ihm zugewandt war. "Heute erkenne ich meine Fehler an. Ich habe aus ihnen gelernt. Ich würde gerne glauben, dass ich deshalb ein besserer Mensch bin. Aber was für mich in diesem Moment zählt, ist, was *du* von mir denkst, jetzt, wo du alles weißt."

Sie drückte eine Hand auf seine Brust. Mit der anderen hielt sie das Heidekraut. Es saß wie eine weiße Wolke unter ihren Kinns.

Ihre Augen waren klar und ungetrübt, und ihr Gesicht strahlte.

"Du bist mein lieber Freund. Du unterhältst mich und heiterst mich auf. Du verfügst über medizinisches Fachwissen, das ich während der vor mir liegenden Prüfungen brauchen werde und auf das ich mich verlassen kann. Ich habe immer noch Sorgen und Ängste in mir, aber dank dir habe ich auch Hoffnung. Du bist der außergewöhnliche Mann, den ich lieben gelernt habe."

"Millie." Die Blumen pressten sich zwischen sie, als er sie fest umarmte. "Ich liebe dich."

"Und wenn du wirklich diese ungewisse Reise mit mir antreten willst, hoffe ich, dass du in Betracht ziehst, mein Ehemann und mein Liebhaber zu werden..."

"Für immer. Für die Ewigkeit", beendete er und küsste ihre Lippen.

Chapter Eleven

DIE FAMILIE PENNINGTON kam in einer Karawane von Kutschen in Bellhorne an. So behäbig das alte Schloss in den letzten Tagen auch gewesen war, jetzt war es voller Kinder und lächelnder Gesichter.

Millie wartete zwei Tage, denn so lange dauerte es, bis ihre Geschwister und deren Ehepartner den Neuzugang kennengelernt hatten und sich das anfängliche Chaos und die Aufregung ein wenig gelegt hatten. Es war auch genug Zeit für Dermot, um vorgestellt zu werden und sich an die Familienmitglieder zu gewöhnen, die er noch nicht kannte. Wie Millie erwartet hatte, verliebte sich ihre Mutter sofort in ihn, und ihr Vater war sehr daran interessiert, sich mit dem Mann auszutauschen, von dem er schon so viel von Jo gehört hatte.

Menschen können mit Schwierigkeiten umgehen, die sie kennen. Sie können nicht mit dem umgehen, was sie nicht wissen. Sich belogen zu fühlen, ist oft schmerzhafter als eine schwierige Wahrheit zu hören.

Dermots Worte begleiteten sie in den Tagen, in denen sie nach einer Gelegenheit suchte, mit ihnen zu sprechen.

Nachts ging sie in sein Zimmer. Sie war die Verführerin. Sie wollte diese Seite der Liebe spüren. Sie wollte ihre ersten intimen

Momente miteinander erleben, bevor sie die Narben der Operation trug.

Inbrünstig. Prächtig. Liebevoll. Was auch immer Millies Erwartungen gewesen waren, sie waren nichts im Vergleich zu dem strahlenden Glanz, den sie am Ende dieser ersten Nacht empfand. Die zweite Nacht war sogar noch besser gewesen, denn das Verlangen, das er in ihr geweckt hatte, hatte sie beide in aufregende und unbekannte Höhen der Leidenschaft geführt. Und bevor sie heute Morgen sein Zimmer verließ, erinnerte er sie noch einmal daran, dass sie nicht allein war und es nie sein würde.

Diese Last, die du trägst, haben deine Eltern bereits gespürt. Sprechen Sie mit ihnen. Sie sollten wissen, womit Sie zu kämpfen haben.

Das Morgenzimmer in Bellhorne war zu dieser Tageszeit das hellste und fröhlichste im ganzen Schloss. Die großen Fenster öffneten sich zu den Rosengärten hin, und die Luft in diesem Raum verströmte ein Gefühl der Hoffnung. Millie traf sich dort am Samstagmorgen mit ihren Eltern.

"Er ist es, nicht wahr?", fragte der Earl in seinem üblichen schroffen Ton, sobald die Türen geschlossen waren. "Dr. McKendry."

"Wir sind mit ihm einverstanden." Die Gräfin legte eine Hand auf den Arm ihres Mannes, um ihn zur Geduld zu ermuntern, als er begann, mehr zu sagen.

Millie war nicht überrascht, dass sie es wussten. Es musste doch offensichtlich sein. Und dank Phoebes Geflüster vermutete sie, dass es jeder wusste. Sie trat von den Fenstern weg und wandte sich ihren Eltern zu. Das Alter ihres Vaters wurde von Jahr zu Jahr deutlicher, mit seinem schneeweißen Haar und seinem ausgeprägten Hinken. Aber er war immer noch groß und souverän, und sein Verstand war schärfer als je zuvor. Ihre Mutter war ein Bild der Stärke. Welche Beschwerden auch immer eine Frau in ihrem fortgeschrittenen Alter plagen mochten, Millie hatte sie noch nie darüber klagen hören. Sie war eine Löwin, die sich mit Mut und Tatkraft um ihren Mann und ihre Familie kümmerte.

Sie könnten mit der Nachricht von ihrer Krankheit umgehen, sagte sich Millie.

"Er ist derjenige. Er wird dich heute noch um Erlaubnis bitten."

"Natürlich", knurrte Lord Aytoun. "Er ist ein guter Mann. Keine Frage. Und wenn er derjenige ist, den ihr wollt, dann stehen wir auf eurer Seite. Wie immer."

"Aber du hast uns doch nicht hergebeten, um über eine Verlobung zu sprechen, oder?" Die Stimme ihrer Mutter war sanft.

"Ich habe etwas zum Lesen mitgenommen, als wir in Edinburgh übernachtet haben. Da war dieses Flugblatt drin. Ist das von dir?"

In ihrer Hand hielt sie die Anzeige für das Schiff, das nach Amerika fuhr. Millie hatte sie in den Seiten des Byron-Buches hinterlassen.

"Ich dachte, ich könnte weggehen, aber jetzt nicht mehr."

Ihre Mutter wollte aufstehen, aber ihr Mann ließ sie neben sich sitzen.

"Sag uns, was los ist, Millie", forderte er sie auf.

Sie begann zu sprechen, hielt aber inne und biss sich auf die Lippe. Es tat ihr weh, sie auch nur einen Moment lang zu beunruhigen. Sie wünschte, Dermot wäre jetzt hier bei ihr.

Seien Sie ehrlich zu ihnen. Sagen Sie ihnen genau, was Sie von ihnen brauchen.

"Sieh mich an. Mir geht es gut. Ich habe keine Schmerzen. Ich habe keine äußerlichen Symptome von irgendetwas. Ich scheine hier bei bester Gesundheit zu stehen."

Die Worte sprudelten nur so aus ihr heraus, aber sie merkte, je länger sie wartete, desto besorgter wurden sie. Das zeigte sich in den Augen ihrer Mutter und in den zusammengebissenen Kinnladen ihres Vaters.

"Aber ich brauche eine Operation, um einen Tumor in meinem Brustgewebe zu entfernen. Ich war selbst bei einem Arzt in Edinburgh, aber Dermot weiß, dass es andere gibt, die mir besser helfen können. Experten direkt in der Stadt. Die besten überhaupt. Und ich habe vor, sie aufzusuchen."

Millie wollte keinen Atemzug tun. Sie starrte auf das Porträt von Sarah an der Wand, denn sie brachte es nicht über sich, in ihre Gesichter zu schauen.

"Ich werde dagegen ankämpfen. Ich muss in Ordnung bringen, was falsch ist. Es gibt natürlich Gefahren, aber ich werde stark und tapfer sein. Und ich werde überleben." Sie zwang sich, fortzufahren. "Dermot wird bei mir bleiben. Aber ich brauche euch beide auch, um stark zu sein. Dass ihr für mich da seid. Mich mit eurer Zuversicht zu unterstützen und mich zu leiten, wenn ich mal einen Schritt verpasse. Wenn ich vergesse, den Blick nach vorne zu richten."

Starke Arme legten sich um sie. Die Arme ihres Vaters, gefolgt von einem anderen Paar. Warmes Flüstern von Liebe und Ermutigung hauchte an ihr Ohr. Die Stimme ihrer Mutter.

"Wir lieben dich, Millie. Wir werden immer für dich da sein."

Chapter Twelve

Die Abtei
Western Aberdeen
Das schottische Highlands

LIEBSTER DERMOT,

Ein Stuhl ist ein Möbelstück, das lange vor der Zeit der Pharaonen zum Sitzen entworfen wurde. Bitte notieren Sie sich diese Information, denn sie ist besonders wichtig, wenn sich das oben genannte Möbelstück in *meinem* Arbeitszimmer befindet. Sie können den Stapel von Büchern, Zeitschriften, Papier und (anscheinend) damit verbundenen verschiedenen Utensilien nach Belieben abholen. Die Gegenstände befinden sich derzeit im Schweinestall, wo der kleine Dermot (der, wie Sie wissen, kaum noch *klein ist*) das Material zweifellos mit großem Interesse durchstöbert.

Liebste Millie,

Abscheuliche Verleumdung! Ich muss meine Unbescholtenheit auf das Schärfste verkünden! Man muss bedenken, dass ich schockierend abgelenkt war. Erlauben Sie mir, das klarzustellen. Nachdem ich heute Morgen unwissentlich in das Büro einer reizenden jungen Frau spaziert war, wurde ich verführt! Sie haben richtig gelesen, Mylady ... *verführt!* Sie ließ sich weder abwimmeln noch abweisen.

Was sollte ein Mann mit dem Arm voller Arbeitsmaterial, das er mit sich trug, anderes tun, als es auf dem nächstgelegenen Stuhl abzustellen?

P.S. Ist es möglich, dass die oben erwähnte junge Dame eine Taschenuhr aufbewahrt hat, die von meinem Mantel gefallen sein könnte, als er von der Leiche entfernt wurde?

P.P.S. So gut er auch sein mag, ich glaube nicht, dass der kleine Dermot jemals gelernt hat, die Zeit zu lesen.

P.P.P.S. Schon gut, ich habe den Zeitmesser gerade in meiner Westentasche gefunden.

Liebster Dermot,

Da wir gerade die Unschuld beteuern, muss ich erklären, dass die Verführung kaum meine Absicht war. Am Anfang nicht. Der Holunderfleck auf Ihrem Hemd vom Frühstück war zu viel für meine Natur, die, wie Sie wissen, dazu neigt, Unordnung und Chaos zu beseitigen, wo immer ich sie finde.

P.S. Ich bin überglücklich, dass Sie Ihre Uhr gefunden haben. Das war ein Geschenk zum Jahrestag und muss *in Ehren gehalten* werden.

Liebste Millie,

Eine Katastrophe! Ich brauche dich! Ich habe gerade meinen Kaffee auf meine Hose verschüttet. Die Sauerei ist unbeschreiblich!

Liebster Dermot,
Kommen Sie sofort!
P.S. Kommen Sie sofort!

Der Zettel war noch nicht trocken auf dem Papier, als die Tür aufsprang und hinter ihm zuschlug.

Millie traf ihn in der Mitte ihres Arbeitszimmers und öffnete ungeduldig die Knöpfe seiner Hose. Dermots Hände waren überall auf ihr, und sie lachte, als er an ihren Röcken herumfummelte. Sie drückte an seinem Mantel, und er zerrte an ihrem Kleid, während er sich die Schuhe auszog.

"Wir haben ein Schlafzimmer", erinnerte er sie.

"Es ist Mittagszeit. Jeder wird es wissen."

Er verlor das Gleichgewicht, als sie ihm die Weste aufriss, und taumelte zurück gegen ihren Schreibtisch. Er begann zu fallen, und Millie streckte die Hand nach ihm aus. Er griff nach ihr. Das reißende Geräusch seiner Schulternaht ließ sie nur für einen Augenblick innehalten.

"Beeil dich", rief sie aus. "Wir haben nicht viel Zeit."

"Ich bin sicher, du irrst dich, meine Liebe. Es ist noch lange nicht Zeit für..."

Die beiden erstarrten, als sie das Klopfen an der Tür hörten. Dermot stieß einen frustrierten Atemzug aus. Millie brachte ihn zum Schweigen.

"Einen Moment", rief sie.

Eine hektische Betriebsamkeit setzte ein. Knöpfe wurden wahllos wieder zugeknöpft. Dermot hatte nur einen Arm in seiner Weste, bevor Millie ihm den Mantel auf den anderen Arm schob. Während sie versuchte, ihr Kleid zu glätten, kroch er auf Händen und Knien unter ihren Tisch und suchte nach einem seiner Schuhe. Als sie ihn anfauchte, er solle sich beeilen, drehte er sich um und stieß sich den Kopf, bevor er einen Stuhl umwarf. Als er wieder auf den Beinen war, sahen sie sich an und versuchten, sich das Lachen zu verkneifen. Eine wunderbare Katastrophe.

Einen Moment später war ihre Kleidung einigermaßen geordnet. Die Beulen in den Hosen wurden eingedämmt. Die Haare waren so weit wie möglich geglättet worden.

Millie strich sich eine verirrte Haarsträhne hinters Ohr, atmete tief durch und versuchte, ernst zu wirken. Sie nickte Dermot zu, und er öffnete die Tür.

Zwei kleine Jungen – fünf und sieben Jahre alt – warteten im Korridor. Der ältere Junge war einigermaßen sauber, aber der jüngere war es nicht.

"Mutter, er stellt heute meine Geduld auf die Probe."

Der Jüngere konnte sich zwar auf dem Weg vom Salon zur Großen Halle die Kleider schmutzig machen, aber heute war er noch schmutziger als sonst. Und anhand des Geruchs wusste sie genau, wo er gewesen war.

"Ich wollte es ihm nur bequem machen", argumentierte er.

"Mit wem hast du es dir gemütlich gemacht, Schatz?"

"Das Schwein", rief der ältere Junge und zerrte an dem Seil in seiner Hand.

Eine Sekunde später gesellte sich ein Schwein von der Größe eines kleinen Ponys zu den beiden und grinste sie an.

"Er hatte Klein-Dermot in meinem Bett."

"Er ist erkältet", sagte der Jüngere und wandte sich an seinen Vater. "Er konnte doch nicht in den Ställen schlafen, oder?"

Während sich die Kinder weiter stritten, tauschte Millie einen Blick mit Dermot aus. Ihre beiden Söhne.

"Was soll ich nur mit dir machen?"

"Bäder, für den Anfang", schlug Dermot vor.

"Darf Klein-Dermot auch mit uns baden gehen?"

Millie lächelte über das angewiderte Schnauben ihres älteren Sohnes. Sie war die glücklichste Frau in den Highlands.

Vielen Dank, dass Sie *Liebste Millie* gelesen haben. Wenn es Ihnen gefallen hat, hinterlassen Sie bitte eine Rezension im Internet.

Lesen Sie unbedingt auch die heitere Begleitnovelle *Wie Man Einen Herzog Ablehnt*, in der Millie und Dermot Heiratsvermittler spielen.

Lady Taylor Fleming ist eine Erbin, der ein Verehrer auf den Fersen ist. Ihr Schritt-für-Schritt-Plan, ihn loszuwerden, ist einfach. Aber bei Franz Aurech, Herzog von Bamberg, ist nichts einfach.

Taylor versucht, in die Highlands zu fliehen, doch ihre Pläne werden erschwert, als der Herzog vor ihrer Tür steht und ihre treuen Verbündeten sie verlassen.

Und selbst bei den besten Plänen können die Dinge schief gehen...

Anmerkung des Autors

Wie bei allen unseren Romanen haben wir auch bei dieser Geschichte versucht, das Reale mit dem Imaginären zu verbinden. Die Idee zu diesem Roman kam uns in den Jahren, in denen wir selbst ein lebensveränderndes Ereignis erlebten. In dieser Zeit wurde das Lachen und die Unterstützung durch Familie, Freunde und Bekannte zu einem wesentlichen Teil der Heilung.

Als wir *Liebste Millie* schrieben, wurden wir daran erinnert, dass es eine schwierige und sehr persönliche Entscheidung ist, die Nachricht von einer schweren Krankheit wie Krebs mitzuteilen, wenn ein Mensch davon betroffen ist. Das Gleiche gilt für Melancholie - oder, wie wir es heute nennen, Depression.

Im Jahr 1812 schrieb die bekannte englische Schriftstellerin Frances Burney eine Reihe von Briefen an ihre Schwester über ihre Mastektomie. Sie überlebte die Operation und wurde achtundachtzig Jahre alt.

Die Geschichte der Depression ist die einer angeborenen menschlichen Erfahrung. Als Stimmung oder Gefühl ist die Erfahrung, melancholisch oder deprimiert zu sein, der Kern des Menschseins. Robert Burton schrieb 1621: "Melancholie ist in diesem Sinne der Charakter der Sterblichkeit".

Anmerkung des Autors

Viele unserer Leser werden sich daran erinnern, dass diese Novellen Teil der Reihe von Romanen und Novellen sind, aus denen die generationenübergreifende Pennington Family-Reihe besteht:

Geheime Gelübde (*USA Today* Bestseller) - Auf einer verzweifelten Reise nach Amerika rennt Rebecca Neville um ihr Leben und verspricht der sterbenden Frau des Earl of Stanmore, ihren neugeborenen Sohn James aufzuziehen und für ihn zu sorgen. Zehn Jahre später erfährt der Earl of Stanmore von dem Jungen. Er schickt in die Kolonien, um seinen jungen Erben zu holen, damit er ihn als Adligen des Königreichs aufziehen kann. Ohne die Absicht, ihr Gelübde zu brechen, kehrt Rebecca mit James nach England zurück, um sich einer Zukunft ohne ihren geliebten Schützling zu stellen, aber sie muss sich auch ihrer turbulenten Vergangenheit stellen.

Die Rebellin - Jane Purefoy, Tochter eines englischen Richters, nimmt die Gestalt des berüchtigten irischen Rebellen Egan an und führt eine geheime Gruppe von Revolutionären gegen die Brutalität der Kolonialtruppen an. Sir Nicholas Spencer ist auf dem Weg nach Irland, um Janes jüngerer Schwester den Hof zu machen. Als er sich mit Egan anlegt, entlarvt Sir Nicholas den legendären Rebellen und entdeckt dabei Jane. Von ihr verzaubert, beschließt er, ihr Geheimnis für sich zu behalten, und lässt sich auf einen riskanten Verführungsplan ein, der ihre Familie ins Chaos, ein Land in die Rebellion und sein Herz in den Strudel einer Liebe stürzen wird, die niemals sein kann.

Geborgte Träume (*RT Award for Best British-Set Historical*) - Getrieben von dem Wunsch, das von ihrem toten Ehemann angerichtete Übel ungeschehen zu machen, und vom finanziellen Ruin bedroht, muss Millicent Wentworth eine Zweckehe mit dem berüchtigten "Lord of Scandal" Lyon Pennington, dem Earl of Aytoun, eingehen. Lyon ist ein Mann, der durch einen tragischen Unfall, bei dem seine erste Frau ums Leben kam und er schwer verwundet wurde, am Boden zerstört ist. Voller Verzweiflung lässt er sich widerwillig in die unerwünschte Ehe locken. Eine neue Variante von Die Schöne und das Biest.

Gefangene Träume - Portia Edwards ist bereit, alles zu tun, um die Familie zu finden, die sie nie gekannt hat. Und als sie den Händler Pierce Pennington trifft - den entfremdeten jüngeren Bruder von Lyon Pennington - hat Portia die perfekte Gelegenheit, ihn um Hilfe zu bitten. Doch ihr sturer Stolz lässt sie schweigen. Das heißt, bis sie erkennt, dass sie sich zu dem mutigen Mann hingezogen fühlt, der nachts als der berüchtigte Captain MacHeath bekannt ist, der im Namen der Freiheit Waffen über das Meer schmuggelt...

Träume des Schicksals - Der durch einen Skandal und den ungeklärten Mord an seiner Schwägerin verletzte David Pennington ist nach außen hin frech und arrogant. Doch nichts kann ihn davon abhalten, seine Jugendfreundin Gwyneth Douglas nach Schottland zu begleiten, um die schottische Erbin vor Glücksjägern zu retten. Doch mit ihrer Ankunft in Schottland kommt eine schreckliche Gefahr. Wenn sie jemals hoffen wollen, lang verborgene Wünsche zu erfüllen, müssen sie das Böse vereiteln, das ihr beider Leben zu zerstören droht...

Romanze mit dem Schotten - Hugh Pennington, ein Held der napoleonischen Kriege, ist jetzt ein trauernder Witwer mit einem Todeswunsch. Als er eine erwartete Kiste vom Kontinent erhält, ist er schockiert, als er darin eine fast tote Frau findet. Ihre Identität ist unbekannt, und die Handvoll amerikanischer Münzen und der wertvolle Diamant, der in ihr Kleid eingenäht ist, vertiefen das Rätsel nur noch. Grace Ware ist eine Feindin der englischen Krone. Auf der Flucht vor den Mördern ihres Vaters hat sie nicht damit gerechnet, dass das Unglück sie in das Haus eines Aristokraten in den schottischen Borders verschlägt.

Während sie sich bemüht, ihre Identität geheim zu halten, wird aus einem Duell des Verstandes schnell Leidenschaft und Romantik ... bis die Gefahr vor den Toren von Baronsford steht und droht, die beiden Liebenden auseinander zu reißen oder sie beide zu zerstören.

Weihnachten in den Highlands (*RITA© Award Finalist*) - Freya Sutherland ist eine verzweifelte Tante, die versucht, das Sorgerecht für ihre frühreife junge Nichte Ella zu behalten, selbst wenn das bedeutet, dass sie aus Sicherheitsgründen statt aus Liebe heiratet. Der kürzlich in den Ruhestand getretene Captain Gregory Pennington wünscht sich nichts sehnlicher, als rechtzeitig zu Weihnachten zu Hause zu sein, aber er wird gebeten, einige Reisende von den Highlands zu den Borders zu begleiten. Seine Pläne sehen keine Frau und kein Kind vor, und Freya hat die Verantwortung als Ellas Vormund. Da Ella sich verschworen hat, die beiden zusammenzubringen, könnten Penn und Freya ein wenig Weihnachtszauber erleben.

Es Geschah in den Highlands - Lady Josephine Penningtons Leben wurde beinahe zerstört, als sich Gerüchte über ihre fragwürdige Abstammung verbreiteten. Als sie Jahre später ein Paket aus den Highlands erhält, das Skizzen einer Frau enthält, die ihr unheimlich ähnlich sieht, glaubt Jo, einen Hinweis auf die Identität ihrer leiblichen Mutter gefunden zu haben. Als Captain Wynne Melfort vor sechzehn Jahren gezwungen war, seine Verlobung mit Jo Pennington zu lösen, hätte er nie gedacht, dass er sie wiedersehen würde. Mehr noch, er hätte nie erwartet, dass längst tot geglaubte Gefühle wieder auftauchen würden. Während sie sich bemühen, das Geheimnis ihrer Geburt zu lüften, muss Jo lernen, Wynne zu vertrauen. Und als die Geheimnisse der Vergangenheit an die Oberfläche kommen, werden böse Mächte vor nichts Halt machen, um Jo daran zu hindern, die Wahrheit aufzudecken und ihr Erbe zurückzuerobern.

Schlaflos in Schottland - Lady Phoebe Pennington

riskiert ihr Leben, um Edinburghs korrupte politische Führer zu entlarven, und steigt sogar in die brodelnde Unterwelt der Stadt hinab. Dann entgeht sie eines Nachts nur knapp dem Tod und landet in den Armen des Bruders ihrer ermordeten besten Freundin. Captain Ian Bell ist ein gequälter Mann, der mit der Trauer und den Schuldgefühlen über den Verlust seiner Schwester kämpft, und er jagt immer noch ihren Mörder. Das Schicksal hat sie zusammengeführt, aber Vertrauen ist schwer zu fassen, und in den dunklen Gassen der Stadt lauert die Gefahr. Denn Phoebe ist die Einzige, die das Gesicht des Mörders ihrer Freundin gesehen hat, und die düsteren Schatten des Bösen sind näher, als sie und Ian ahnen.

Liebste Millie - Lady Millie Penningtons Zukunft sieht rosig aus, bis das Schicksal ihr eine tragische Nachricht in Form einer Krebserkrankung zukommen lässt. Dermot McKendry ist ein ehemaliger Chirurg der Royal Navy, der zurückgekehrt ist, um ein Krankenhaus in den Highlands zu eröffnen. Die Vorsehung führt sie zusammen, aber die Katastrophen des Lebens werden die Heilkraft des menschlichen Herzens auf eine harte Probe stellen.

Wie Man Einen Herzog Ablehnt - Lady Taylor Fleming ist eine Erbin, der ein Verehrer auf den Fersen ist. Ihr Schritt-für-Schritt-Plan, ihn loszuwerden, ist einfach. Doch der Herzog von Bamberg ist alles andere als einfach. Taylor versucht, in die Zuflucht der Highlands zu fliehen, aber ihre Pläne werden kompliziert, als der Herzog vor ihrer Tür steht und ihre treuen Verbündeten sie im Stich lassen. Und selbst bei den besten Plänen können die Dinge schief gehen...

Ein Prinz in der Speisekamme - Prinz Timour Mirza, ein persischer Thronfolger, ist in diplomatischer Mission in England, um sich eine Frau zu suchen. Anstatt einen großen Ball zu besuchen, sehnt sich Timour nach einer letzten Nacht in Freiheit. Pearl Smith ist inmitten der Londoner Tonne aufgewachsen. Doch ein Schicksalsschlag

Anmerkung des Autors

hat ihren Vater ins Schuldnergefängnis gebracht, und sie ist gezwungen, unter der Treppe zu arbeiten, als unfreiwilliges Opfer des bösartigen Neides eines ehemaligen Freundes. Aber es gibt Magie im Licht des Vollmonds, und die Liebe kann kommen, wenn man sie am wenigsten erwartet...

Und wenn Sie an einer Romanze der zweiten Chance interessiert sind, sollten Sie sich **Jane Austen Kann Nicht Heiraten**!

Als Autoren lieben wir Feedback. Wir schreiben unsere Geschichten für Sie. Wir würden gerne hören, was Ihnen gefallen hat, was Ihnen gefallen hat, und sogar, was Ihnen nicht gefallen hat. Wir lernen ständig dazu, also helfen Sie uns bitte, Geschichten zu schreiben, die Sie schätzen und Ihren Freunden empfehlen werden. Bitte melden Sie sich für Neuigkeiten und Updates an und folgen Sie uns auf BookBub.

Und schließlich, wenn Ihnen *Liebste Millie* gefällt, hinterlassen Sie bitte eine Rezension.

How to Ditch a Duke

Wie Man Einen Herzog Ablehnt

Zu den May McGoldrick Bookies

Mit aufrichtigem Dank

Chapter One

Wie man einen Duke abserviert
- Schritt 1 -
Vernachlässigen Sie Ihr Äußeres in wichtigen Situationen

Angus, das Schottische Hochland
April 1820

LADY TAYLOR FLEMING stand mit ihrer Zofe ein paar Meter von der gestrandeten Kutsche entfernt. Die heftigen Regengüsse hatten zu einem elenden, strömenden Regen nachgelassen, und das Wasser war längst durch ihre Stiefel gedrungen. Sie war bis auf die Knochen durchgefroren. Anhand des Zähneklapperns neben ihr wusste Taylor, dass es ihrem Dienstmädchen nicht besser ging. Sie nahm den Ranzen und erlaubte der älteren Frau, ihre Hände zu wärmen.

Eine dicke graue Wolke verfolgte sie, seit sie und ihre Familie das Tiefland verlassen hatten. Der Unfall hätte sich an keinem schlechteren Ort ereignen können, denn es war unwahrscheinlich, dass in nächster Zeit Hilfe eintreffen würde. Sie war diese Straße schon hundertmal gefahren und wusste, dass es im Umkreis von mehreren Kilometern weder einen Bauern noch ein Dorf gab. Sie saßen fest.

Sie hatten Edinburgh verlassen müssen. Sporadische Gewaltausbrüche waren auf die sozialen Protestversammlungen Anfang der Woche gefolgt, und die Zusammenstöße hatten ihren Vater erschreckt. Die Webergilden und andere Reformgruppen hatten in Städten von Manchester über Glasgow und Edinburgh bis Aberdeen ihre Geschäfte geschlossen, und die Behörden schlugen überall mit militärischer Gewalt zurück, um die Stimmen der Demonstranten zu unterdrücken. Als ein heftiger Kampf auf eine Krankenhauspraxis in der Nähe der Universität übergriff und einen Arzt tötete, war dies der letzte Strohhalm.

Ihre Flucht war nicht gerade einfach gewesen, aber die aufgeweichte Straße, die nach Westen zum Jagdhaus der Familie führte, war ein Alptraum gewesen, seit sie die Kutschenstraße in Montrose verlassen hatten. Dann, vor fast einer Stunde, war ein Hinterrad in den Graben gerutscht. Sie hatten Glück gehabt, dass die Kutsche nicht umgekippt war, aber das elende Ding war bis zur Achse im Schlamm versunken.

Nun saßen sie also auf einer einsamen Straße in den Highlands fest.

"Hebt das verdammte Ding an. Legt euch ins Zeug."

Die quengelige Stimme ging allen auf die Nerven. Die Männer gaben sich Mühe. Taylor blickte vom Kutscher, der die müden Pferde antrieb, zu den beiden Pferdepflegern und den beiden Dienern, die sich im kalten Schlamm abmühten, den Halt zu finden. Ihr Vater und ihr Bruder standen unter der einsamen Eiche am Straßenrand. Der Earl of Lindsay und Viscount Clay. Beide Männer wussten nicht, wie viel Pferd und Manneskraft nötig waren, um das schwere Gewicht einer Kutsche aus einer solchen Lage zu bewegen. Aber das hielt sie nicht davon ab, unaufhörlich Anweisungen zu geben.

"Erleichtert die Last, ihr Dummköpfe!"

Die Koffer und das andere Gepäck lagen auf einem Haufen, da

sie unmittelbar nach dem Unfall ausgeladen worden waren. Taylor kochte vor Wut, als ihr Vater die Männer weiter beschimpfte.

"Gebt den Pferden die Peitsche. Das ist kein Sonntagsausritt im Park. Zeig ihnen, wer der Herr ist."

Ihre Haut brannte vor Irritation. Unaufhörliche Schikanen waren die Standardreaktion des Earls, wenn die Dinge nicht so liefen, wie er es wollte. Als einzige Tochter war Taylor schon so lange, wie sie sich erinnern konnte, Opfer seiner Nörgeleien geworden. Seit dem Tod ihrer Mutter vor sieben Jahren hatte sie jedoch gelernt, dass das Geheimnis im Umgang mit ihm darin bestand, Abstand zu halten, wenn es ihr möglich war, und ihm keine Beachtung zu schenken, wenn sie es nicht konnte. Natürlich kam ihr auch ihr Geschick bei der Anlage und Verwaltung ihres Geldes zugute. Solange sie sich um die Ausgaben ihres Vaters und ihres Bruders kümmerte und sie nicht wegen ihrer exorbitanten Ausgaben belästigte, konnte ein zerbrechlicher Frieden aufrechterhalten werden.

"Verflucht seid ihr alle! Wir wollen nicht den ganzen Tag hier draußen sein."

Die Gesichter der Männer waren mit Schlamm verschmiert und ihre Kleidung durchnässt und schmutzig. Sie schoben weiter, während der Kutscher sein müdes Gespann anspannte. Die Pferde schnaubten und zogen, und die Kutsche ächzte und schwankte gefährlich, aber einen Moment später blieb das Gefährt wieder stehen, wo es war. Sie kamen nicht weiter.

Sie brauchten Hilfe.

In diesem Moment rutschte einer der Diener, ein schmächtiger Mann mittleren Alters, aus und stürzte in den Straßengraben.

"Steh auf, Mann. Komm sofort da raus, oder du wirst meinen Stock spüren."

Das war alles, was sie mitnehmen konnte. Taylor zog ihre Handschuhe aus und reichte sie zusammen mit dem Ranzen ihrer Zofe. Als sie auf den Baum zuging, saugte der Dreck an ihren Schuhen und ihr Mantel schleifte hinter ihr her, aber das war ihr egal.

"Hilf ihnen, Clay", befahl Taylor, als sie sie erreichte. "Ohne zusätzliche Hilfe für die Männer kommen wir hier nie raus."

Ihr Bruder, der neben dem Grafen stand, starrte in die Ferne und tat so, als würde er sie nicht hören.

"Streng dich mehr an. *Anheben!*" Der Graf stieß eine Reihe von Flüchen aus, als der Diener zu langsam war, um seinen Platz wieder einzunehmen.

"Die Pferde und die Männer sind müde", sagte Taylor zu ihrem Bruder. Der Regen prasselte weiter auf sie ein, aber keiner der beiden Männer bewegte sich auch nur einen Zentimeter, um unter den Ästen des Baumes Platz für sie zu machen. "Sie sind nicht näher dran, die Kutsche zu bewegen, als sie es vor einer Stunde waren.

Sie wollte Clay schütteln. Er beachtete sie weiterhin nicht und strich sich die Wassertropfen von seinem Mantel.

"Ignorieren Sie mich nicht", beharrte Taylor. "Du musst da rausgehen und ihnen helfen."

"Du musst verrückt sein." Er starrte sie an. "Wie soll ich ihnen helfen?"

"Helfen Sie mit. Helft, die Kutsche auf die Fahrbahn zu schieben."

"Auf gar keinen Fall. Ich bin so schon nass genug."

Sie gab es nur ungern zu, aber ihr Bruder wurde ihrem Vater von Tag zu Tag ähnlicher. "Wir sind *alle* nass. Sie brauchen mehr Muskeln."

"Hast du meine Schulter vergessen? Das verdammte Ding wird nie wieder heilen, wenn ich mich nicht ausruhen kann."

"Du bist vor sechs Wochen beim Überwinden von zwei Stufen gestolpert, aber das hat dich nicht davon abgehalten, im Club zu fechten oder mit deinen Freunden zu würfeln."

"Du bist ein kalter Fisch. Du hast kein Mitgefühl. Kein Herz. Der Schmerz, den ich ertragen habe, ist dir völlig egal."

Taylor hatte definitiv keine Geduld für das Drama, das mit jeder Interaktion mit ihrem Bruder einherging. Vier Jahre älter als Clay, war sie nicht seine Mutter. Sie war nicht seine Aufpasserin. Und sie war der Eifersucht überdrüssig, die sich hinter jedem seiner Kommentare verbarg, die er ihr gegenüber äußerte. Bei Auseinandersetzungen machte er keinen Versuch, seine Feindseligkeit und seinen Groll zu verbergen. Sie kannte die Quelle seiner Antipathie. Vor über fünf Jahren hatte der Bruder ihrer Mutter Taylor ein Vermögen vermacht. Nicht an seinen Neffen, nicht an seinen Schwager, sondern an seine Nichte. Und sie wusste, dass Clay jeden Moment das Thema ansprechen würde.

"Ich *wäre* gar nicht hier, wenn du nicht so eine geizige Schlampe wärst. Wenn du mir die Fahrt nach Bath bezahlt hättest..."

"Heben Sie sich Ihr Gejammer für einen anderen Tag auf. Sie brauchen dich jetzt." Taylor zeigte auf die Männer, die sich im Sturm abmühten. "Geht."

"Ich glaube nicht!" schoss Clay scharf zurück und wandte sich an den Earl. "Vater, sprich mit ihr. Wenn du ihr nicht Einhalt gebietest, wird sie uns die Kutsche selbst fahren lassen."

Lord Lindsay sah sie von oben herab an, dann seinen Sohn und schließlich wieder Taylor.

"Schau dich an. Du bist genauso groß wie dein Bruder. Breiter an den Schultern. Und du bist sicher doppelt so schwer wie er. Schade, dass du kein Mann bist, denn du bist kaum eine Frau."

Ihre Kehle schnürte sich zu. Ihre Augen brannten. Ihre Haut errötete vor Wut. Seine Sticheleien waren nichts Neues. Ihr ganzes Erwachsenenleben lang war sie das Ziel seiner erniedrigenden Kommentare über ihre Größe und Gestalt gewesen. In den Jahren, in denen sie vor den begehrten Junggesellen der Gesellschaft vorgeführt wurde - nur um dann so behandelt zu werden, als wäre sie für sie unsichtbar -, hatte er ihr dieselben spitzen Bemerkungen zugeworfen. Sie konnte die spöttischen Versuche, witzig zu sein, von Fremden ignorieren, aber nicht von ihren eigenen Verwandten. Sie konnte so tun, als ob die Sticheleien ihres Vaters nicht wehtun würden, aber der Schmerz ging nie weg.

Taylor warf die Kapuze zurück und entledigte sich ihres Umhangs, schob ihn in Clays Magen, drehte sich auf dem Absatz um und ging zur Kutsche hinunter.

"Was machst du da?" Der Schrei des Grafen folgte ihr. "Komm sofort zurück!"

Die Tränen traten aus, wurden aber sofort weggespült und vermischten sich mit den Regentropfen. Sie wollte nicht, dass sie sie weinen sahen. Sie würde ihnen nicht die Genugtuung geben, zu wissen, dass sie sie immer noch verletzen konnten. Ihre Wut über ihre Unachtsamkeit und ihr mangelndes Verantwortungsbewusstsein waren sie gewohnt. Ihr Temperament war das Einzige, was sie fürchteten und respektierten, wenn sie es entfesselte. Und in Momenten wie diesem schätzte sie es, da es ihr einen Schutzschild bot.

Ein Fuß sank in den Schlamm, dann der andere, als sie zur Kutsche stapfte. Mit jedem Schritt versuchte sie, die drängenden Stimmen hinter sich auszublenden und sich stattdessen auf die Männer zu konzentrieren, die eine Atempause eingelegt hatten. Sie alle starrten sie an, als sie sich näherte.

"Sollen wir?", fragte sie und krempelte ihre Ärmel bis zu den Ellbogen hoch.

"M'Lady, das sollten Sie nicht." Der Fahrer blickte unsicher zu seinem Herrn und wieder zu ihr.

Sie schüttelte den Kopf über seine sanft gesprochenen Worte. "Ich glaube, ich sollte es tun. Lass es uns jetzt tun. Zeigen wir ihnen, wie man es macht."

Sie ignorierte das Protestgemurmel der anderen und stützte sich mit der Schulter auf das Heck des Fahrzeugs. Sie stützte sich mit den Füßen ab, und nach einem kurzen Zögern kehrten die Männer auf ihre Plätze zurück.

Auf drei rief der Kutscher den Pferden seine Befehle zu, und sie schoben alle. Aber die Kutsche blieb an Ort und Stelle verankert.

Der Regen prasselte auf sie nieder. Wenigstens war ihr Vater für den Moment zum Schweigen gebracht. Wieder legten sie sich ins Zeug, und das Wiehern der Pferde wurde vom Grunzen und den gemurmelten Obszönitäten der Männer begleitet.

Ihre Füße sanken bis zu den Knöcheln in den Schlamm ein. Die Anstrengung zermürbte sie. Sie war anstrengende körperliche

Arbeit nicht gewohnt, aber sie hielt durch. Doch es gab keine Bewegung. Beim nächsten Stoß blieb ihr der Atem in der Brust stecken, und sie schmeckte den salzigen Geschmack von Tränen auf ihren Lippen.

Sie wusste nichts darüber, wie man Kutschen aus einem Graben schiebt. Sie hatte gehofft, in ihrem Bruder einen Hauch von Schuldgefühlen zu wecken. Eine Person in dieser Familie musste einen Anschein von Moral zeigen. Eine Person musste ein wenig Anerkennung für die Bemühungen der anderen zeigen. Sie war auch hier unten und wühlte im Dreck, um ihrem Vater zu zeigen, dass er ihr nichts antun konnte. Seine Beleidigungen bedeuteten nichts. Sie *war* eine Frau. Eine starke, finanziell unabhängige Frau.

Taylor schloss die Augen und konzentrierte sich auf ihre Aufgabe, als sie wieder anfingen, doch plötzlich wurde sie sich der Anwesenheit eines Mannes hinter ihr bewusst.

"Treten Sie bitte zur Seite und lassen Sie mich helfen."

Sie wusste nicht, wer er war und woher er kam, aber sie hatte nicht vor, ihren Platz aufzugeben.

"Mylady, ich kann viel effektiver sein, wenn Ihr mir Raum gebt." In der Stimme lag die Andeutung eines Akzents.

Ein Fremder hatte angehalten, um sie zu retten, während ihre Familie zusah. Sie beugte sich ein wenig vor, um ihre Position am hinteren Ende der Kutsche nicht zu verlassen. "Wir wissen Ihre Hilfe zu schätzen, Sir."

"Wenn du zu deiner Gruppe unter dem Baum zurückkehren würdest..."

"Ich bleibe *hier* und helfe diesen Männern", sagte sie angespannt.

Der Neuankömmling willigte ein und setzte sich neben sie. Sie schoben sich alle zusammen, und die Kutsche bewegte sich vorwärts. Er hatte sich seines Mantels entledigt, und seine Satinweste war bereits dunkel vom Regen. Die durchnässten Ärmel seines Hemdes klebten an den muskulösen Armen. Seine Hände, die sich an der Speiche eines Rades festhielten, waren groß.

"Lassen Sie los." Er hatte sie immer noch nicht angesehen, und es war der Ton eines Mannes, der es gewohnt ist, gehorcht zu bekommen, aber sie hielt sich weiter fest.

"Ich kann nicht. Ich werde nicht."

Sie wogten alle wieder. Ihr wurde klar, dass sie dabei kaum mehr als eine Zierde war. Taylor spürte die rohe Kraft, die von dem Mann ausging. Der erdige, maskuline Geruch von Leder und frischer Luft erfüllte ihren Kopf. Sein Gesicht war abgewandt, und sie starrte auf seine breiten Schultern.

Die nächste gemeinsame Anstrengung führte dazu, dass der Wagen mit einem Ruck ins Rutschen geriet und das Rad auf die Fahrbahn aufsprang. Doch dabei stürzte Taylor und rutschte die Böschung des Grabens hinunter in den Schlamm und den Regenabfluss. Das Fahrzeug setzte sich weiter in Bewegung, und die Männer jubelten ihm zu.

Taylor zwang sich auf alle Viere. Ihre Hände steckten tief im Schlamm, ihre Knie waren darin versunken, und dreckiges braunes Wasser tropfte von ihrem Kinn.

Scham und Verlegenheit durchfluteten sie, schmerzhafter als jeder körperliche Schmerz. Hier war sie, die Tochter eines Earls. Eine der reichsten Frauen in Schottland. Solange ihre Mutter lebte, war Taylor umsorgt, geliebt und geschätzt worden. Aber diese Zeiten waren vorbei. Der heutige Tag war der Beweis dafür. Hier, vor einem Fremden auf einer sturmgepeitschten Hochlandstraße, war sie auf Händen und Knien, durchgefroren, nass und zerlumpt - ein Objekt des Spottes in den Augen aller. Und zu welchem Zweck? Einfach nur, um ihrer egoistischen Familie zu beweisen, dass sie Charakter hat.

Hohe, schlammverkrustete Stiefel und muskulöse, in Hirschleder gehüllte Beine kamen in ihr Blickfeld. Der Mann ging in die Hocke und streckte seine Hand aus. Die Handfläche war schwielig. Eine weitere kalte Welle der Demütigung durchflutete sie.

"Erlauben Sie mir."

"Danke. Ich schaffe das schon allein."

"Ich weiß, dass Sie das können. Aber bitte erlaube mir zu helfen. Du würdest dasselbe für mich tun."

Irgendwie konnte sie sich nicht vorstellen, wie er auf allen Vieren im Dreck kroch.

Er zog ein Taschentuch aus seiner Weste.

Sie schüttelte den Kopf. "Es wäre ruiniert."

"Es ist nur ein Stück Stoff, das für diesen Zweck gemacht wurde."

Widerwillig nahm sie ihn an und wischte sich die Augen. Ein dunkler Schlammfleck bedeckte den feinen Stoff.

"Es tut mir leid, es ist schon fleckig." Die Verlegenheit verdickte ihre Stimme.

"Das war eindeutig seine Bestimmung, die sich in der Hand der würdigsten aller Frauen erfüllte."

Seine Freundlichkeit rührte ihr Herz. Als sie seinen feinen Akzent und seine sanften Worte hörte, stellte sie sich ihn als einen Prinzen auf einem schönen Pferd in einem fernen Land vor, der Jungfrauen in Not wie sie selbst rettete. Da sie zu glauben begann, dass sie sich diesen Mann nur einbildete, versuchte Taylor, die niedrige Bank hinaufzuklettern, um dann wieder hinunterzurutschen.

"Bitte, werden Sie diesem Mitreisenden das gleiche glückliche Schicksal verweigern wie seinem Taschentuch?"

"Ich bin mit Schlamm bedeckt."

"Was ist ein Fleck hier oder ein Fleck da?"

Taylor schüttelte den Kopf und konnte nicht verhindern, dass sich ein Lächeln auf ihren Lippen bildete. Er versuchte definitiv, die Situation auf die leichte Schulter zu nehmen. Trotzdem war sie nicht bereit, ihm gegenüberzutreten - niemandem gegenüber.

"Wenn Sie nicht den Sprung gewagt hätten, wäre die Aufgabe mir zugefallen. Bei jeder Rettung muss ein Mensch geopfert werden. Und Sie haben diese Rolle mutig übernommen. Erlauben Sie mir, Ihnen meine Dankbarkeit zu zeigen."

Er wollte nicht aufgeben. Mit einem resignierten Seufzer nahm sie seine Hand, und er begann, sie hochzuziehen.

"Ich glaube, ich schaffe es von ..." Ihre Worte verloren sich, als ihre Füße unter ihr wegflogen und sie an ihm zusammensackte.

"Ich bin sicher, dass Sie das können."

Eine Wange lag auf seiner Brust. Dreck verschmierte seine Weste. Sie nahm sich die Zeit, seinen betörenden Duft einzuatmen und die kräftigen Muskeln zu genießen, die sie stützten, bevor sie langsam versuchte, sich von ihm wegzustoßen. "*Das* war unerwartet."

"Ich muss zugeben, dass solche unerwarteten Ergebnisse viel angenehmer sind als die ...."

Er rutschte aus, und plötzlich hielt sie *ihn* hoch. Sein Gesicht war gegen ihre Brüste gepresst. Seine Arme legten sich um ihre Hüften. Sie versuchte, ihm zu helfen, sich aufzurichten, aber stattdessen hielt er sich noch fester. Die Lächerlichkeit des Augenblicks war kolossal. Sie wollte lachen. Und nach dem wenigen, was Taylor von seinem Gesicht sehen konnte, war auch er amüsiert.

Als er wieder auf die Beine kam, ließ sie gleichzeitig mit ihm los.

"Ich glaube, jetzt geht es mir gut", murmelte sie. "Wenn du so freundlich wärst, zu..."

Plötzlich war sie wieder auf dem Weg nach unten, mit einem Bein in Richtung Aberdeen, mit dem anderen in Richtung Edinburgh. Irgendwie hatte sie sich in seinen Armen gedreht, und er hielt sie hoch, seine Hände direkt unter ihren Brüsten, und drückte sie an sich.

"Ich bitte um Entschuldigung."

"Völlig in Ordnung", zwitscherte sie. "Deine Absicht war sehr ritterlich."

Zum ersten Mal in ihrem Leben berührte ein Mann ihre Brüste, ihren Hintern, jeden Zentimeter von ihr - von vorne und von hinten -, aber nichts davon hatte etwas mit Romantik zu tun.

Schließlich stand sie auf, und er ließ sie los. Taylor drehte sich um. Nachdem sie beide wieder auf den Beinen waren, riskierte sie einen Blick. Sein Hemd, seine Weste und seine Hose waren genauso schmutzig wie ihre.

"Es tut mir so leid", murmelte sie. "Das war meine Schuld."

"Wohl kaum. Das Vergnügen war ganz meinerseits, *Liebling*."

Sie hörte die Heiserkeit in seiner Stimme, aber ihre klang auch nicht besser. Sie fühlte sich warm und prickelnd und erregt, ungeachtet der lächerlichen Umstände.

"Du zitterst ja. Darf ich Ihnen in die Kutsche helfen?"

Taylor zitterte. Zu schnell war die Realität zurückgekehrt. Sie hatte ihm immer noch nicht richtig ins Gesicht geschaut, und es war ihr peinlich, das jetzt zu tun. Aber es ließ sich nicht vermeiden. Und wenn sie es tat, wünschte sie sich, der Boden würde sich öffnen und sie ganz verschlucken.

Der Fremde war wunderschön, die Verkörperung der Träume jeder Frau. Wasser glitzerte auf den scharfen Linien der hohen Wangenknochen und dem kräftigen Kiefer. Seine Lippen waren voll, und seine sonnengebräunte und wettergegerbte Haut verriet, dass er ein Mann war, der viel Zeit im Freien verbrachte. Seine Augen hatten den graugrünen Farbton, den das Meer bei einem Sturm annimmt. Und sie waren auf sie gerichtet.

Ihre Haut erwärmte sich. Ein köstlicher Knoten bildete sich in ihrem Bauch. Taylors Atem stockte in ihrer Brust. Sie wandte ihren Blick ab und starrte auf seine Lippen. Das war keine Hilfe. Ihr Herz trommelte so laut gegen die Wände ihrer Brust, dass er es hören musste.

"Sie werden Fieber bekommen, wenn Sie hier in der Kälte stehen. Bitte erlauben Sie mir, Sie zu Ihrer Kutsche zu begleiten."

Sie hatte bereits Fieber, und das hatte nichts mit der Kälte und dem Wetter zu tun. "Ich komme schon klar. Danke, aber ich schaffe das schon."

Sie machte unwillkürlich einen Schritt zurück und wäre beinahe noch einmal in den Graben gestürzt.

Er streckte die Hand aus und stützte sie. Seine Finger verweilten, bevor er sie losließ, und er bot seinen Arm an. "Wohin Sie auch gehen wollen, bitte erlauben Sie es mir."

"Vielen Dank. Das ist sehr nett von Ihnen." Sie seufzte praktisch bei diesen Worten. Die Wahrheit war, dass sie den ganzen Tag in diese Augen hätte schauen können. "Aber ich sollte es schaffen ... jetzt."

Taylor schritt vorsichtig über den weichen Boden und entfernte sich von ihm. Ihre Stiefel waren schwer. Ihr Kleid hing ihr am Körper herunter. Ihr nasses, schmutziges Haar klebte ihr im Gesicht. Entschlossen setzte sie einen Fuß vor den anderen und schaute geradeaus, als sie an der Kutsche vorbeikam. Die Pferdeknechte waren bereits dabei, die Truhen zu verteilen, um sich auf den Weg zu machen.

Ihr Vater rief aus der Richtung des Baumes. Sie ging an einem prächtigen schwarzen Hengst vorbei, der die Erde scharrte. Ein Mantel und ein Hut waren auf den Sattel geworfen worden. Sie wurde nicht langsamer. Sie musste weitergehen. Sie musste verschwinden. Sie hielt sich die Ohren zu und ritt weiter.

Erinnerungen blätterten in ihrem Kopf wie die Seiten eines im Wind aufgeschlagenen Buches. Ballsäle. Wie sie am Rande der Tanzfläche stand und auf einen Blick, eine kokette Geste hoffte. Wie jede andere junge Frau hatte sie sich gewünscht, wahrgenommen zu werden. Dieser Wunsch war ihr nie erfüllt worden. Leere Tanzkarten. Niemand sprach sie auch nur an, geschweige denn hielt er sie oder nannte sie *Liebste*.

Ihr Vater war immer schnell dabei gewesen, alles zu benennen, was mit ihr nicht in Ordnung war. Gerne zählte er auf, warum sich kein Freier meldete. Zu groß. Zu dick. Zu blass. Zu klug. Zu freimütig. Nach zwei langen, katastrophalen Saisons verschloss sie ihr Herz. Sie brauchte keine Romantik. Es war zu schmerzhaft.

Taylor rutschte aus, als die Straße wieder anstieg, aber sie blieb aufrecht. Die regennasse Landschaft der Highlands verschwamm um sie herum, aber sie setzte ihren Weg fort.

Glücklicherweise wurde sie nach zwei Jahren, in denen es nicht einmal den Hauch eines Freiers gab, zur Erbin. Als reiche und unabhängige Frau war sie für den Rest ihres Lebens abgesichert.

Mit dem Geld kam auch die Aufmerksamkeit. Ihre bescheidene Mitgift war zu einem Vermögen geworden, aber sie hatte kein Interesse an einem Ehemann. Sie kümmerte sich um die finanziellen Angelegenheiten ihrer Familie, besuchte ihre vertrauten Freunde und ignorierte die gesellschaftlichen Einladungen, die jeden Tag kamen.

Mit ihren siebenundzwanzig Jahren dachte Taylor, sie sei immun gegen Männer.

Bis zu diesem Mann. Seine Ritterlichkeit. Seine Stärke. Seine Freundlichkeit. Seine Augen. Dieser *Liebhaber*. Und diese absurden Momente des Umklammerns und Fallens und des gegenseitigen Stützens im Schlamm.

Sei kein Narr, sagte sie sich, hob den Saum ihres Kleides an und verlängerte ihre Schritte.

"Mylady. Mylady, bitte hört auf."

Der besorgte Ruf ihres Dienstmädchens unterbrach ihre Gedanken. Taylor wartete, bis sie zu ihr aufgeschlossen hatte.

"Du wirst dir den Tod holen."

Taylor nahm ihren Mantel von der älteren Frau, die sich bemühte, sie vorzeigbar zu machen. Taylor wusste, dass es ein aussichtsloser Fall war.

"Sie kommen, Mylady."

Taylor blickte den Hügel hinunter und war überrascht, wie weit sie schon gelaufen war. Sie erhaschte einen flüchtigen Blick auf einen verhüllten Mann, der auf seinem schwarzen Pferd davon ritt. Als er um eine Biegung in der Ferne verschwand, fühlte sie sich seltsam verunsichert, als wäre ein Leuchtfeuer am Ufer plötzlich verschwunden. Er war hier, und dann war er weg.

Das Taschentuch hatte sie wie durch ein Wunder immer noch in der Faust. Sie steckte es in ihren Ärmel.

"Seine Lordschaft sagte, wir sollen warten. Sie werden uns hier abholen."

Taylor sah den Männern zu, wie sie das Gepäck festschnallten. Ihr Vater und Clay mussten bereits drinnen sein. Sie fühlte sich ausgelaugt, erschöpft. Sie freute sich nicht darauf, in diesen Wagen zu steigen. Sie hatte keine Lust mehr auf weitere Streitereien. Was auch immer gesagt worden war, was auch immer sie getan hatte, es bedeutete alles nichts. Dies war nur ein weiterer Tag in dem ermüdenden Leben, das sie mit diesen Männern führte. Woran sie jetzt wirklich denken wollte, war ein Paar graugrüner Augen.

Ein paar Minuten später hielt der Kutscher die Kutsche an, und Taylor und ihr Dienstmädchen stiegen ein. Abgesehen von einem verächtlichen Blick ihres Vaters und der Tatsache, dass Clay seine Position so veränderte, dass seine Knie nicht gegen die ihren stießen, wurde nichts weiter gesagt. Taylor schaute aus dem Fenster und wünschte sich, noch einmal einen Blick auf ihren Retter werfen zu können, aber er war längst weg.

"Suchst du den Herzog?" fragte Clay.

Duke? Taylor versuchte, an die Dukes zu denken, die sie in ihrem Leben getroffen hatte. Keiner war wie er gewesen. Und er war ihnen zu Hilfe gekommen. Sie wusste nicht, ob sie lachen oder weinen sollte. Ein *Herzog* hatte ihnen geholfen, während ein Graf und ein Vicomte tatenlos zusahen. Wenn sie hundert Jahre alt werden würde, würde sie nie vergessen, wie sich seine starken Arme um sie gelegt hatten.

"Der Mann war ein Herzog?", fragte sie schließlich.

"Franz Aurech, Herzog von Bamberg." Ihr Vater hielt eine Karte in der Hand.

"Bamberg", stellte ihr Bruder klar. "In Bayern."

Der Akzent. *Liebling.* Es ergab alles einen Sinn. "Er hat seine Karte hinterlassen? Wirst du ihn wiedersehen?"

"In der Tat", antwortete Lord Lindsay knapp und steckte die Karte in seine Westentasche. "Er erwähnte, dass er vom Kontinent hierher gereist sei, um eine geeignete Frau zu finden. Ich habe Sie ihm angeboten. Und so seltsam es scheint, er könnte interessiert sein."

116

Chapter Two

Wie man einen Duke abserviert
- Schritt 2 -
Gesunde Distanz bewahren

Das Abteikrankenhaus
Westliches Aberdeen, das schottische Hochland
Drei Monate Später

KEINE WARNUNG. Kein Klopfen. Die Tür zu Taylors Zimmer flog auf, und herein kam Lady Millie Pennington McKendry mit ihrem außergewöhnlich großen, runden Bauch. Sie war zwar im neunten Monat schwanger, aber Taylor war noch nie in der Gesellschaft einer schwangeren Frau gewesen, die so kurz vor der Geburt stand.

Und ihre liebste Freundin war nicht glücklich.

"Warum hast du mir das nicht gesagt?" Millie schloss die Tür und lehnte sich mit dem Rücken dagegen. "Du bist nicht hergekommen, um mir Gesellschaft zu leisten, bis das Kind geboren ist. Du bist in den Norden gekommen, um wegzulaufen."

Der stechende Blick in ihren Augen ließ Taylor vor Schuldge-

117

fühlen ein wenig zusammenschrumpfen. Es stimmte, dass sie in dieses in den Highlands versteckte Krankenhaus gereist war, um zu fliehen. Es schien der perfekte Ort zu sein. Eine private Anstalt, in der Millies Mann Patienten behandelte, die an Kopfverletzungen und psychischen Störungen litten. Sie hatte nichts gesagt, weil sie ihrer Freundin etwas von dem Chaos ersparen wollte, zu dem ihr Leben geworden war. Doch ihr Schweigen war offensichtlich umsonst gewesen. Irgendwie wusste Millie es.

"Du hast kein einziges Wort darüber verloren. Einen ganzen Monat und nicht eine *Silbe* über einen Freier." Millie presste eine Hand auf ihren Rücken, während sie von der Tür wegwatschelte. "Und nicht nur einen Verehrer. Ein Mann, der dir seine Absichten kundgetan hat."

"Ich bin hierher gekommen, um mit dir zusammen zu sein ... zum größten Teil." Taylor rückte einen Stuhl heran und half ihrer Freundin, sich zu setzen. "Aber wenn ich nicht vor Neuigkeiten übersprudelt habe, dann deshalb, weil es da nichts zu sprudeln gibt. Und außerdem habe ich keinen Grund gesehen, mein Problem zu erwähnen, weil ich hoffe, dass es von alleine verschwindet, während ich ... nun ja, weg bin."

"Welches Problem?" Millie atmete tief durch und drückte auf die Seite ihres Bauches.

"Das Problem mit meinem Vater und diesem Vorschlag. Ja, ich habe einen Verehrer, aber ich möchte, dass er verschwindet."

"Taylor, ein *echter* Verehrer verschwindet nicht einfach."

Weiß Gott, Taylor war sich dessen bewusst.

"Und die Leute sagen, du bist verlobt."

"Unwahrheiten, ich schwöre es. Eine echte Verlobung beinhaltet einen Heiratsantrag und eine Annahme. Es ist eine mündliche Vereinbarung zwischen einem Mann und einer Frau. Nicht ein Vater, der jemanden dazu drängt, ihm seine unansehnliche Harpyie von Tochter abzunehmen."

"Du bist *weder das eine noch das andere*. Du machst mich so wütend, wenn du so über dich sprichst."

"Sei so wütend wie du willst, aber du musst mich dabei unterstützen."

Millie saß einen Moment lang ruhig da. "Ich weiß fast nichts über die Einzelheiten, aber soweit ich weiß, ist der Mann ein Herzog. Wie kann der Graf jemanden von diesem Rang beeinflussen?"

"Der Mann ist in eine Falle getappt." Taylor schlang die Arme um ihre Taille und erinnerte sich an den peinlichsten Moment ihres Lebens. "Der Herzog kam uns nach einem Kutschenunfall entgegen und hielt aus reiner Freundlichkeit an, um zu helfen. Natürlich dachte mein Vater, das sei der perfekte Zeitpunkt, um mich ihm an den Hals zu werfen. Ich glaube, er wollte mir das Geschäft mit einem Paar Ziegen versüßen."

Millie lächelte. "Du machst dich lächerlich."

"Ich wünschte, ich wäre es. Ich bin mit seinen Methoden nur allzu vertraut. Beeinflussen, flehen, betteln, versprechen, lügen, beschönigen. Ihm auf den Fersen bleiben wie ein Hund auf der Fährte eines Fuchses. Was auch immer er tun musste, er hat es in den folgenden Wochen getan ... und irgendwie war er erfolgreich."

Erst als sie nach Edinburgh zurückgekehrt waren, konnte sie mehr über den Herzog in Erfahrung bringen.

"Franz Aurech, der Herzog von Bamberg, ist finanziell angeschlagen. Seine Ländereien stehen kurz vor dem Zusammenbruch."

"Ich verstehe." Millie hielt inne, ihre Stirn zog sich zusammen. "Und er sucht nach einer reichen Frau?"

"Eine Erbin", antwortete Taylor. "Seine Gnaden sucht nach einer Frau mit großem Vermögen. Und soweit ich weiß, hat er sofort nach seiner Ankunft und dem Bekanntwerden seiner Absichten Einladungen zu allen Salons und Versammlungen von London über Bath bis Edinburgh erhalten. In den gesellschaftlichen Kreisen kursiert immer noch eine Liste von Interessenten."

"Aber ich bezweifle, dass es eine Frau gibt, die reicher ist als du."

Taylor erschauderte bei dem Gedanken, was genau ihr Vater diesem völlig Fremden offenbart hatte.

"Warum sollte der Graf das wollen?" fragte Millie. "Wir beide wissen, dass Lord Lindsay und dein Bruder ohne dich, der sich um die Geschäfte des Familienbesitzes kümmert, ... nun ja, ruiniert wären."

Es war wahr. Sie würden verloren sein. Als Taylor aufwuchs, hatte ihre Mutter die Finanzen der Familie geregelt. Und als sie krank geworden war, hatte Taylor ihre Rolle übernommen. Sie hatte eine Begabung dafür. Es machte ihr Spaß, mit Fonds und Aktien zu hantieren und die Einnahmen aus dem Vermögen zu planen. Ihr Vater, der absolut kein Interesse an solchen Aufgaben hatte, war während des Krieges in irgendeiner feierlichen Funktion unterwegs gewesen, als ihre Mutter starb. Seitdem war das Vermögen der Familie unter Taylors Leitung angewachsen, und Millie hatte Recht, dass die beiden Männer ihr Vermögen ohne sie in kürzester Zeit verschleudern würden.

"Ich nehme an, er erwartet, dass ich irgendwie aus der Ferne weiter mache, was ich bisher gemacht habe. Aber noch wichtiger ist, dass ein Herzog im Stammbaum der Familie ein Preis ist, der seine kühnsten Träume übersteigt. Ganz zu schweigen davon, dass damit die Frage nach der Zukunft seiner Tochter geklärt ist", erklärte sie. "Ich glaube, dass er sich auf seine eigene verdrehte Art und Weise um mich sorgt. Mein Vermögen ist unabhängig von seinem. Er hat ganz offen gesagt, dass es nur eine Frage der Zeit ist, bis mich ein nichtsnutziger, mittelloser Schwindler verführt und mir mein ganzes Geld stiehlt."

"Er kennt dich nicht sehr gut, oder?"

Reichtum brachte Aufmerksamkeit. Aber Taylor war unverwundbar gegenüber den Flirtversuchen gut aussehender Männer. Zumindest dachte sie das, bis sie Bamberg traf. Diese Brust. Dieser Akzent. "Sie haben recht. Das tut er nicht."

"Was wissen Sie noch über den Herzog? Außer seinem Namen und dass er nach einer reichen Frau sucht?"

"Um ehrlich zu sein, ist er ziemlich erfolgreich. Er ist ein Entdecker. Ein Weltenbummler. Ich habe versucht, so viel wie möglich herauszufinden, abgesehen vom Klatsch und Tratsch, und es gibt tatsächlich eine ganze Menge Informationen. Lord Bamberg ist in akademischen Kreisen hoch angesehen. Nach dem

Krieg nahm er zusammen mit Prinz Maximilian von Wied-Neuwied an einer Expedition in den Dschungel Brasiliens teil. Er hat sogar Zeitschriften über die Ethnographie der Menschen im Amazonasgebiet veröffentlicht."

"Ich bin überrascht. Ich hatte schon fast erwartet, dass du mir sagen würdest, er sei ein Taugenichts, der ein ausschweifendes Leben in Spielhöllen in ganz Europa führt."

"Nein, das wäre mein Bruder, wie du weißt." Sie holte tief Luft und versuchte, ruhig zu bleiben. Sie konnte nicht zulassen, dass die Erinnerung an ihre erste Begegnung mit dem Herzog ihr Urteil beeinflusste. "Bamberg ist als Entdecker und Gelehrter sehr geachtet. Aber seine Errungenschaften haben einen hohen Preis. Ich könnte mir vorstellen, dass seine Abwesenheit und Vernachlässigung die Ursache für die desolate Lage seiner Ländereien in Bayern ist."

Millie runzelte die Stirn. "Und das würde natürlich alles behoben werden, sobald er eine reiche Frau findet."

"Anscheinend."

Ihre Freundin bat um ein Glas Wasser, und Taylor brachte es ihr.

Sie wusste immer noch nicht, wie Millie das mit Bamberg herausgefunden hatte. Ihre Freundin war keine Person mit Interesse an oder Zugang zu gesellschaftlichem Geschwätz. Sie bezweifelte, dass irgendeines der städtischen Klatschblätter in die Abtei geliefert wurde.

"Sagen Sie mir, wie ist er als Mensch?" fragte Millie und reichte ihr das leere Glas zurück.

"Ich weiß es nicht."

Millies Augen weiteten sich, und ein Lächeln umspielte einen ihrer Lippenwinkel. "Du meinst, du hast keine Zeit in seiner Gesellschaft verbracht?"

Taylor interessierte sich plötzlich für das Muster des Teppichs zu ihren Füßen.

"Ich hätte gedacht, dass diese starke Meinung von Ihnen, diese völlige Ablehnung des Mannes, auf persönlichen Beobachtungen und dem, was Sie gelernt haben, beruhen würde. Wollen Sie mir sagen, dass es nicht so ist?" Taylor ließ eine Hand in die Tasche ihres Kleides gleiten und berührte sein Taschentuch. Törichterweise betrachtete sie es als ein Geschenk. Ein Andenken an den Mann, von dem sie nachts träumte und vor dem sie tagsüber weglief.

"Wir haben am Tag des Kutschenunfalls ein paar höfliche Worte gewechselt." Sie hatten mehr als ein paar Worte miteinander gewechselt. Er war galant, charmant, gut aussehend. Er war der Traum einer jeden Frau und Taylors ultimative Fantasie. Die Behauptung ihres Vaters, dass der Herzog anrufen würde, machte sie zur glücklichsten aller Frauen. Erst später, als sie erfuhr, dass er verarmt war, erkannte Taylor ihren Fehler und begann zu fliehen.

"Seit unserem ersten Treffen", fuhr sie fort, "habe ich mich vor den Treffen gedrückt, die meine Familie arrangiert hat. Als er in Edinburgh zum Essen eingeladen war, bin ich in die Borders gefahren. Als ein Bote meines Vaters kam, um mir mitzuteilen, dass sie kommen und ich bleiben soll, wo ich bin, habe ich den Mann bestochen und bin nach Fife geflohen, um deine Schwester Phoebe zu besuchen. Und es gab noch andere Gelegenheiten, bei denen ich nur knapp entkam. Dennoch hat es der Earl geschafft, den Herzog am Haken zu halten. Das letzte Wort war, dass er mich noch nicht aufgegeben hat."

Millie stützte ihre Handflächen auf ihren runden Bauch und sah Taylor kritisch an.

"Du bist ihm also aus dem Weg gegangen. Du kennst ihn nicht, aber du bist total gegen ihn. Glauben Sie wirklich, dass dieser Mann nichts zu bieten hat? Dass es *nichts* an ihm gibt, was dich interessiert?"

Millie die Friedensstifterin. Millie, die Organisatorin. Millie, die für ihre Weisheit und ihre Fähigkeit bekannt war, jedes Unrecht zu korrigieren und bemerkenswerte Vorschläge zu formulieren, sah sie stirnrunzelnd an.

"Es ist ja nicht so, dass Bamberg nichts zu bieten hätte." Taylor überlegte, wie sie antworten sollte. Wie konnte sie vermitteln, ohne wie eine Idiotin zu klingen, dass der bloße Gedanke an diesen Mann ihr Inneres zum Flattern brachte wie ein Mädchen vom Lande bei ihrem ersten *Ceilidh*? Dass dies ein Adliger mit unerwartetem Mitgefühl war. Ein Mann, der sich nicht scheute, in den Schlamm zu steigen, um anderen zu helfen. Ein Mann mit dem Gesicht und dem Körper eines Gottes. Selbst jetzt wurde ihr noch warm im Bauch bei der Erinnerung an ihre aneinander gepressten Körper, als er ihr nach dem Sturz half. "Er hat sicherlich Qualitäten, die ihn für manche attraktiv machen würden."

"Wie zum Beispiel?"

Das war auch die Millie, die sie kannte. Stellen Sie die positiven Tugenden auf. Dann stelle die negativen Eigenschaften auf. Entscheide dann.

"Was sein Aussehen betrifft, so ist er auffallend, würde ich sagen. Beeindruckend groß. Seine Stimme... nun, ich wusste nicht, wie charmant ein Akzent klingen kann. Und wir müssen ihn für seine Integrität loben. Er hat sich öffentlich zu seiner finanziellen Notlage bekannt. Keine Frau, die Bamberg heiratet, kann ihm vorwerfen, dass er Hintergedanken bei der Heirat hat. Seine Gnaden sucht nicht nach Liebe. Er sucht nach einer wirtschaftlichen Regelung."

Vielleicht, wenn sie sich irgendwo anders getroffen hätten, ohne dass ihre Familie dabei gewesen wäre. Vielleicht, wenn er ihr zu Hilfe gekommen wäre, als sie allein unterwegs gewesen war. Oder wenn ihr Vater sie nicht dazu gezwungen hätte. Und wenn er nichts von ihrem Reichtum gewusst hätte. Vielleicht wäre Taylor dann empfänglich für... nein, *begeistert* von seiner Verfolgung gewesen. Sie schüttelte den Kopf und richtete ihre Aufmerksamkeit wieder auf ihre Freundin.

"Eine Verbindung mit ihm scheint etwas zu bieten", sagte Millie leise. "Auch wenn es keine Liebesheirat ist."

"Eure Verbindung hat viel mehr. Eure Ehe hat alles."

"Meiner schon." Sie lächelte und tätschelte abwesend ihren Bauch.

Seit ihrer Heirat hatten sich Millie und Dermot hier in den Highlands niedergelassen. Und Taylor wusste, wie wichtig dieses

Baby für ihre Freundin war. Sie hatte das Trauma der Operation überstanden und sich so schnell erholt, wie man es nach einer Brustentfernung aufgrund von Krebs erwarten konnte. Dieses Kind würde der Beweis dafür sein, dass sie ein normales Leben führen konnte. Niemand wünschte sich das mehr für sie als Taylor.

"Die schwierige Beziehung, die Sie zu Ihrer Familie haben, sollte berücksichtigt werden, meinen Sie nicht? Sie schelten dich ständig für alles, egal was du für sie tust. Daran hat sich doch nichts geändert, oder?"

Millie hatte im Laufe der Jahre einige dieser Behandlungen miterlebt, in London und in Edinburgh und auf ihrem Anwesen in Fife. In Millies Familie bot sich ein ganz anderes Bild. Taylor hatte nie gewusst, dass es eine solche Zuneigung und einen solchen Respekt zwischen Geschwistern geben konnte ... und nun auch zwischen ihren jeweiligen Familien. Und sie wusste, dass die Werte der Familie Pennington direkt auf Lord und Lady Aytoun zurückgingen.

"Mein Vater und mein Bruder werden sich nie ändern. Inwiefern ist das relevant?"

"Ich kann mir nicht helfen, aber ich denke, dass die Ergreifung dieses Herzogs die Befreiung sein könnte, die du von deiner Familie brauchst. Stell dir vor, du müsstest nie wieder mit ihnen leben. Es sei denn, es gibt echte Argumente gegen den Herzog. Gibt es die?"

Das tägliche Gejammer ihrer Familie nicht mehr anhören zu müssen und nicht mehr von deren Egoismus gedemütigt zu werden, war ein Traum, aber es gab auch eine Realität, der sich Taylor stellen musste.

"Bamberg ist ein Weltreisender. Ein Abenteurer. Ich habe kein Interesse daran, zu heiraten, nur um in einem kalten, leeren Schloss in Bayern festzusitzen, niemanden zu kennen und nichts zu tun zu haben, während er durch die Welt reist."

Das war wichtig, sagte sie sich. Ein Punkt, den ihre Freundin verstehen konnte. Millie und Dermot waren hier zusammen und bauten sich eine Zukunft auf. Die eine war nicht in der Wildnis unterwegs, während die andere zu Hause saß und nichts tat.

Sie schritt zum Fenster und blickte auf die goldenen Felder, die sich im Osten ausbreiteten. Hinter den Ställen fielen eine Reihe von Fischteichen in Richtung des Flusses Don ab, und zwischen heidebewachsenen Hügeln schmiegten sich Häuschen und Wirtschaftsgebäude. Sie liebte es hier. Wie würde wohl das Leben in den bayerischen Wäldern sein?

Hinzu kam Taylors eigene Unsicherheit darüber, wie sie im Vergleich zu all den Frauen dastand, die sich ständig an jemanden mit seinem Aussehen, seinem Titel heranmachen mussten. Sie würde niemals Untreue dulden. Sie wollte nicht den Schmerz, der mit einem solchen Mann unvermeidlich war. Sie wollte sich nicht zum Narren machen lassen. Nein, selbst als sie jung und leichtgläubig genug gewesen war, um auf eine Heirat zu hoffen, hatte sie gewollt, dass es um Liebe ging. Nicht für ein geschmackloses finanzielles Arrangement. Nicht wegen eines leeren Titels. Was konnte Bamberg ihr als Gegenleistung für ihre Hand in einer Vernunftehe wie dieser schon bieten?

Sie schaute über ihre Schulter zu Millie. "Ich kann es nicht tun. Ich kann ihn nicht heiraten."

Ihre Freundin schwieg einen Moment lang. "Dann sag nein zu ihm, Taylor. Aber sprich zuerst mit deinem Vater. Er ist derjenige, der das alles angefangen hat."

"Aber das ist das Problem! Ich kann mich ihm nicht offen widersetzen. Ich kann dem Herzog nicht *Nein* sagen, wenn mein Vater mich bedrängt, *Ja zu* sagen. Er wird mir das Leben zur Hölle machen. Er wird mich bei jeder Gelegenheit daran erinnern, wie ich ihm eine Beziehung versaut habe." Sie rang die Hände. "Die Antwort liegt darin, dass Bamberg einen Rückzieher macht und sein Angebot zurückzieht. Ich glaube immer noch, wenn ich ihn weiterhin hinhalte und mich weigere, ihn zu treffen, wird er der Jagd überdrüssig. Er wird eine andere Erbin finden. Bitte erlauben Sie mir, hier zu bleiben."

Ein schmerzlicher Ausdruck zierte Millies Gesicht, und Taylor eilte zu ihr und fragte sich, ob der Moment gekommen war. "Soll ich Ihren Mann holen? Ist es Zeit?"

Ihre Freundin schüttelte den Kopf. "Er ... er kommt."

"Wer kommt denn da?"

"Der Herzog von Bamberg." Sie ergriff Taylors Hand und hielt sie davon ab, zur Tür zu laufen. "Dermot hat heute Morgen einen Brief von Seiner Gnaden erhalten. Er hat Sie namentlich erwähnt. In seiner Nachricht hieß es, er müsse unsere Gastfreundschaft für einen kurzen Besuch in Anspruch nehmen."

Ihr Vater wusste, dass sie in die Abtei kommen würde, aber Taylor hätte nie gedacht, dass er so indiskret sein würde, den Herzog hierher zu schicken.

"Wann wird er hier sein?"

Millie zuckte mit den Schultern und schüttelte den Kopf. "Ein paar Wochen? Ein paar Tage? Heute? Ich weiß es ehrlich gesagt nicht."

Chapter Three

Wie man einen Duke abserviert
- Schritt 3 -
Vertraute Freunde als Verbündete einsetzen

DER HERZOG von Bamberg stand mit dem Rücken zu Dermot McKendry und überblickte das Gelände unter ihm. Ein Dutzend Männer, von denen er annahm, dass es sich um Patienten des Krankenhauses handelte, waren auf den Gartenwegen zu sehen, begleitet von Pflegern. Einige gingen ohne Hilfe, andere saßen in Stühlen mit Rädern. Das Objekt seiner Suche, Lady Taylor, war nirgends zu sehen.

"McKendry, wir sind seit unserer Zeit an der Universität befreundet", sagte er und wandte sich an den Arzt. "Sie wissen alles, was es über mich zu wissen gibt. Über meine Familie. Über mein Leben."

"Vielleicht ein bisschen zu viel, Euer Gnaden."

"Das ist sehr lustig. Aber wenn Sie noch einmal 'Euer Gnaden' zu mir sagen, sehe ich mich gezwungen, Sie aus diesem Fenster zu werfen."

"Seltsam, dass du das sagst, Bamberg." Dermot lachte. "Weil ich genau dieselbe Drohung von meinem Partner, Kapitän Melfort, ziemlich oft höre. Ich habe sogar schon darüber nachgedacht, mein Büro ins Erdgeschoss zu verlegen."

"Versuch nicht, das Thema zu wechseln." Er starrte seinen Freund an, der auf dem einzigen Stuhl saß, der nicht mit Büchern und Papieren vollgestopft war. Es spielte keine Rolle. Solange er nicht in der Lage war, die Dame zu sehen und die Angelegenheit zwischen ihnen zu klären, würde seine Unruhe es ihm nicht erlauben, sich zu setzen. "Tatsache ist, dass du mich kennst. Du hättest mir ein Zeugnis meines guten Charakters ausstellen können."

"Glauben Sie mir, ich hätte mir das Hirn zermartert, um *etwas* Positives über Sie zu sagen, wenn ich gewusst hätte, dass Sie das wollen."

"Wenn Sie das *gewusst hätten?* Wir haben vor fünf oder sechs Monaten darüber korrespondiert."

"Haben wir?"

"*Ja*. Wenn Sie sich erinnern, habe ich meine Freude über Ihre Nachricht zum Ausdruck gebracht. Du hast mir erzählt, dass du verheiratet bist und deine Frau ein Kind erwartet."

"Ich erinnere mich jetzt. Deine genaue Antwort war: *Schön für dich. Ich muss auch verheiratet werden. Es ist an der Zeit.* Deine Freude sprang förmlich aus der Seite."

Bamberg erinnerte sich nicht, es genau so formuliert zu haben, aber es klang nach ihm. "Und ich habe noch einen Glückwunschbrief geschickt, zusammen mit einer Kiste des besten Sylvaner-Weins, den Bayern zu bieten hat."

"Natürlich, daran erinnere ich mich."

"Und in diesem Brief habe ich Ihnen mitgeteilt, dass ich an einer Reihe von Veranstaltungen in London und Edinburgh teilnehme. Dass ich vorhabe, mir eine Frau zu suchen."

"*Geplant*. Du hast keinen Namen genannt, mein Freund. Und zu diesem Zeitpunkt hatte niemand dein Interesse geweckt", erinnerte Dermot ihn. "Ich habe dich eingeladen, uns in den Highlands zu besuchen."

Als Bamberg Bayern verließ, hatte er sich ein oder zwei Monate vorgestellt, in denen er an eher langweiligen gesellschaftlichen Veranstaltungen teilnehmen, eifrige und zierliche Erbinnen treffen und gelegentlich unangenehme Gespräche führen würde. Er wusste, dass er nicht mit der richtigen Einstellung an die Sache herangegangen war, aber er hatte es satt, bevor er anfing. All das änderte sich jedoch in dem Moment, als er auf die gestrandete Kutsche des Earl of Lindsay stieß. Er sah sie schon von weitem, als er sich ihr näherte. Die Verbeugung der Dienerschaft und ihre besorgte Aufmerksamkeit verrieten ihm, dass es sich um eine Dame von Rang handelte. Erst später erfuhr er ihren Namen.

Bei dem strömenden Regen trug sie keinen Mantel. Keinen Hut. Keine Handschuhe. Goldene Haarkringel tanzten und erhellten die graue Szenerie. Ihre Hände waren zu Fäusten geballt, ihr Schritt selbstbewusst. Sie war Athene, die ihre Helden in Troja anspornte. Sie war Boadicea, die ihre Mitstreiter um sich scharte. Sie war Jeanne d'Arc, die sich in die Schlacht stürzte.

Nichts zog ihn mehr an als eine starke Frau. Eine, die weiß, was sie will. Eine, die sich nicht von irgendwelchen dummen Zwängen, die ihrem Geschlecht auferlegt wurden, abschrecken ließ.

Lady Taylor Fleming war diese Frau.

Er kümmerte sich nicht um die Milchbubis, die unter dem Baum kauerten. Er ging direkt zu ihr. Er arbeitete neben Taylor, um den Wagen zu befreien, und war tief beeindruckt von ihrer Entschlossenheit, nicht aufzugeben.

Bambergs Herz schmolz dahin, als sie im Augenblick des Sieges stürzte und in den Graben rutschte. Sein Mitgefühl schlug jedoch schnell in Wut um, als er sah, dass sich keiner der beiden Männer von seinem Platz der relativen Bequemlichkeit bewegte. Als er sich ihr näherte, um ihr zu helfen, hielt sie sich einen Moment lang zurück, aber er hätte noch eine Ewigkeit dort gehockt, bis sie seine ausgestreckte Hand ergriffen hätte.

Sein Rettungsversuch verlief alles andere als reibungslos. Aber eine Katastrophe war es kaum. Ihre Kurven füllten seine Hände. Ihr üppiger Körper drückte gegen ihn. In dem verwirrten Greifen und Zupacken, das folgte, berührte er Stellen, die er nicht hätte berühren sollen. Und sein Körper reagierte. Unerwartetes Verlangen flammte auf. Einen Moment später stand sie vor ihm. Und ungeachtet des Schlamms auf ihrem Gesicht, ihren Händen und ihrer Kleidung, sah er überall Schönheit. Ihre Lippen waren voll, wie geschaffen, um geküsst zu werden. Ihre Augen waren so blau wie der Morgenhimmel über dem Amazonas. Ihr Hals war unbedeckt, und er stellte sich vor, wie er mit seinen Lippen über die köstliche Länge des Halses strich. Ihre Brüste strebten danach, sich zu befreien. Verruchte Möglichkeiten blitzten in seiner Vorstellung auf. Er stellte sich vor, wie sie sich in einem tropischen Dschungel nackt im Schlamm wälzten und der süße, warme Duft von bunten Blumen sie umgab.

Die Reaktion seines Körpers auf ihren war ebenso verblüffend wie unmittelbar. Er hatte sich in einem Augenblick vom Gentleman zum Wüstling verwandelt. Und in ihrem kurzen Blick lag etwas, das ihm sagte, dass er nicht allein war. Taylor rettete jedoch beide, als sie sich umdrehte und ihn stehen ließ, der sie wie ein Schuljunge anglotzte.

Als er ein paar Minuten später erfuhr, dass Taylor die Tochter eines Earls und selbst wohlhabend war, spielte das überhaupt keine Rolle. Sie hätte genauso gut die Tochter des Kutschers sein können. Bamberg war hingerissen. Er wollte mehr über sie erfahren. Er wollte Zeit mit ihr verbringen.

Danach mied sie ihn jedoch auf Schritt und Tritt. Sie war nie bei einer Veranstaltung anwesend, zu der ihr Vater ihn eingeladen hatte. Andere Männer hätten ihr Verhalten als Ablehnung ihm gegenüber aufgefasst. Nicht so Bamberg. Er hatte bereits genug Zeit in der Gesellschaft des Grafen verbracht, um zu wissen, dass er ein furchtbarer Mann war. Sie reagierte lediglich auf den Druck der Familie und die tölpelhaften Versuche ihres Vaters, sie wie eine Ware zu behandeln. Der aufgeblasene Arsch hatte sie nicht verdient.

Ein wenig Abstand war nötig. Er würde sich von Lindsay trennen und Taylor zu gegebener Zeit auf eigene Faust aufsuchen. London lockte mit seinen akademischen Vorlesungen und den

Einladungen von Forscher- und Wissenschaftlervereinigungen. Dann, vor etwa vierzehn Tagen, kehrte er nach Edinburgh zurück. Er konnte nicht länger wegbleiben. Ein Besuch bei Dermot in den Highlands war angesagt, aber er wollte sie sehen. Als er Lord Lindsay aufsuchte, in der Hoffnung, Taylor dort anzutreffen, teilte dieser ihm bedauernd mit, dass seine Tochter zu Besuch bei Freunden in den Highlands sei. In einem "verfluchten Irrenhaus" namens Abbey.

Bamberg wandte sich an seinen alten Freund. "Manche mögen es für einen Zufall halten, dass Lady Taylor hier ist, aber ich glaube, es ist Schicksal."

Dermot verschränkte die Arme und lehnte sich in seinem Stuhl zurück. "Meinst du *Schicksal*, wie wenn man an einem klaren Tag vom Blitz getroffen wird, oder *Schicksal*, wie wenn man nach einer Woche Alkohol und Zechgelage einen goldenen Sovereign in der Manteltasche findet?"

"Du scherzt, aber ich meine es ernst. Findest du es nicht seltsam, dass sie die beste Freundin deiner Frau ist und ich die deine?"

Dermot räusperte sich und warf ihm einen nachdenklichen Blick zu. "Eigentlich würde ich nicht sagen, dass du mein *bester* Freund bist. Oder zweitbester. Vielleicht der dritte."

Bamberg schüttelte den Kopf. Er kannte den Sinn für Humor seines Gegenübers nur zu gut. "Wann hat Sie mein letzter Brief erreicht?"

"Vor ein paar Tagen. Und das war das erste Mal, dass ich von Ihrem Interesse an Lady Taylor erfuhr."

"Sie hat Lady Millie gegenüber nichts von mir erwähnt?"

"Keine. Und als meine Frau sie auf eine Beziehung ansprach, hat sie diese vehement abgestritten. Sie will nichts mit Ihnen zu tun haben. Das zeugt von einem guten Urteilsvermögen ihrerseits, würde ich sagen."

Bamberg runzelte die Stirn, aber es überraschte ihn nicht. Die Manöver des Grafen waren für sie Ansporn genug, ihn abzulehnen. "Sie ist die Freundin deiner Frau. Könnte *sie nicht* ein paar Worte zu meiner Unterstützung sagen?"

"Du hast Lady Taylor einmal getroffen, aber du kennst sie

nicht. Nicht so, wie meine Frau sie kennt. Sie ist eine unglaublich intelligente Frau. Und sie ist eigensinnig. Sie wissen sicher schon, dass sie reich ist. Sie braucht Sie nicht. Soweit ich weiß, will sie nicht heiraten, ungeachtet der Beharrlichkeit des Grafen." Er zog eine Augenbraue hoch. "Übrigens, warum hält sie dich für arm?" Bamberg winkte mit der Hand. "Ein Gerücht, das ich selbst in die Welt gesetzt habe. Ich hatte gehofft, die Begeisterung der Eltern, die mir ihre Töchter an den Hals werfen, etwas zu dämpfen."

"Hat es funktioniert?"

"Ganz und gar nicht. Ich habe die unwiderstehliche Kombination aus meinem Charme und meinem Titel unterschätzt."

Dermot lachte, wurde dann aber ernst. "Sie ist auch nicht von Titeln beeindruckt. Und um ehrlich zu sein, da Millie dich nicht gut kennt, würde sie es als Vertrauensbruch gegenüber ihrer Freundin betrachten, dich zu empfehlen."

Bamberg verstand. Er hatte Millie erst vor ein paar Minuten kennengelernt. Wie konnte sie den Charakter von jemandem gutheißen, der für sie kaum mehr als ein Fremder war?

"Du bist jetzt hier", erinnerte Dermot ihn. "Du kannst dein eigenes Gespräch führen. Deine eigene Überzeugung. Du kannst ihre Zuneigung selbst gewinnen. Ich bin sicher, diese unwiderstehliche Kombination aus *dem, was* du gesagt hast, wird den Sieg davontragen."

"Ganz genau. Ich bin hier, und sie ist hier. Endlich können wir in den Gärten spazieren gehen oder uns beim Frühstück gegenübersitzen und ein normales Gespräch führen..." Bamberg hielt inne, beunruhigt durch Dermots finsteren Gesichtsausdruck. "Sie *ist* immer noch hier, nicht wahr?"

"Sie ist hier. Meine Frau hat Ihnen zumindest den Gefallen getan, sie zum Bleiben zu überreden. Aber die schlechte Nachricht für Sie ist, dass Millies gesamte Familie jeden Moment über uns herfallen wird."

"Ja, natürlich. Für die Geburt deines ersten Kindes."

Aus einem von Dermots Briefen wusste er, dass seine Frau das jüngste von fünf Geschwistern war. Und die Familie war sehr beschützend, vor allem nach einer gesundheitlichen Krise, die Millie im Jahr zuvor überstanden hatte.

"Meine beiden Schwager mit ihren Frauen und Kindern werden bald eintreffen, ebenso wie Lady Phoebe und Captain Bell mit ihrem Kleinkind. Captain Melfort, mein Partner hier, ist mit der ältesten Schwester, Lady Jo, verheiratet. Sie wohnen mit ihrem Sohn im Tower House, nur einen kurzen Spaziergang von hier entfernt. Und natürlich werden auch der Earl und die Countess Aytoun hier sein. Und zusätzlich zu all diesen Gästen wird es..."

"Ich verstehe. Sie haben mich eingeladen, und jetzt haben Sie keinen Platz für mich."

"Ich bin so froh, dass du das verstehst, Bamberg."

Er lächelte. "Das ist überhaupt kein Problem. Ich kann im Dorf bleiben. Ich glaube, ich habe dort eine verlassene Hütte gesehen, als ich durchgeritten bin. Ich kann hierher reiten und Lady Taylor aufsuchen..."

"Es gibt ein Gasthaus, aber Sie müssen nicht so weit gehen. Wir haben eine kleine Hütte auf einer Insel im See gleich hinter dem Tower House. Es wäre nur ein angenehmer Spaziergang und eine sehr kurze Bootsfahrt. Es ist viel näher als das Dorf. Und noch etwas spricht dafür: Es liegt in der Richtung, in der Lady Taylor ihren täglichen Spaziergang unternimmt."

In Bayern lebte Bamberg so, wie es sich für einen Adligen seines Standes gehörte. Wenn er in London, Edinburgh oder einer der Hauptstädte des Kontinents weilte, unterhielt er eine Handvoll Diener. Aber wenn er auf diese Weise reiste, war er allein unterwegs. Keine Diener. Keine Kutsche. Als Entdecker hatte er gelernt, dass unbelastetes Reisen oft die beste Lösung war. Und auch wenn er Dermot neckte, so hatte er es doch oft genug getan. Der Gedanke, in einer Hütte zu übernachten, klang perfekt.

"Erzählen Sie mir mehr über diese Insel."

Von einem oberen Fenster aus beobachtete Taylor die Ankunft des Herzogs. Keine Kutsche, kein Diener, keine Formalitäten. Er reiste

133

auf demselben Ebenholzpferd, auf dem sie ihn bei ihrer ersten Begegnung hatte reiten sehen.

Er schien größer zu sein. Sein Haar war länger, seine Brust breiter, sein Gesicht hübscher. Taylor konnte Millie und Dermot unter dem Fenster stehen sehen, die darauf warteten, Seine Gnaden zu begrüßen. Bamberg übergab die Zügel seines Reittiers an einen Pferdepfleger und schritt auf das Haus zu.

Er lächelte sie an, und Taylor fasste sich an die Brust und wich zurück. Die chaotische Verstrickung ihres ersten Treffens war ihr noch frisch im Gedächtnis. Seine Berührung, ihre Körper, die gegeneinander tanzten. Sie war nicht stark genug, um ihm noch einmal zu begegnen. Sie konnte ihre äußere Gleichgültigkeit ihm gegenüber nicht beibehalten, und das würde mit Sicherheit zu einer Katastrophe führen. Taylor wollte nicht eines Morgens aufwachen und feststellen, dass sie mit jemandem verheiratet war, der nur ihr Geld wollte, und allein in einer kalten, verfallenen Burg in Bayern zurückgelassen wurde.

Ausweichen. Das war immer noch die beste Antwort.

Aber *warum* musste er so verdammt *perfekt* sein?

Als Millie eine Stunde später eintraf, erzählte Taylor ihr, was sie beschlossen hatte.

"Nun, diesen Gedanken kannst du dir aus dem Kopf schlagen. Du wirst nicht gehen. Ich werde es nicht zulassen. Ich könnte jeden Tag dieses Baby zur Welt bringen, und du hast versprochen, für mich da zu sein."

"Aber deine ganze Familie kommt. Deine Schwester Jo wohnt nur fünf Minuten zu Fuß von hier. Ihr Mann ist Arzt."

"Hör auf zu jammern. Ich weigere mich, irgendwelche Ausreden zu akzeptieren. Du bist mein Freund. Vor zwei Tagen hast du geschworen, dass du wegen mir in die Abtei gekommen bist... aber jetzt..."

Schuldgefühle drückten auf Taylors Herz. Letztes Jahr, als Millie die beängstigende Operation einer Brustentfernung über sich ergehen lassen musste, hatte Taylor erst später davon erfahren. Seitdem hatte sie versucht, eine Möglichkeit zu finden, ihrer besten Freundin zu helfen. Sie wollte da sein, wenn sie gebraucht wurde, egal unter welchen Umständen.

Sie legte einen Arm um Millies Schulter. "Ich habe gesehen, wie du den Herzog begrüßt hast. Weiß er, dass ich hier bin?"

"Das tut er. Wenn Sie sich erinnern, haben wir beide beschlossen, dass es das Beste für Sie ist, ihn zu treffen."

Es war wahr. Sie musste ihm erklären, warum er sich zurückziehen musste. Millie hatte ihr in den letzten Tagen Nachhilfe gegeben. Es war nicht so, dass sie Angst vor ihm hatte. Sie hatte Angst vor sich selbst.

Dennoch hallten Millies Worte in ihrem Kopf nach. *Ihn zu sehen ist der beste Weg, den Herzog loszuwerden.*

Taylor hatte geglaubt, sie könnte es schaffen. Bis sie ihn aufsteigen sah und ihr die Hochzeitsglocken in den Ohren klingelten.

"Wie lange wird er wohl bleiben?", fragte sie zaghaft.

"Wahrscheinlich so lange, wie du bleibst, oder bis du ihn zurückweist und wegschickst."

Taylor ging weg und sah an die Decke, während sie auf und ab ging. Wie konnte sie dem Mann gegenübertreten und ihn zurückweisen? Sie konnte es nicht.

"Ich weiß nicht, was ich tun soll. Ich bin hin- und hergerissen. All diese vernünftigen Strategien, über die wir gesprochen haben, erscheinen mir plötzlich beängstigend."

"*Er* ist gewiss nicht furchterregend." Millie ging zur Wand und richtete abwesend ein Bild gerade. "Er ist ... nun ja, ziemlich gut aussehend. Und charmant. Und rücksichtsvoll."

"Du hast dich kurz vorgestellt, und jetzt bist du auch in seinem Bann." Taylor warf ihre Hände hoch.

"Er hat mich nicht mit einem Zauber belegt. Ich gebe nur meine Beobachtungen weiter."

Taylor schüttelte den Kopf und setzte ihren Weg fort. "Dem Mann kann man persönlich nicht widerstehen. Ich fürchte, ich kann nicht nein zu ihm sagen."

Millie setzte sich auf einen Stuhl und sah zu, wie sie vom Fenster zur Tür und wieder zurück ging.

"Versprich mir, dass du bleibst, und ich werde alles so einrichten, dass du ihn nicht sehen musst."

Es dauerte einige Augenblicke, bis Millie ihre Worte verstand.

"Wie?"

"Ich werde für dich lügen. Ich werde eine Ausrede erfinden, dass ein dringender Brief eingetroffen ist. Ich werde ihm sagen, dass du nach Edinburgh abreisen musstest."

Das wäre eine weitere Brüskierung des Herzogs, aber so sehr sie es auch hasste, sie wusste nicht, was sie sonst tun sollte. "Ich bleibe hier in diesem Zimmer. Ich werde mich verstecken, bis er weg ist."

"Nicht hier. Ich kann kaum lügen, wenn alle anderen wissen, dass du hier bist. Ich habe einen Ruf zu wahren."

"Wohin soll ich gehen?"

"Erinnerst du dich an den See, der gleich hinter Jo's Haus von Wald umgeben ist? Du und ich sind dort spazieren gegangen. Er hat diese hübsche Insel in der Mitte."

Der schimmernde See war in der ersten Woche nach Taylors Ankunft mehrmals ihr morgendliches Ziel gewesen. Seitdem war sie den Weg fast täglich allein gegangen. Millie war es unangenehm, so weit zu gehen. "Ich erinnere mich. Warum?"

"Ich habe dich nicht auf die Insel gebracht, aber auf der anderen Seite steht ein kleines Häuschen. Meinst du, du könntest dort bleiben, bis der Herzog weg ist? Es wäre nur für ein oder zwei Tage, da bin ich mir ganz sicher."

"Ist es bewohnbar?"

"Natürlich ist es das. Bevor ich so groß wurde, haben Dermot und ich immer einen Korb genommen und dort Picknicks gemacht. Es ist ein schöner Ort." Millie rappelte sich auf. "Warum kommst du nicht mit mir mit, und ich lasse dich von einem der Stallknechte zur Insel rudern? Besichtigen Sie sie, machen Sie eine Bestandsaufnahme, was Sie brauchen, und schicken Sie den Mann mit Anweisungen zurück. Ich schicke dir deine Magd mit den Vorräten hinterher."

"Und Sie glauben, das könnte funktionieren?"

"Auf jeden Fall. Vertrauen Sie mir."

Chapter Four

Wie man einen Duke abserviert
- Schritt 4 -
Wählen Sie die günstigste Zeit und den günstigsten Ort, um
ihn fallen zu lassen

DIE SOMMERLUFT WAR UNNATÜRLICH STILL, und das Wasser des Lochs lag wie silbriges Glas hinter den Wellen, die vom Boot aus nach außen glitten. In der Ferne trugen die rundschultrigen Gipfel der Cairngorms einen Mantel aus immer dichteren grauen Wolken.

Taylor starrte auf die wirbelnden Pfützen, die von den Ruderblättern gebildet wurden, und versuchte, nicht an die Lächerlichkeit dessen zu denken, was sie tat. Noch nie in ihrem Leben war sie ein Feigling gewesen. Noch nie hatte sie sich einer Herausforderung entzogen. Sie war stolz auf ihre Unabhängigkeit. Auf ihre Bereitschaft, sich gegen die Männer in ihrer Familie zu behaupten. Warum sie vor dem Herzog weggelaufen war, war ein Rätsel, das sie plagte.

Sie richtete ihre Aufmerksamkeit auf die vor ihr liegende Insel. Sie war tatsächlich schön und klein. Sie hatte sie schon von weitem

137

bewundert, als sie am Ufer entlang spazierte. An einem Ende grenzte ein Kiefernwäldchen an eine grasbewachsene Wiese. Am anderen Ende erhob sich das Land hoch über dem See und war von einer weiteren Baumgruppe bedeckt. Die Hütte war gerade so weit vom Ufer entfernt, dass man ein Boot und ein Paar starke Arme brauchte, um dorthin zu rudern.

Als sie sich näherten, sah sie zu ihrer Überraschung ein anderes Boot an einem Strand aus Sand und Stein anlegen. Sie drehte sich zu dem drahtigen alten Pfleger um, der den Auftrag hatte, sie herauszubringen.

"Wohnt jemand auf der Insel?"

"Nein, Mylady."

"Wem gehört denn das Boot?"

Der Bräutigam drehte sich um und schielte auf das Handwerk.

"Ein paar Jungs waren letzte Woche unterwegs, um ein Loch im Hüttendach zu reparieren, aber sie sind fertig damit. Ich wette, ein Dienstmädchen räumt gerade auf. Die Insel hat nur wenige Besucher. Hauptsächlich Familienangehörige. Könnte sein, dass der Gutsherr und der Pfarrer hier draußen sind."

Taylor hatte Dermot McKendrys Onkel in den letzten Monaten oft gesehen, denn sie kämpften fast täglich auf der Wiese gegeneinander mit ihren Wangen und Mashies und Niblicks. Und wenn es nicht gerade um einen Golfschlag ging, über den sie sich beim Abendessen stritten, dann war es ein riesiger Fisch, der zur Zeit von Robert the Bruce entkommen war.

Als das Boot an das Ufer stieß, sprang der Bräutigam heraus und zog es auf den Sand. Taylor nahm die dargebotene Hand an und kletterte hinaus. Sie blickte den sanften Abhang hinauf und sah die Spitze des Cottage-Daches hinter der Hügelkuppe.

"Ich werde hier warten, Mylady."

Vom Strand aus war es ein leichter Aufstieg. Die gekräuselten Wolken, die den Himmel bedeckten, sahen aus wie Fischschuppen, und Taylor atmete die warme Morgenluft ein. Der Geruch von Kiefern und Erde umgab sie. Sie löste das Band und riss sich die Mütze vom Kopf, als sie die Spitze der grasbewachsenen Anhöhe erreichte. Direkt unter ihr war das strohgedeckte Häuschen von einem Teppich aus gelben, scharlachroten und weißen Blumen umgeben. Die Gelassenheit der Aussicht entlockte ihr einen gehauchten Seufzer. Kein Wunder, dass Millie und ihr Mann gerne hierher kamen, um einen Tag zu verbringen. Sie suchte das Ufer ab, sah aber keine Spur von den älteren McKendry-Brüdern.

Ein oder zwei Tage an einem solchen Ort wären der Himmel. Taylor war für Privilegien geboren, aber sie fühlte sich am wohlsten, wenn sie davon entfernt war. Keine törichten Erwartungen. Keine aufgesetzte Formalität. Keine falsche Eitelkeit. Hier konnte sie sie selbst sein, ohne dass jemand über sie urteilte. Keiner, der sie missbilligte.

Eine Bewegung lenkte Taylors Blick auf die Hütte. Die Tür stand offen. Vielleicht arbeitete jemand im Haus. Ein hoher Stiefel erschien auf der Schwelle. Darüber eine enge Reithose, die nicht zu einem Stallknecht oder Landarbeiter gehörte. Ein Kopf mit dunklem Haar duckte sich unter dem niedrigen Türrahmen hindurch und trat ins Licht, und breite muskulöse Schultern folgten.

Er war hier. Bamberg.

Die Bänder der Haube rutschten ihr durch die Finger.

Sofort stieg Taylors pochendes Herz in ihre Kehle, während sich eine köstliche Wärme in ihrem Körper ausbreitete. Als er sein Gesicht zur Sonne hob, verschwanden die Hütte, die Blumen und alles andere. Die Vögel hörten auf zu singen. Das lange Gras wogte nicht mehr. Die Erde hörte auf, sich zu drehen.

Sie konnte sich nicht bewegen. Der Mann zog sie in seinen Bann. In diesem Moment des Wahnsinns wusste Taylor plötzlich, dass ihr eigener Körper sie verriet, ihr jede Vernunft raubte und nur noch das Verlangen übrig ließ.

Bamberg hob eine Hand, um seine Augen abzuschirmen, und er sah sie.

Sofortige Panik erfasste sie. Sie wirbelte herum, bereit zu rennen. Aber ihre Füße weigerten sich, ihr zu folgen.

Plötzlich klärte sich ihre Sicht und ihre Augen wurden scharf.

May McGoldrick

Weit weg vom Strand ruderte der alte Bräutigam von der Insel weg. Das zweite Boot war am Heck festgebunden und zog hinter ihm her.

"Oh, Millie", murmelte sie. "Wie konntest du nur!"

Taylor schloss ihre Augen und atmete tief durch. Es sollte sie nicht überraschen. Ihre Freundin stellte sich dem Leben und seinen Herausforderungen frontal. Kein Ausweichen. Sie verschwendete keine Zeit mit Ängsten, Liebeskummer oder Zweifeln. Millie glaubte daran, aus jedem Tag das Beste herauszuholen. Natürlich wäre das ihre Lösung für Taylors Dilemma.

Als sich Schritte näherten, drückte Taylor eine Hand auf ihren Magen, um die Nervosität zu lindern, und wandte sich dem Herzog zu.

"Euer Gnaden", murmelte sie.

"Lady Taylor. Endlich treffen wir uns wieder."

Als sie sich das erste Mal trafen, war Bamberg von ihrem Mut beeindruckt. Ihre Stärke und ihr Charakter schienen durch, ungeachtet der unglücklichen Umstände. Und was die körperliche Anziehungskraft betraf, so war sie unwiderstehlich schön, selbst wenn sie knietief im Schlamm steckte.

In diesem Moment jedoch, als sie auf dieser Insel in den wilden Highland-Hügeln stand, war Taylor Fleming nichts weniger als transzendent. Von ihrem Haar aus gesponnenem Gold über ihr engelhaftes Gesicht bis hin zu ihren üppigen Kurven war sie Aphrodite. Sie war Diana.

Aber sie war auch die Frau, die ihn in den letzten drei Monaten bei jeder Gelegenheit erfolgreich abserviert hatte. Ihre Zurückhaltung schürte sein Interesse nur noch mehr. Seine Nachforschungen über sie bestätigten, dass sie es wert war, verfolgt zu werden. Als er nach England und Schottland kam, um sich eine Frau zu suchen, hätte er nie gedacht, dass er jemandem wie ihr begegnen würde. Jetzt, da er sie getroffen hatte, war sie die Einzige, die in Frage kam.

Taylor hatte ihn nie rundheraus abgelehnt, aber sie war nicht überzeugt, nicht bereit. Also hatte er heute, vielleicht nur so lange, bis sie sich zum Strand aufmachte, Zeit, sie vom Gegenteil zu überzeugen.

"Euer Gnaden, ist das Ihr Boot, das mit meinem abfährt?" Ihre Frage zwang Bamberg, seinen Blick von ihr abzuwenden und auf die See hinauszuschauen.

"Verdammt ...!" Er ging ein paar Schritte den Hügel hinunter, besann sich aber sofort auf seine Manieren und drehte sich um. "Ich bitte um Entschuldigung."

Sie lächelte. "Ich glaube, unsere Gastgeber spielen ein Spiel mit uns."

Bamberg wandte widerwillig den Blick von ihren hochgezogenen Lippenwinkeln ab und wies auf den abreisenden Bräutigam. "Ich werde ihm nachschwimmen und ein Boot zurückbringen, wenn Sie mich darum bitten. Ich möchte nicht, dass Sie sich gefangen oder gezwungen fühlen, sich mit mir zu treffen."

Ihr Gesicht errötete auf das Schönste. Wie könnte sie noch attraktiver werden?

"Das ist sehr nett von Ihnen. Aber ich bin kein guter Schwimmer. Ich könnte dich nicht retten, wenn du um Hilfe rufen würdest."

Er erwiderte ihr Lächeln. "Ein hervorragender Punkt, denn ich würde ohne Zweifel nach Ihnen rufen."

Er hob ihre Mütze auf, und ihre Finger berührten sich, als er sie ihr reichte. Sie zogen sich beide sofort zurück. Wenn eine bloße Berührung die Luft um sie herum entzündete, fragte sich Bamberg, was passieren würde, wenn sie sich küssen würden.

"Warum haben sie dich hierher geschickt?", fragte sie.

"Die Familie von Lady Millie wird jeden Moment eintreffen. Der gute Doktor sagte mir, dass es in der Abtei keine freien Gästezimmer gibt. Und Sie?"

Sie wollte etwas sagen, schüttelte dann aber den Kopf. "Ich glaube, mein Freund wollte, dass ich mit Ihnen allein spreche, ohne die Anwesenheit der Familie".

"Das habe ich mir auch erhofft." Er bot seinen Arm an. "Möchten Sie mit mir gehen?"

"Wohin?"

"Wir konnten sehen, was die Insel Interessantes zu bieten hat." Sie sah sich um. Von dort, wo sie auf dem Gipfel des Hügels standen, konnten sie das gesamte Ufer überblicken. Trotzdem nahm sie seinen Arm, und sie begannen den Abhang hinunterzugehen.

Bamberg spürte den Druck ihrer begrenzten gemeinsamen Zeit, und er hatte so viel zu sagen. Dermot hatte angedeutet, dass sie diesen Moment haben könnten, wenn die Männer sich in seinem Büro trafen. Er wusste, dass sein Freund und seine Frau es irgendwie und irgendwo arrangieren würden, dass die beiden sich trafen. Und Dermot hatte es wahr gemacht. Aber jetzt, wo Taylor hier war, bedauerte Bamberg bereits den Moment, in dem sie wieder weg sein würde.

"Euer Gnaden", begann sie, bevor er sie unterbrach.

"Bitte. Meine Freunde nennen mich Bamberg."

"Sehr gut." Sie nickte. "Ich muss mich bei dir entschuldigen für mein Verhalten dir gegenüber."

"Ich finde nichts an dem, was Sie getan haben, auszusetzen."

Der Hügel war steil, und als sie hinabstiegen, hatte sie nichts dagegen, gelegentlich an ihrer Taille berührt zu werden, um ihren Schritt zu beruhigen.

"Ich bin dir aus dem Weg gegangen."

Er lächelte. "Ich dachte, du gehst deinem Vater aus dem Weg. Oder war es dein Bruder? Ich habe jedenfalls nicht gedacht, dass *ich* der Grund dafür bin."

Ihm war vorher nicht aufgefallen, dass die blau schimmernde Iris ihrer Augen von einem dünnen silbernen Band umgeben war.

"Jetzt fühle ich mich besonders schuldig. Ich habe dich immer wieder in ihrer Gesellschaft zurückgelassen."

"Du *solltest dich* deswegen schuldig fühlen." Er hielt sich an ihr fest und nahm Taylors Hand, um ihr an einer besonders rutschigen Stelle hinunterzuhelfen. Unten angekommen, ließ er sie nicht los und redete sich ein, dass es an dem unebenen Boden lag. "Ich möchte nicht über sie reden. Ich habe sie für dich ertragen. Denn ehrlich gesagt war ich von dem Moment an, als ich dich die Kutsche schieben sah, fasziniert."

Ihre Augenbrauen zogen sich zusammen, und ihre Augen verengten sich, um ihre Skepsis auszudrücken. Unauffällig zog sie ihre Hand zurück. "Ihr habt beträchtlichen Charme, Euer Gnaden, aber Ihr verschwendet ihn an mich."

"Ich bin ehrlich, Mylady." Er deutete auf das Wasser des Sees. "Ich weiß nicht, wie viel Zeit wir hier haben, und ich würde gerne Klartext reden, wenn ich darf."

"Ungeachtet der letzten Monate bevorzuge auch ich das direkte Gespräch.

"Danke." Er zögerte einen Moment und fragte sich, ob das, was er sagen wollte, sie nur abschrecken würde. Er schlug seine Zweifel in den Wind und entschied sich, loszulegen. "Abgesehen von Ihrer offensichtlichen Schönheit weiß ich bereits, dass Sie hochintelligent sind und einen eigenen Kopf haben. Du bist eindeutig eine Frau mit Mut. Sie haben Mitgefühl für andere, und Sie handeln danach. Ich möchte Ihnen nicht zu nahe treten, wenn ich von Ihrer Familie spreche, aber Sie sind in der Tat nicht wie Ihre männlichen Verwandten. Wenn ich fragen darf, waren Sie ein Findelkind?"

Ihr überraschtes Lachen erfüllte die Luft, und der Klang davon war Musik in seinen Ohren.

"Aber im Ernst. Deine Mutter. War sie, wie du, eine der Seraphim?"

Das Lächeln blieb auf ihren Lippen. Sie erreichten einen Haufen großer Steine, und er nahm erneut ihre Hand, um ihr darüber zu helfen. Sie brauchte keine Hilfe, aber sie erlaubte ihm, sie zu halten, während sie weitergingen.

"Du versuchst, mich zu bezirzen, und ich möchte, dass du damit aufhörst."

"Dich bezirzen? Ich habe Sie gerade eine Waise genannt", argumentierte er. "Aber ich habe es zurückgenommen, indem ich die Dankbarkeit anerkannt habe, die ich der Mutter schulde, die uns nicht mehr mit ihrer Anwesenheit beehrt."

Bamberg wünschte, er könnte die letzten Worte zurücknehmen, denn ein Schatten der Traurigkeit huschte über ihr Gesicht. Es war eine zu leichtfertige Anspielung.

"Hat mein Vater sie Ihnen gegenüber erwähnt?", fragte sie.

"Das hat er. Er zeigte mir ihr Porträt, als ich euer Stadthaus in Edinburgh besuchte. Sie hatte die gleiche seltene Schönheit, die Sie besitzen. Und Lord Lindsay sagte mir, dass Sie viele ihrer Eigenschaften geerbt haben." Bamberg gefiel es nicht, wie abfällig Lindsay über seine Ehe sprach, die das Ergebnis einer finanziellen Vereinbarung gewesen war, auch wenn er den Wert seiner Frau für ihn anerkannte. "Er vermisst sie eindeutig."

"Ich erinnere zu sehr an sie." Taylor blieb stehen und betrachtete einen Moment lang die Uferlinie auf der anderen Seite des Wassers. "Genug über mich. Lass uns über dich reden."

Er verbeugte sich. "Wie Sie wünschen."

"Ich habe so viele Fragen, dass ich nicht weiß, wo ich anfangen soll.

Bamberg spürte eine Erleichterung in sich aufsteigen. Sie war interessiert. Vielleicht würde sie aufhören wegzulaufen, sobald sie mehr über ihn herausgefunden hatte. Er spürte, dass sie seinen Komplimenten nicht wirklich Glauben schenkte, aber er hatte noch Zeit, sie zu überzeugen.

"Fragen Sie, was Sie wollen." Er sah ihr direkt in die blauen Augen. "Ich werde für dich ein offenes Buch sein."

Dermot suchte in der Abtei verzweifelt nach seiner Frau. Von der Haushälterin erfuhr er, dass Millie die Vorkehrungen für ihre Familie überprüfte, indem sie von Zimmer zu Zimmer ging, obwohl sie dasselbe gestern Abend und heute Morgen schon wieder getan hatte. Schließlich holte er sie in Begleitung einer Dienerin in der letzten Wohnung des Ostflügels ein.

"Wie lange sollten wir ihnen Zeit lassen, bevor ich ein Boot zur Insel zurückschicke?", fragte er, nachdem er den Diener entlassen hatte.

Sie blieb am Fenster stehen, und das einfallende Licht ließ ihr schönes Gesicht und ihren runden Bauch erstrahlen. "Vielleicht vor dem Abendessen? Meinst du, das ist genug Zeit?" Als er sie ansah, vergaß Dermot, warum er hierher gekommen war. Wenn ihn jemand in diesem Moment fragen würde, fiele es ihm schwer, die Namen der beiden Freunde zu nennen, die sie in der Bucht gestrandet waren. Alles, woran er denken konnte, war, dass er der glücklichste Mensch auf Erden war.

Millie war sein Leben, seine Liebe und die mutigste Frau, die je gelebt hat. Als er vor einem Jahr während ihrer Operation ihre Hand hielt, hatte er dafür gebetet, dass sie nie wieder Schmerzen haben würde. Aber jetzt war sie hier und konnte jeden Tag entbinden.

"Komm her." Sie öffnete ihre Arme. "Ich glaube, du bist noch nervöser als ich."

Natürlich war er nervös. Dermot war ein Arzt. Er hatte eine Ausbildung zum Chirurgen gemacht. Er wusste zu viel. Er wusste alles, was schief gehen konnte.

Er nahm Millie in seine Arme. Er küsste ihre Stirn, ihre Lippen. "Ich wünschte, ich könnte die Schmerzen dieser Geburt für dich auf mich nehmen."

Sie umklammerte seinen Mantel und lehnte sich an ihn. "Das würde ich mir vielleicht auch wünschen, wenn der Schmerz noch stärker wird als jetzt."

"Millie?"

"Ja, meine Liebe. Es passiert gerade. In diesem Moment."

Bambergs Augen blitzten vor Aufregung, als er von seinen Expeditionen erzählte. In seiner Stimme schwang viel Gefühl mit, als er von der Freundlichkeit der Menschen erzählte, denen er in den entlegensten Winkeln der Welt begegnet war. Sie gingen weiter, und Taylor wurde in seine Welt hineingezogen.

"Das Wissen über andere Menschen ist der einzige Weg, die arroganten Vorurteile und die Engstirnigkeit zu beenden, auf die

wir hier in Europa stolz zu sein scheinen. Reisen ist die Antwort.
Wir können kein Verständnis erreichen, wenn wir an einem Ort
stagnieren."

Taylor war bei ihrer ersten Begegnung von diesem Mann
hingerissen gewesen. Und seitdem war sie wegen ihrer eigenen
Unsicherheit davongerannt. Aber jetzt schickte sie im Stillen ein
Gebet der Dankbarkeit gen Himmel für ihre sich einmischende
Freundin Millie und ihre Weisheit, die sie dazu gebracht hatte,
Bamberg wieder zu treffen.

Die meiste Zeit ihres Lebens hatte sie sich in großen, sicheren
Häusern die Zeit vertrieben. Dank ihrer Mutter hatte Taylor eine
Bildung erworben, die die der meisten britischen Damen übertraf.
Aber das war immer noch nicht genug. Was sie wusste, war nichts
im Vergleich zu dem, was dieser Mann von der Welt gesehen hatte.
Ihr Herz schwoll an, als sie ihn reden hörte und erfuhr, woran er
glaubte.

Taylor wusste nicht mehr, wie lange sie schon unterwegs waren.
Je mehr Zeit sie miteinander verbrachten, desto wohler fühlten sie
sich. Ihr Arm blieb mit seinem verbunden. Ihre Schultern
berührten sich, ihre Schritte hatten einen angenehmen Rhythmus
gefunden. Das anfängliche Unbehagen, das sie empfunden hatte,
war verschwunden. Ab und zu nahm er ihre Hand, um ihr über
eine Unebenheit zu helfen.

Wenn der Bräutigam jetzt mit einem Boot käme, würde sie ihm
sagen, er solle warten. Sie hatte noch so viele Fragen zu stellen.

"Sie sagten, dass Sie oft in kleinen Gruppen reisen, aber
schließen sich Ihnen auch Frauen an?"

Die graugrünen Augen richteten sich auf ihr Gesicht. "Einige
der Orte sind ziemlich abgelegen und schwer zu erreichen, aber
Ehefrauen oder Töchter nehmen oft an diesen Expeditionen teil."

"Was halten Sie davon, wenn sie vorbeikommen?", fragte sie.
"Halten sie Sie auf? Empfinden Sie sie als lästig?"

"Wohl kaum", antwortete er ohne zu zögern. "Ich bewundere
sie. Ich habe nur Tapferkeit und Mut bei Frauen gesehen, die sich
der Herausforderung stellen, Orte zu erforschen, die uns bisher

unbekannt waren. Um ehrlich zu sein, bin ich ziemlich neidisch auf die Männer, die sie begleiten."

"Neidisch? Warum?"

"Denn ich nehme an, dass nur eine wirklich verliebte Frau die Annehmlichkeiten ihres Lebens hier aufgeben und sich auf eine Reise begeben würde, die von Natur aus voller Gefahren ist."

Taylor respektierte und bewunderte seine Gefühle, aber sie bezweifelte, dass dies der einzige Grund war, der einen Menschen zum Gehen motivierte. Sie blieb stehen und drehte sich zu ihm um. "Aber was ist, wenn eine Frau einfach nur das Abenteuer sucht? Was ist, wenn sie sich nach dem Wissen über die Welt sehnt, das, wie Sie sagen, nur das Reisen bieten kann? Meinst du nicht, dass ihr Durst der gleiche sein kann wie der eines Mannes?"

Ein Regentropfen fiel auf ihr Gesicht, und sie hielt eine Hand auf, um den nächsten aufzufangen. Sie blickte nach oben und war überrascht von den bedrohlich dunklen Wolken, die den Himmel über ihnen verschlossen hatten.

"Daran habe ich keinen Zweifel. Doch hier in Europa gelten Frauen als das sanftere Geschlecht und-"

"Und sie werden von den Männern bewundert für ihre Sanftheit, ihre Verletzlichkeit, ihre sanfte Art."

"Ich kann nicht für andere Männer sprechen. Nur für mich selbst. Ich bewundere eine Frau für ihren Mut. Ich respektiere eine Frau, die denkt und ihre Meinung sagt, die sich weigert, sich von den starren Erwartungen unserer Gesellschaft an ihr Geschlecht einschränken zu lassen." Er hielt ihren Blick fest. "Ich war wie gebannt, als ich sah, wie Sie durch den Schlamm stürmten, um einer Handvoll erschöpfter Diener zu helfen. In diesem Moment wusste ich, dass du die Frau bist, nach der ich gesucht hatte."

Bevor Taylor reagieren konnte, bevor sie auch nur einen Atemzug in ihre Lungen zwingen konnte, durchzuckte ein Blitz die Luft am anderen Ufer, und sie spürte das Krachen des Donners in jeder Faser ihres Körpers. Einen Augenblick später erhellte ein weiterer Blitz den Himmel, und der Himmel öffnete sich plötzlich, so dass sie durch den strömenden Regen auf die Hütte zu rannten.

Das hübsche Gesicht nahm vor dem Ende jeder Kontraktion einen dunkelvioletten Farbton an.

"Atme, Dermot. Atme, mein Liebster."

Millie konnte nicht glauben, dass sie diejenige war, die ihrem Mann in einer solchen Situation Anweisungen gab, aber sie machte sich Sorgen um ihn. Irgendwie hatten sie es geschafft, in ihr eigenes Schlafzimmer zu kommen. Und da Dermot auf dem Weg dorthin Anweisungen rief, wartete die Hebamme aus Aberdeen bereits an Millies Bett, als sie im Zimmer ankamen.

"Willst du ins Bett steigen?", fragte die Frau.

"Noch nicht. Ich würde lieber zu Fuß gehen", antwortete Millie und drückte die Hand ihres Mannes.

"Deine Schwester Jo wurde bereits geholt", sagte Dermot ihr. "Und meine Tante steht vor der Tür, wenn du sie mitnehmen willst."

Die Schmerzen traten weiterhin in Wellen auf, und die Intensität war noch erträglich.

"Ich will nur dich", flüsterte sie und lehnte sich in die Umarmung ihres Mannes.

Die Erinnerung an ihre Operation im letzten Jahr kam ihr jetzt. Ihre Eltern und alle ihre Geschwister waren in Dr. Drummonds Praxis anwesend gewesen. Aber Millie hatte nur Dermot bei sich haben wollen.

"Du musst für mich so tapfer sein, wie du es das letzte Mal warst, als ich Schmerzen hatte", murmelte sie. "Kannst du das für mich tun?"

"Ich liebe dich, Millie. Ich werde alles sein, was du von mir verlangst."

Chapter Five

Wie man einen Duke abserviert
- Schritt 5 -
Erstickt ihn mit Aufmerksamkeit

DER HIMMEL ÖFFNETE SICH, und die harten Windböen schlugen auf sie ein, als sie über die Wiese rannten. Um sie herum zuckten grelle Blitze und ohrenbetäubendes Donnergrollen. Die Luft knisterte. Sie waren beide atemlos, als sie in die Hütte stürmten. Bamberg schob die Tür zu, um den Schlagregen fernzuhalten.

"Ich kann nicht glauben, dass dieser Sturm Teil von Millies Plan war." Taylor lachte, als sie ihre durchnässte kurze Jacke auszog.

"McKendry war schon immer ein unverbesserlicher Schurke. Ich glaube, er ist zu allem fähig."

Eine Augenbraue wölbt sich. "Kennen Sie ihn schon lange?"

"Weit über ein Jahrzehnt lang. Wir haben zusammen studiert."

Sie stieß einen Seufzer aus und schüttelte den Kopf. "Ich hätte es wissen müssen."

"Was hättest du wissen müssen?"

"Der Grund, warum mein Freund sich wohl dabei fühlte, uns hier draußen zusammenzustoßen. Mich mit dir allein auf dieser Insel zu lassen. Sie muss absolutes Vertrauen in dich und deinen Sinn für Ehre haben."

Taylor holte ein Taschentuch aus ihrer Tasche, um sich das Gesicht zu trocknen. Hätte sie nicht das Wort *"Ehre"* erwähnt, hätte er die Tropfen mit Leichtigkeit wegküssen und jede glitzernde Perle mit der sanften Berührung seines Mundes trocknen können.

Blitze zuckten und erhellten die Ritzen um die Tür und die Fenster, und er konnte den Donner unter seinen Füßen spüren. Sie spürte es eindeutig auch, und sie zitterte. Er schaute sich in der Hütte um. Es war nicht viel vorhanden. Eine Feuerstelle und ein kleiner Stapel trockenes Holz. Ein schmales Bett. Eine alte Truhe mit einer Decke. Er schüttelte sie aus und bot sie ihr an, bevor er sich vor den Kamin hockte. Einen Moment später erhellten Flammen den Raum.

"Waren Sie an deren Planung beteiligt?"

Er sah über seine Schulter und entdeckte Taylor, der an der Tür lehnte.

"Ich habe die Wahrheit gesagt, als ich sagte, dass Dermot meine Familie als Vorwand benutzt hat, um mich auf diese Insel zu schicken." Er richtete sich auf und sah sie an. "Natürlich habe ich vermutet und gehofft, dass andere Arrangements in Arbeit waren."

"Welche Art von Vereinbarungen?"

"Die Situation, in der wir uns jetzt befinden, ist mir nie in den Sinn gekommen, aber ich dachte, er würde einen Weg finden, damit ich dich sehen kann. Er wusste, dass ich dir vor allem meine Gefühle ausdrücken wollte."

Sie stieß sich von der Tür ab. Ihre Schritte waren langsam, und ihr Blick blieb an seinem hängen, während sie sich näherte.

"Hast du das ernst gemeint, was du draußen zu mir gesagt hast?"

Der Regen prasselte gegen die verschlossenen Fenster. Der Wind heulte, und im Kamin flackerte das Feuer.

"Jedes Wort, *Liebling*." Er wusste nicht, wie viel Zeit sie noch zusammen hatten. Vielleicht würde der Sturm Dermot veranlassen, sofort ein Boot zu schicken. Er wollte sich die Gelegenheit nicht entgehen lassen, aus seinem Herzen zu sprechen. "Du bist wunderschön. Und mutig. Und klug. Ich habe nicht aufgehört, an dich zu denken, seit ich dich zum ersten Mal gesehen habe. Was ich noch nicht zu Ende sagen konnte, war, dass es eine große Ehre für mich wäre, wenn du meine Frau werden würdest."

Sie wandte den Blick ab und starrte ins Feuer. "Eine Frau, die dir das Einkommen verschafft, damit du weiter Abenteuer erleben kannst, während ich in deinem Schloss auf mich allein gestellt bin?"

Das war es, was hinter ihren Fragen draußen steckte. Er wollte sie in seine Arme ziehen, sie festhalten, während er sprach. Aber er verstand ihr Zögern. Jetzt war der Moment gekommen, ihre Ängste zu zerstreuen oder sie für immer zu verlieren. Die Zeit war gekommen, dass sie die Wahrheit erfuhr.

"Ich habe keinen Bedarf an deinem Vermögen. Meine Ländereien florieren. Für die Menschen in der Heimat wird gut gesorgt. Jeder, der die Verwüstungen der napoleonischen Kriege miterlebt hat, hat gelitten, aber wir haben uns schnell erholt. Mein Volk spürt keine Not." Bamberg brauchte sie, um zu verstehen, dass er nicht wie ihr Vater war. "Ich heirate nicht des Geldes wegen."

Sie schwieg einen Moment, während ihre Augen über sein Gesicht strichen. "Aber ... was ist mit den Gerüchten?"

"Ich habe sie selbst begonnen."

"Warum hast du dann zugelassen, dass mein Vater dich dazu zwingt, mich aufzusuchen?"

"Sie dachten, es sei Ihr Vermögen, das mich verlockt hat? Er hat mich nicht genötigt. Ich war es, der *ihn* nach dem Unfall in der Kutsche angesprochen hat. Ich bot ihm meine Karte an. Ich wollte Sie aufsuchen."

Ihr Kinn fiel auf ihre Brust. Er sah, wie sie ein Taschentuch an ihre Wange hielt.

"Du wirst in meinem Schloss nicht allein sein. Ich möchte eine

Frau, die mich begleitet, wohin ich auch gehe, die mit mir das Leben teilt, das *wir* gemeinsam aufbauen wollen, die an meiner Seite reist und erforscht, solange wir beide diesen Weg wählen. Ich suche eine Freundin und eine Geliebte, eine Partnerin, die ich schätze und liebe, wie sie mich schätzt und liebt."

Endlich hatte er die Gelegenheit, die Worte auszusprechen. Der Wunsch seines Herzens lag nun offen und ungeschminkt zu ihren Füßen. In den letzten Monaten war sie auf der Flucht gewesen und er auf der Jagd. Aber er hatte nie die Hoffnung verloren. Doch jetzt, wo sie zusammen waren, jetzt, wo er ihr sein Angebot unterbreitet hatte, fürchtete er die Antwort. Was, wenn sie ihn ihrer nicht für würdig befand? Was, wenn dies nicht das Leben war, das sie wollte?

Dann betrachtete Bamberg das Taschentuch in ihrer Hand genauer, während sie weitere Tränen wegwischte. Er trat einen Schritt näher und nahm ihre Hand in die seine. Er hatte seine Antwort.

"Zeigen Sie mal her."

"Du kannst es nicht zurückhaben."

Sie hatte sein Taschentuch aufbewahrt. Er nahm einen tiefen Atemzug. Gefühle der Freude und Erleichterung kämpften in ihm. Er schob ihr die nassen Strähnen des goldenen Haares aus dem Gesicht. Er strich mit dem Daumen über ihre Unterlippe.

"Taylor, *mein Schatz,* ich wünschte, du hättest das Wort *Ehre* nicht schon früher erwähnt." Er strich ihr sanft mit den Fingerknöcheln über die feuchte Wange und ließ seine Hand sinken.

Ihre Augen schimmerten wie Saphire, als sie zu ihm aufsah. Sie kam näher.

"Du hast dich ehrenhaft verhalten, aber das heißt nicht, dass ich das auch muss." Ihre Arme glitten nach oben und legten sich um seinen Hals. Ihre Brüste drückten gegen seine Brust, und sie gab ihm sanfte Küsse auf sein Kinn, seine Lippen. Sie fuhr mit den Fingern durch sein Haar, ihr Mund wanderte zu seinem Ohr, wo sie ihm ihre Antwort zuflüsterte. "Ich fühle mich durch Euer

Angebot geehrt, Euer Gnaden. Ehefrau, Partnerin, Geliebte. Was auch immer Ihr von mir wollt, ich werde es sein. Ich gehöre Euch."

Jahrelang hatte sie sich eingeredet, dass sie ohne einen Mann vollkommen sei, und das stimmte auch, bis zu einem gewissen Grad. Es fehlte ihr an Erfahrung, aber sie war nicht unwissend, was die Freuden des Körpers anging. Aber das Jahrzehnt, in dem sie ihr Verlangen verleugnet hatte, war vorbei. Sie war zu der Überzeugung gelangt, dass diese Art von Liebe ihr niemals zuteil werden würde. Diese Annahme wurde nun ebenfalls erschüttert, unterbrochen von jedem Blitz und jedem Donnerschlag.

Jetzt, mit Bamberg, war all ihr Zögern wie weggefegt. Sie bewegten sich irgendwie gegen die Wand. Ihr Rücken presste sich dagegen. Sein Körper war nur ein Flüstern entfernt. Das Verlangen durchfuhr sie, eine intensive, primitive Kraft, die sie erzittern ließ. Ein Pochen tief in ihrem Bauch begann sich auszubreiten.

Er streichelte die Seite ihres Gesichts, sein Daumen strich über ihre Unterlippe.

"Meine schöne Taylor. Mein kostbares Juwel. Du machst mich zum glücklichsten aller Männer."

Ihre Münder trafen aufeinander, und ihr ganzer Körper wurde von einem Wirbelwind des Bewusstseins erfasst. Seine Lippen spielten mit ihren. Seine Finger fuhren in ihr feuchtes Haar, und die Nadeln fielen ihr auf die Füße. Sie schmolz in seiner Berührung dahin und hörte einen leisen Schrei des Bedürfnisses über ihre Lippen kommen.

Bamberg vertiefte den Kuss, seine Zunge kitzelte ihre Lippenkante. Die Hitze in ihrem Bauch wurde zu einem Schmerz, der sich in ihren Gliedern und in ihren Brüsten ausbreitete. Ihre Lippen spreizten sich unter seinen, luden ihn ein, wollten, brauchten mehr von ihm. Sie hörte sein zufriedenes Stöhnen, als seine Zunge in ihren Mund glitt.

Ein Schock der Leidenschaft durchfuhr sie. Taylor erwiderte

seinen Kuss, ihre Zunge ahmte den Tanz nach, den sie gerade gelernt hatte.

Der letzte Rest an Kontrolle, den er noch hatte, verschwand plötzlich. Seine Finger griffen in ihr Haar, und er zog ihren Kopf zurück, sein Mund nahm alles auf, was sie ihm bereitwillig anbot. Sie nahm ihre Hände von seinem Hals und fuhr mit den Fingern über den feuchten Mantel, den sie ihm von den Schultern schob. Sie wollte unbedingt seine Haut spüren. Sie zerrte an seiner Weste.

"Ich werde dich nicht vor unserer Hochzeit nehmen, Taylor", flüsterte er gegen ihre Lippen.

"Aber ich will dich jetzt", rief sie atemlos.

Er lächelte, und seine Hände glitten an ihrer Wirbelsäule entlang und über ihren Po. Er zog sie fest an sich, und sie konnte seine Härte spüren. Sie war gefangen, aber sie wollte nirgendwo anders sein. Das Gefühl ihres Körpers an seinem war ein Wunder.

Seine Lippen verließen ihren Mund und streichelten ihre Wange, bevor sie über ihren Kiefer glitten. Als sie die empfindliche Haut ihres Halses erreichten, drückte sie sich mit dem Rücken an die Wand und bot ihm bereitwillig ihren Körper an.

Er zupfte am Ausschnitt ihres Kleides, und ihre Brüste sprangen frei. Jeder Nerv in ihrem Körper schrie nach mehr, als seine Finger eine harte Brustwarze streichelten und dann die schwere Fülle ihrer Brust in seiner Hand prüften.

Der Druck in ihrem Bauch wurde immer stärker. Sie konnte weder denken noch sich konzentrieren. Ihr wurde der Atem geraubt, aber sie wollte immer noch mehr.

Er brachte seinen Mund wieder an ihre Lippen und flüsterte: "Damit wir bis zur Hochzeitsnacht durchhalten."

Seine Stimme war rau, sein Atem so kurz wie der ihre. Sie wusste nicht, was er meinte, und dann hob er den vorderen Teil ihrer Röcke an und presste sein Bein gegen sie. Taylors Schenkel krampften sich um seine Muskeln, und sie fühlte sich feucht. Einem Urinstinkt folgend, begann sie sich gegen ihn zu stemmen, als sich sein Mund um eine Brustwarze schloss.

Bambergs Hand bahnte sich einen Weg durch ihre Röcke, bis

er die Falten ihres Geschlechts erreichte. Seine Handfläche drückte auf ihren Schamhügel, seine Finger zogen sich zurück und drangen wieder und wieder ein. Ihr Körper wölbte sich ihm entgegen, ein Knie stützte sich auf seine Seite, während er das Feuer in ihr immer weiter schürte. Sie schrie leise auf. Ihre Finger fuhren in sein Haar und streichelten seine Wange. Sie wollte, dass er niemals aufhörte. Ein stürmischer Druck baute sich in ihr auf. Die dunklen Flächen seines Gesichts auf ihrer blassen Haut zu sehen, war intensiv erotisch. Sie war sich kaum bewusst, dass sie in dem Moment stand, als sich ihre Welt veränderte. Um ihn gewickelt, brach sie zusammen und vergrub ihre Schreie der Befreiung an seiner Brust.

Millie lehnte den Vorschlag der Hebamme, sich ins Bett zu legen, weiterhin ab. Zu viele Leute kamen und gingen. Offenbar erlaubte die Geburt eines Kindes keinerlei Privatsphäre. Ihre Schwester Jo ließ sich nicht abwimmeln und richtete sich als fester Bestandteil neben Dermot ein. Ihre Eltern waren gerade noch rechtzeitig in der Abtei eingetroffen, und Millie war froh, dass sie sicher hier waren. Doch die Tränen ihrer Mutter halfen ihr nicht, und Lady Millicent wurde aus dem Zimmer verbannt, bis ihr Enkelkind geboren war.

Irgendwann inmitten all dessen dachte Millie an Taylor und den Herzog und fragte sich, ob jemand hinter ihnen her war. Bevor sie jedoch ein Wort zu Dermot sagen konnte, wurde sie von einer weiteren heftigen Wehe gepackt, und der Gedanke verschwand in der Vergessenheit des Schmerzes.

Glücklicherweise war niemand hinter ihnen her. In der Nacht hörten der Regen und der Wind auf, und die Donnergeräusche verklangen im Osten. In der Hütte flackerte nur noch die Glut des Feuers, und die Luft war kühl geworden.

Die einzelne Decke war nicht annähernd lang genug, um Bamberg zu bedecken, und seine Füße ragten ein paar Zentimeter über den Boden hinaus. Die beiden waren in ein schmales Bett gezwängt, das nicht einmal breit genug war, um die Breite seiner Schultern zu tragen. Ihr Ellbogen stieß in seine Seite, und ihr nackter Rücken wurde gegen seine nackte Brust gedrückt. Sie war köstlich warm in seinen Armen. Er hatte die Nacht in seinen Hosen verbracht, seine guten Absichten waren intakt.

Die letzte Nacht war eine Premiere für sie gewesen ... und eine Premiere für ihn.

Für sie war es die erste Erfahrung ihres Geburtsrechts als Frau. Für ihn war es die wunderbare Erkenntnis, dass die engelsgleiche Frau, die in seinen Armen lag, für immer seine Lebenspartnerin sein würde.

Bamberg wusste, wann sie aufgewacht war, weil sich ihr leiser Atem veränderte. Er lächelte und fuhr sich mit den Fingern durch die seidigen goldenen Locken, die über seinen Arm fielen.

Es dämmerte fast. Graues Licht drang durch die Tür und die verschlossenen Fenster. Er wusste, dass sie aufstehen und sich anziehen sollten, denn Dermot und Millie würden sicher ein Boot nach ihnen schicken, jetzt, wo der Sturm vorüber war. Er hatte seinen Freunden so viel zu verdanken. Er hatte mit ein paar Stunden gerechnet. Sie hatten ihm die Chance auf ein Leben voller Glück gegeben.

Taylor drückte einen Kuss auf den Arm, den sie als Kopfkissen benutzt hatte, bevor sie sich in dem kleinen Raum zu ihm umdrehte. "Wann werden wir heiraten?"

Er strich mit dem Daumen über ihre geschwollenen Lippen und küsste sie auf die Stirn. "Wir sind in Schottland, also heute, wenn Ihnen das passt. Es sei denn, du möchtest, dass deine Familie dabei ist."

"Ich nicht." Ihre Antwort war schnell und eindeutig. "Von jetzt an seid ihr meine einzige Familie. Du bist mein Heute, mein

Morgen und meine Zukunft. Du bist der Einzige, den ich brauche."

Bamberg zog sie fest an sich. Ihre Worte erwärmten sein Herz.

Er dachte an ihre Zukunft und all die Jahre, die sie zusammen verbringen würden, in denen sie sich gegenseitig genießen und an all die Orte gelangen würden.

"Und wo auch immer du hingehen willst, ich möchte bei dir sein."

Sie hatte seine Gedanken gelesen. "Eines Tages, ob wir nun mit einem Kind gesegnet sind oder nicht, möchte ich, dass wir in Bayern leben, wenn das für dich akzeptabel ist."

"Das würde ich gerne", flüsterte sie. "Aber im Moment denke ich nicht, dass du an Reisen oder deine Ländereien in Bayern denkst."

Manche Dinge lassen sich nicht verbergen, wenn zwei Körper in einem engen Bett aneinandergepresst liegen.

Ihre Finger fuhren über die harten Muskeln seines Bauches abwärts, bis sie die Vorderseite seiner Hose erreichten. Seine Härte und Größe müssen sie erschreckt haben, denn sie zog ihre Hand sofort wieder zurück. Doch einen Augenblick später suchte sie ihn erneut - zaghaft, langsam, tastend, ihn erforschend. Ein leises Stöhnen der Lust drang aus seinem Inneren, und das schien ihr den nötigen Mut zu geben.

"Ich habe nicht vergessen, wie oft du letzte Nacht gesagt hast, dass wir mit dem Sex warten müssen, bis wir verheiratet sind." Sie rollte ihn zurück und kletterte auf ihn.

"Was schwebt Ihnen dann im Moment vor?"

"Ich mache mit dir ein wenig von dem, was du mit mir gemacht hast."

Bamberg schob die Decke von ihrer Schulter, hob seinen Kopf zu ihren Brüsten und nahm ihr süßes Fleisch in seinen Mund. Aber sie war fest entschlossen, sich nicht von ihm allein in einen Zustand der Glückseligkeit versetzen zu lassen. Diesmal nicht. Sie lockte ihn zurück an ihre Lippen und verführte seinen Mund mit ihren Lippen und ihrer Zunge und mit leise gemurmelten Schreien in ihrer Kehle. Bevor er sich davon erholen konnte, öffnete sie die Knöpfe seiner Reithose.

Bamberg war in dem Moment verloren, als sie nach innen griff und ihre Finger um ihn schlang. All die Kraft und Selbstbeherrschung, die er gestern Abend eingesetzt hatte, war weg. Er würde sich jetzt nicht mehr zurückhalten können.

"Hallo?", rief eine Stimme von außerhalb des Hauses. "Ist hier jemand?"

Chapter Six

Wie man einen Duke abserviert
- Schritt 6 -
Packen für fremde Klimazonen

OLIVER PENNINGTON MCKENDRY kam in den frühen Morgenstunden mit einem gesunden Protestschrei nach fast zwanzigstündigen Wehen auf die Welt. Unmittelbar nach der Geburt nahmen sich Dermot und eine erschöpfte Millie ein paar Augenblicke Zeit, um ihren kleinen Sohn im Arm zu halten und die Vollkommenheit seines faltigen Gesichts, seiner Hände und Füße zu bewundern. Bald darauf wurden auch die Großeltern hereingelassen. Und kurz darauf wurde das Baby kurz in die Große Halle gebracht, um die anderen Mitglieder der Familie Pennington zu treffen, die immer noch eintrafen. Tanten, Onkel und Cousins und Cousinen standen Schlange, um das Kind zu sehen.

Es war irgendwann in der Mitte des Tages, als Dermot und Millie sich ansahen und sich an die Freunde erinnerten, die sie auf der kleinen Insel im See zurückgelassen hatten.

"Nach dem, was ich ihr angetan habe", sagte Millie unglücklich, "wird Taylor sicher nie wieder mit mir sprechen."

"Zweifellos", stimmte Dermot bedauernd zu, bevor er strahlend hinzufügte. "Aber der Silberstreif an dieser Wolke ist, dass wir feine bayerische Weine trinken werden, bis wir alt und grau sind. Bamberg wird *sich* jetzt *sicher sein,* dass ich sein bester Freund bin."

Als er einen Klaps auf den Arm bekam, ging er sofort hinunter, um einen Stallknecht auf die Suche nach dem Duo zu schicken. Aber er war erst auf halbem Weg zu den Ställen, als er seinen Onkel, Blane McKendry, erblickte. Der Minister kam aus der Richtung des Sees auf ihn zu. Und er war in Begleitung von zwei Personen unterwegs.

Lady Taylor Fleming und Franz Aurech, der Herzog von Bamberg.

Und sie schienen beide sehr fröhlich zu sein. Dermot bemerkte sogar, dass sie Händchen hielten.

"Ah, Neffe", rief der Kleriker, als sie sich näherten. "Wir haben Grund zum Feiern."

"In der Tat", erwiderte Dermot, der seine Augen gegen die Sonne abschirmte und versuchte, die beiden Inselinsassen nicht anzusehen. "Und es ist ein schöner Tag für eine Feier."

Er fragte sich, wie sein Onkel von dem Baby erfahren hatte. Er hatte keine Nachricht ins Dorf geschickt, aber zum Glück hatte es jemand getan.

"Nach dem Sturm gestern Abend", begann Blane McKendry, "wusste ich, dass der alte George Hanover, dieses Ungetüm von Hecht, auf den der Squire und ich angeln, seit du ein kleiner Junge warst, sicher zum Kampf bereit sein würde. Du erinnerst dich daran, dass der Squire letztes Jahr den Schurken fast gehabt hätte, aber das Biest hat ihm die Rute aus der Hand gerissen..."

"Ich erinnere mich, Onkel. Es war eine epische Schlacht." Fischen. Insel. Jetzt machte es Sinn, dass die drei zusammen waren.

"Ja, heute Morgen bin ich zur Insel gerudert. Ich dachte, der Gutsherr wäre schon da, aber ich kam ihm zuvor." Der Minister lächelte mit offensichtlicher Genugtuung. "Als ich dann an der Hütte vorbeikam, sah ich ein paar Rauchschwaden und merkte, dass da jemand drin war. Und wer sollte meinem Ruf folgen, wenn nicht diese beiden feinen Leute."

Dermot warf einen Blick auf die beiden. Arm in Arm stehend, schienen sie von der Geschichte unbeeindruckt zu sein. Welche Reaktion Millie auch immer von ihrer Freundin befürchtet hatte, sie zeigte sich nicht in Taylors strahlendem Gesicht.

"Und nachdem wir uns die Hände geschüttelt hatten, was glaubst du, was sie mich gefragt haben?"

"Für einen Fisch, der zum Frühstück gebraten werden soll?"

"Nein, Junge! Eine Hochzeit!" Der Pfarrer strahlte seine Gefährten an.

"Ich habe deinen Onkel heute gebeten, uns zu verheiraten", verkündete Bamberg und klopfte seinem Freund auf die Schulter.

Taylor hielt sich am Arm des Herzogs fest und lächelte den Pfarrer fröhlich an. "Dein guter Onkel hier hat einen Tag des Angelns aufgegeben, um unsere Hochzeit zu vollziehen. Und wir hoffen, dass Sie und Millie uns als Trauzeugen zur Seite stehen werden."

Bamberg nickte. "Wir würden gerne sofort heiraten. Haben Sie etwas dagegen, McKendry? Glauben Sie, Lady Millie hätte etwas dagegen?"

Millie würde begeistert sein. Und wie passend, dass die beiden jetzt heiraten wollen, ohne dass Taylors schrecklicher Vater und Bruder dabei sind. Sehr befriedigend, in der Tat.

"Keineswegs. Ich bin sicher, sie wird sich freuen", antwortete er. "Kommen Sie herein. Ich habe selbst eine Nachricht zu überbringen."

Sie hatten es geschafft. Millies Verständnis für die wahren Gefühle ihres Freundes und seine eigene Klugheit, ihnen Zeit allein zu geben, hatten einen Herzog davor bewahrt, abserviert zu werden.

Der Herzog und die Herzogin von Bamberg. Das klang wirklich gut.

Vielen Dank, dass Sie sich die Zeit genommen haben, *Wie Man Einen Herzog Ablehnt* zu lesen. Wenn es Ihnen gefallen hat, empfehlen Sie es bitte Ihren Freunden oder schreiben Sie eine kurze Rezension. Mundpropaganda ist der beste Freund eines Autors... und wird sehr geschätzt.

Anmerkung des Autors

Wir hoffen, dass Ihnen *Wie Man Einen Herzog Ablehnt* gefallen hat. Wie viele von Ihnen wissen, leben unsere Figuren für uns. Am Ende der Pennington-Familienserie haben uns viele unserer Leser geschrieben und gefragt, ob einige der Familienmitglieder in zukünftigen Geschichten wieder auftauchen könnten. Nun, dies war ein kleiner Vorgeschmack. Diejenigen von euch, die unsere früheren Romane und Novellen gelesen haben, werden sich an Millie und Dermot aus *Liebste Millie* erinnern. Wenn ihr sie noch nicht gelesen habt, solltet ihr sie nicht verpassen!

Viele unserer Leser werden sich daran erinnern, dass diese Novellen Teil der Reihe von Romanen und Novellen sind, aus denen die generationenübergreifende Pennington Family-Reihe besteht:

Geheime Gelübde (*USA Today* Bestseller) - Auf einer verzweifelten Reise nach Amerika rennt Rebecca Neville um ihr Leben und verspricht der sterbenden Frau des Earl of Stanmore, ihren neugeborenen Sohn James aufzuziehen und für ihn zu sorgen. Zehn Jahre später erfährt der Earl of Stanmore von dem Jungen. Er schickt in die Kolonien, um seinen jungen Erben zu holen, damit er ihn als Adligen des

Anmerkung des Autors

Königreichs aufziehen kann. Ohne die Absicht, ihr Gelübde zu brechen, kehrt Rebecca mit James nach England zurück, um sich einer Zukunft ohne ihren geliebten Schützling zu stellen, aber sie muss sich auch ihrer turbulenten Vergangenheit stellen.

Die Rebellin - Jane Purefoy, Tochter eines englischen Richters, nimmt die Gestalt des berüchtigten irischen Rebellen Egan an und führt eine geheime Gruppe von Revolutionären gegen die Brutalität der Kolonialtruppen an. Sir Nicholas Spencer ist auf dem Weg nach Irland, um Janes jüngerer Schwester den Hof zu machen. Als er sich mit Egan anlegt, entlarvt Sir Nicholas den legendären Rebellen und entdeckt dabei Jane. Von ihr verzaubert, beschließt er, ihr Geheimnis für sich zu behalten, und lässt sich auf einen riskanten Verführungsplan ein, der ihre Familie ins Chaos, ein Land in die Rebellion und sein Herz in den Strudel einer Liebe stürzen wird, die niemals sein kann.

Geborgte Träume *(RT Award for Best British-Set Historical)* - Getrieben von dem Wunsch, das von ihrem toten Ehemann angerichtete Übel ungeschehen zu machen, und vom finanziellen Ruin bedroht, muss Millicent Wentworth eine Zweckehe mit dem berüchtigten "Lord of Scandal" Lyon Pennington, dem Earl of Aytoun, eingehen. Lyon ist ein Mann, der durch einen tragischen Unfall, bei dem seine erste Frau ums Leben kam und er schwer verwundet wurde, am Boden zerstört ist. Voller Verzweiflung lässt er sich widerwillig in die unerwünschte Ehe locken. Eine neue Variante von Die Schöne und das Biest.

Gefangene Träume - Portia Edwards ist bereit, alles zu tun, um die Familie zu finden, die sie nie gekannt hat. Und als sie den Händler Pierce Pennington trifft - den entfremdeten jüngeren Bruder von Lyon Pennington - hat Portia die perfekte Gelegenheit, ihn um Hilfe zu bitten. Doch ihr sturer Stolz lässt sie schweigen. Das heißt, bis sie erkennt, dass sie sich zu dem mutigen Mann hingezogen

166

fühlt, der nachts als der berüchtigte Captain MacHeath bekannt ist, der im Namen der Freiheit Waffen über das Meer schmuggelt...

Träume des Schicksals - Der durch einen Skandal und den ungeklärten Mord an seiner Schwägerin verletzte David Pennington ist nach außen hin frech und arrogant. Doch nichts kann ihn davon abhalten, seine Jugendfreundin Gwyneth Douglas nach Schottland zu begleiten, um die schottische Erbin vor Glücksjägern zu retten. Doch mit ihrer Ankunft in Schottland kommt eine schreckliche Gefahr. Wenn sie jemals hoffen wollen, lang verborgene Wünsche zu erfüllen, müssen sie das Böse vereiteln, das ihr beider Leben zu zerstören droht...

Romanze mit dem Schotten - Hugh Pennington, ein Held der napoleonischen Kriege, ist jetzt ein trauernder Witwer mit einem Todeswunsch. Als er eine erwartete Kiste vom Kontinent erhält, ist er schockiert, als er darin eine fast tote Frau findet. Ihre Identität ist unbekannt, und die Handvoll amerikanischer Münzen und der wertvolle Diamant, der in ihr Kleid eingenäht ist, vertiefen das Rätsel nur noch. Grace Ware ist eine Feindin der englischen Krone. Auf der Flucht vor den Mördern ihres Vaters hat sie nicht damit gerechnet, dass das Unglück sie in das Haus eines Aristokraten in den schottischen Borders verschlägt. Während sie sich bemüht, ihre Identität geheim zu halten, wird aus einem Duell des Verstandes schnell Leidenschaft und Romantik ... bis die Gefahr vor den Toren von Baronsford steht und droht, die beiden Liebenden auseinander zu reißen oder sie beide zu zerstören.

Weihnachten in den Highlands (*RITA© Award Finalist)* - Freya Sutherland ist eine verzweifelte Tante, die versucht, das Sorgerecht für ihre frühreife junge Nichte Ella zu behalten, selbst wenn das bedeutet, dass sie aus Sicherheitsgründen statt aus Liebe heiratet. Der kürzlich in den Ruhestand getretene Captain Gregory Pennington wünscht sich nichts sehnlicher, als rechtzeitig zu Weihnachten zu

Hause zu sein, aber er wird gebeten, einige Reisende von den Highlands zu den Borders zu begleiten. Seine Pläne sehen keine Frau und kein Kind vor, und Freya hat die Verantwortung als Ellas Vormund. Da Ella sich verschworen hat, die beiden zusammenzubringen, könnten Penn und Freya ein wenig Weihnachtszauber erleben.

Es Geschah in den Highlands - Lady Josephine Penningtons Leben wurde beinahe zerstört, als sich Gerüchte über ihre fragwürdige Abstammung verbreiteten. Als sie Jahre später ein Paket aus den Highlands erhält, das Skizzen einer Frau enthält, die ihr unheimlich ähnlich sieht, glaubt Jo, einen Hinweis auf die Identität ihrer leiblichen Mutter gefunden zu haben. Als Captain Wynne Melfort vor sechzehn Jahren gezwungen war, seine Verlobung mit Jo Pennington zu lösen, hätte er nie gedacht, dass er sie wiedersehen würde. Mehr noch, er hätte nie erwartet, dass längst tot geglaubte Gefühle wieder auftauchen würden. Während sie sich bemühen, das Geheimnis ihrer Geburt zu lüften, muss Jo lernen, Wynne zu vertrauen. Und als die Geheimnisse der Vergangenheit an die Oberfläche kommen, werden böse Mächte vor nichts Halt machen, um Jo daran zu hindern, die Wahrheit aufzudecken und ihr Erbe zurückzuerobern.

Schlaflos in Schottland - Lady Phoebe Pennington riskiert ihr Leben, um Edinburghs korrupte politische Führer zu entlarven, und steigt sogar in die brodelnde Unterwelt der Stadt hinab. Dann entgeht sie eines Nachts nur knapp dem Tod und landet in den Armen des Bruders ihrer ermordeten besten Freundin. Captain Ian Bell ist ein gequälter Mann, der mit der Trauer und den Schuldgefühlen über den Verlust seiner Schwester kämpft, und er jagt immer noch ihren Mörder. Das Schicksal hat sie zusammengeführt, aber Vertrauen ist schwer zu fassen, und in den dunklen Gassen der Stadt lauert die Gefahr. Denn Phoebe ist die Einzige, die das Gesicht des Mörders ihrer Freundin gesehen hat, und die düsteren Schatten des Bösen sind näher, als sie und Ian ahnen.

Liebste Millie - Lady Millie Penningtons Zukunft sieht rosig aus, bis das Schicksal ihr eine tragische Nachricht in Form einer Krebserkrankung zukommen lässt. Dermot McKendry ist ein ehemaliger Chirurg der Royal Navy, der zurückgekehrt ist, um ein Krankenhaus in den Highlands zu eröffnen. Die Vorsehung führt sie zusammen, aber die Katastrophen des Lebens werden die Heilkraft des menschlichen Herzens auf eine harte Probe stellen.

Wie Man Einen Herzog Ablehnt - Lady Taylor Fleming ist eine Erbin, der ein Verehrer auf den Fersen ist. Ihr Schritt-für-Schritt-Plan, ihn loszuwerden, ist einfach. Doch der Herzog von Bamberg ist alles andere als einfach. Taylor versucht, in die Zuflucht der Highlands zu fliehen, aber ihre Pläne werden kompliziert, als der Herzog vor ihrer Tür steht und ihre treuen Verbündeten sie im Stich lassen. Und selbst bei den besten Plänen können die Dinge schief gehen...

Ein Prinz in der Speisekamme - Prinz Timour Mirza, ein persischer Thronfolger, ist in diplomatischer Mission in England, um sich eine Frau zu suchen. Anstatt einen großen Ball zu besuchen, sehnt sich Timour nach einer letzten Nacht in Freiheit. Pearl Smith ist inmitten der Londoner Tonne aufgewachsen. Doch ein Schicksalsschlag hat ihren Vater ins Schuldnergefängnis gebracht, und sie ist gezwungen, unter der Treppe zu arbeiten, als unfreiwilliges Opfer des bösartigen Neides eines ehemaligen Freundes. Aber es gibt Magie im Licht des Vollmonds, und die Liebe kann kommen, wenn man sie am wenigsten erwartet...

Und wir sind noch nicht fertig. Sie werden die Penningtons wiedersehen.

Endlich, wenn Sie an einer Romanze der zweiten Chance interessiert sind, sollten Sie sich *Jane Austen Kann Nicht Heiraten!*

A Prince in the Pantry

Ein Prinz in der Speisekamme

Chapter One

London
Mai, 1814

PEARL SMITH ZOG ein Taschentuch aus der Manschette ihres Ärmels und tupfte sich den Schweiß von der Oberlippe. In dem fensterlosen Nähzimmer im Keller von Londonderry House war es erstickend heiß. Die Arbeit an dem cremefarbenen Kleid aus Seidenmusselin war beendet. Das Kleidungsstück hing am Wandhaken, der Saum war geflickt. Es war das einzige Projekt, das heute für sie übrig geblieben war, und Pearl war froh darüber. Sie wollte unbedingt zu ihrem Vater zurückkehren, der mit einer Sommererkältung kämpfte und sich weigerte, sein Abendessen einzunehmen, wenn sie nicht bei ihm war.

Sie sammelte ihre Tasche und ihren Korb ein, drehte sich um und ging zur Tür, hielt aber inne, als sie sich das Knie an einer der Bänke stieß.

Sie hielt inne, um den Bluterguss zu reiben, aber das war schnell vergessen, als das Kreischen eines Kindes Pearls Kopf hochriss. Eine tröstende Stimme drang aus dem Zimmer der

May McGoldrick

Wäscherinnen nebenan herein, zusammen mit der höheren Stimme anderer Kinder.

Jeden Tag brachten die Frauen ihre Kinder mit - einige waren Säuglinge, andere kaum hüfthoch. Einige halfen mit, andere saßen oder lagen gewickelt an einer Wand, während die Mütter arbeiteten. Was auch immer Pearl an dem unbequemen Raum auszusetzen hatte, in dem sie ihre Näharbeiten verrichten musste, ihre Situation war nichts im Vergleich zu dem, was die Wäscherinnen erleiden mussten. Die Hitze und die dampfenden Gerüche von Seife, Stärke und Blaufärbemittel, die aus den großen Holzbottichen aufstiegen, waren furchtbar. Und das war, bevor sie ihre schweren Körbe auf die Bleich- und Trockenplätze im Hyde Park schleppten.

In ihrem früheren Leben hatte Pearl kaum daran gedacht, wie hart die Dienerschaft arbeitete, aber jetzt erkannte sie die endlose Schufterei und die Unannehmlichkeiten, die diese Menschen ertragen mussten.

Die Uhr schlug die Mittagsstunde, als sie aus dem Nähzimmer trat. Sie ging den Flur entlang und überlegte, was sie noch alles erledigen musste, als ihr plötzlich ein Dienstmädchen aus dem oberen Stockwerk in den Weg kam.

"Tut mir leid, Miss. Aber gehen Sie denn?"

"Ich habe meine Arbeit für heute beendet. Warum?"

"Ich bitte um Verzeihung, aber die Herrin hat mich geschickt, Sie zu holen. Sie möchte Sie in ihrem Wohnzimmer sehen."

Pearl sah an der jungen Frau vorbei den Korridor hinunter. Sie hatte noch eine Stunde zügigen Fußmarsches vor sich, um nach Hause zu ihrem Vater zu kommen.

Das Dienstmädchen muss ihre Bedenken gespürt haben. "Ich kann ihr sagen, dass du schon gegangen bist, wenn du willst."

Alle Bediensteten wussten über Pearls Situation Bescheid. Es war kein Geheimnis, und einige behandelten sie sogar mit einer Mischung aus Sympathie und Freundlichkeit. Diese Frau war eine von ihnen.

Pearl legte sanft eine Hand auf den Arm der Frau und schüt-

174

telte den Kopf. "Es ist in Ordnung. Ich werde hochgehen und Miss Cly besuchen, bevor ich gehe."

Das Londonderry House war die Stadtresidenz von Lord Castlereagh, dem Außenminister. Der mächtige Politiker und seine Frau waren kinderlos und hatten vor einigen Jahren ihre Nichte Rosa Cly als Mündel bei sich aufgenommen. Während der Saison verkehrte Rosa in den höchsten Kreisen der Gesellschaft. Für Pearl war es jedoch am wichtigsten, dass sie einen gewissen Einfluss auf ihren Onkel hatte.

"Oh", sagte das Dienstmädchen im Nachhinein. "Sie sollten wissen, dass Miss Ivy Bartlett dort oben bei der Herrin ist."

Pearl dankte ihr. Sie kannte Ivy auch aus ihrem früheren Leben. Einst waren sie, Ivy und Rosa in denselben Kreisen verkehrt. Sie waren nie richtig befreundet, aber sicherlich freundschaftliche Bekannte.

Pearl eilte durch die unterirdischen Gänge des Herrenhauses. Sie stieg das stickige, enge Treppenhaus hinauf, das von den Bediensteten benutzt wurde, bis sie das Stockwerk erreichte, in dem sich Rosas Wohnungen befanden.

Auf dem breiten Flur war niemand zu sehen, und die Tür zum Wohnzimmer stand einen Spalt breit offen. Stimmen drangen heraus.

"Lebt sie wirklich dort? Im Gefängnis."

"Ja, im Marshalsea-Gefängnis."

Die erste Stimme gehörte Ivy Bartlett, die zweite war die von Rosa.

"Wie erträgt sie es?"

"Sie hat keine andere Wahl, nicht wahr? Außerdem will sie bei ihrem Vater sein."

Pearl blieb stehen und stellte ihre Tasche neben einer großen chinesischen Vase vor der Tür ab. Sie wünschte, sie könnte sich die Ohren zuhalten, aber das war sicher nur das Echo von Gesprächen zwischen anderen Mitgliedern der *Tonne*, seit ihr Vater ins Schuldnergefängnis gebracht worden war.

"Wie rücksichtslos von Perceval Smith, nicht an die Zukunft seiner Tochter zu denken", sagte Ivy.

"Das war sicherlich unverantwortlich von ihm. Es ist nicht verwunderlich, was passiert, wenn man sich mehr Geld leiht, als man sich leisten kann, und es dann nicht zurückzahlen kann. Pearl spürte, wie ihr die Hitze ins Gesicht stieg. Sie zwang sich, still zu stehen, und hielt sich zurück, um nicht hereinzuplatzen und ihn zu verteidigen. Das war nicht das, was mit ihrem Vater passiert war. Es steckte *keine* Absicht oder Betrug hinter ihrer Schicksalswende.

Vor nicht allzu langer Zeit war ihr Vater der erfolgreichste Importeur von Stoffen nach Frankreich und England gewesen. Er war im letzten Herbst ruiniert worden, als die britische Kriegsregierung das Vermögen seiner Firma beschlagnahmte, weil er vor dem Ausbruch des Krieges Geschäfte mit den Franzosen gemacht hatte.

Jetzt saß er im Schuldnergefängnis, und Pearl hoffte, dass Rosa ihm helfen könnte, aus dem Marshalsea herauszukommen.

"Also, was macht sie hier?" drängte Ivy. "Sie ist wohl kaum eine ausgebildete Hausangestellte. Was lässt du sie machen?"

"Nähen, solange es keine zu komplizierte Arbeit ist. Manchmal frage ich sie nach ihrer Meinung zu Kleidern, die ich machen lassen will. Sie hatte immer einen guten Geschmack."

Pearl hatte einige Kenntnisse über Stoffe. Muslins und Batistes und Seiden. Klassische Stoffe mit etruskischen und ägyptischen Verzierungen und gewebten oder gestickten Bordüren. Kleider zu flicken, um sich und ihren Vater zu ernähren, war jedoch nichts, was sie sich jemals hätte vorstellen können.

"Und wie kam sie dazu, für Sie zu arbeiten?"

"Sie hat mich um einen Job gebeten, und ich habe ihn ihr gegeben.

Nachdem Napoleon im letzten Monat abgedankt hatte, hoffte Pearl, dass Rosa Lord Castlereagh überzeugen würde, sich zu engagieren. Seine Lordschaft hatte sicherlich die Macht, Percival Smith zu helfen, und die beiden Männer waren einst Freunde gewesen. Aber an Rosa heranzutreten und sie einfach um einen so großen Gefallen zu bitten, war nicht denkbar. In Londonderry

House zu arbeiten und an ihr Mitgefühl zu appellieren, war eine andere Sache.

"Du hast ein Herz aus Gold", fuhr Ivy fort. "Ich würde nicht so großzügig sein."

Pearl konnte es nicht mehr ertragen. Je mehr sie zuhörte, desto mehr ärgerte sie sich über Ivys Verhalten. Das war die gleiche Reaktion, die sie und ihr Vater von vielen ihrer angeblichen Freunde erhalten hatten.

Pearl holte tief Luft, um sich zu beruhigen, klopfte und ging hinein.

Die beiden Frauen saßen sich auf Sofas gegenüber, die vor einem Marmorkamin standen. Der Raum war im letzten Jahr renoviert worden und spiegelte den schlichteren Modegeschmack wider, der in den Häusern der *Tonne Einzug gehalten hatte*. Perserteppiche füllten die Böden mit symmetrischen Arrangements aus bunten Gartenblumen. Vor den offenen Fenstern, die auf die grünen Weiten des Hyde Park hinausgingen, wehten hauchdünne Gazevorhänge. Ein Tablett mit Gebäck und Tassen Tee - Rosas spätes Frühstück - stand auf einem niedrigen Tisch zwischen ihnen. Ein Lakai stand in der Ecke und bediente sie.

"Da bist du ja", sagte Rosa zur Begrüßung und strich sich ihre blonden Locken über die Schulter zurück, während sie sich Pearl zuwandte. "Ich hatte schon Angst, du wärst schon weg."

"Noch nicht."

"Wie geht es deinem Vater?"

"Ein bisschen besser. Danke der Nachfrage."

Pearl sah von Rosa zu Ivy. Die Augen der anderen Frau waren auf die Erfrischungen auf dem Tisch gerichtet. Kein Hinweis darauf, dass sie sich jemals gekannt hatten.

"Du erinnerst dich doch an Miss Bartlett, nicht wahr, Pearl?"

"Natürlich." Sie nickte höflich. "Ich hoffe, deiner Mutter und deinen Schwestern geht es gut."

Ivys Blick wanderte langsam zu ihr, aber sie erwiderte nichts. Der Blick war abschätzend, wanderte von Kopf bis Fuß, studierte jeden Makel an Pearls Kleid und Schuhen, bevor er zum Fenster wanderte.

"Ivy und ich haben gerade über den Ball heute Abend gesprochen. Ich muss dich um einen Gefallen bitten." Ein unbehagliches Gefühl kribbelte auf ihrer Haut. Heute Abend war der Sommernachtstraum-Maskenball von Lord und Lady Whitwell. Das am meisten erwartete und extravaganteste Ereignis der Saison. Auf der Gästeliste stand alles, was in London Rang und Namen hat.

"Ein Gefallen?"

Rosa lächelte. "Ich liebe deinen praktischen Sinn, Pearl. Nein, nicht um einen Gefallen. Ich bitte dich, einen Auftrag für mich zu erledigen."

Sie wartete darauf, mehr zu hören.

"Wie du weißt, ist mein Kleid fertig. Auch die Maske, die ich zu tragen gedenke, ist hier." Rosa schaute ihre Freundin an. "Ivy, habe ich dir schon erzählt, dass ich sie nach dem Vorbild der Feenkönigin Titania gestaltet habe, die sich auf dem Gemälde in der neuen Galerie in Pall Mall von Oberon abwendet?"

"Ich muss es sehen."

Pearl wusste das alles. Jeder Schritt der Vorbereitung für den Ball war ihr mitgeteilt worden. Sie hatte Rosa sogar bei der Anprobe geholfen und Anfang der Woche goldene Seidenschnüre durch siebzehn Paar Ösen gezogen, während die Zofe zusah.

"Du wirst die schönste Frau auf dem Ball sein", sagte Pearl nur, um etwas zu sagen.

"Danke. Aber ich muss auch auf jedes unerwartete Miss-geschick mit dem Kleid vorbereitet sein."

"Es sollte nichts schief gehen", versicherte Pearl ihr.

unterbrach Ivy, die zum ersten Mal sprach, seit Pearl den Raum betreten hatte. "Aber irgendetwas geht *immer* schief, nicht wahr?"

"Sie hat recht", stimmte Rosa zu. "Deshalb möchte ich, dass du heute Abend während des Balls im Whitwell House bist. Nur für den Fall, dass ich dich brauche."

Pearl spürte, wie ihr das Blut aus dem Gesicht wich. Obwohl sie den "Gefallen" schon geahnt hatte, war die Bitte erdrückend. Ganz zu schweigen von der Tatsache, dass sie die ganze Nacht aus dem Marshalsea ausgesperrt sein würde. Die Möglichkeit, von einem ihrer früheren Freunde gesehen zu werden, wäre zu schrecklich.

Seit der Inhaftierung ihres Vaters hatte sie sich aus der *Öffentlichkeit herausgehalten*, außer wenn sie sich Rosa näherte. Ivys Verhalten hier war eine deutliche Bestätigung dafür, wie andere sie behandeln würden.

"Du wirst es tun. Du kommst doch, oder?" fragte Rosa.

"I..." Sie versuchte, sich eine Ausrede einfallen zu lassen.

"Niemand wird dich sehen", sagte Rosa mit leiser Stimme, offensichtlich Perls Unbehagen ahnend. "Du wirst unter der Treppe sein, weit weg von der Aufmerksamkeit der Gäste."

Ivy beobachtete Pearl wie ein Krokodil, das seine Beute beäugt, und wartete auf ihre Antwort.

Pearl wollte sich weigern, aber sie konnte nicht. Sie konnte nicht riskieren, Rosa zu verleugnen und die Verbindung zu zerstören.

"Nun gut. Ich werde da sein", antwortete Pearl. "In den Nähstuben."

"Danke", antwortete Rosa. "Ich habe gerade zu Ivy gesagt, bevor du hereinkamst, dass du mich in meiner Not nicht im Stich lassen würdest."

Die Bedeutung, die in den Worten lag, wurde ihr klar. Sie ging hinaus und ließ die Tür einen Spalt offen, wie sie sie vorgefunden hatte. Während sie ihre Sachen zusammensuchte, hörte sie wieder Fetzen des Gesprächs der Frauen.

"Wer hätte das gedacht?" Ivy klang fast triumphierend. "Letztes Jahr war sie für alle Männer der Mittelpunkt der Aufmerksamkeit. Und heute Abend wird sie..."

"In Anbetracht ihrer Umstände", unterbrach Rosa, "wird Pearl gerne außer Sichtweite bleiben. Sie wird nicht mit dir um die Aufmerksamkeit der anderen konkurrieren."

"Du hast recht. Aber genug von ihr." Ivys Stimme wurde auffallend leise. "Aber wo wir gerade beim Thema Konkurrenz sind. Stimmt es, dass ein persischer Prinz heute Abend den Whitwell's Ball besuchen wird?"

"Ja, aber du kannst dich einfach von ihm fernhalten. Er ist

schon vergeben."

"Ich habe gehört, dass er gerade in London angekommen ist. Wer hat für ihn gesprochen?"

"Von mir."

Pearl eilte den Korridor hinunter. Sie wollte nichts von einem Prinzen, einem Herzog, einem Grafen oder einem Vicomte hören ... oder irgendeinem geeigneten Junggesellen. Es hatte sich so viel verändert. Ihr Leben war auf dramatische Weise umgekrempelt worden. Ihre Aufgabe bestand nun darin, ihren Vater zu unterstützen und ihm zu helfen.

Und jetzt musste sie erst einmal zum Gefängnis fahren und ihn unterbringen, bevor sie ihn für den Abend allein ließ.

Chapter Two

PRINZ TIMOUR STARRTE aus dem Fenster der Kutsche, die durch die Straßen Londons rollte. Der Weg von der Botschaft hatte sie durch von Bäumen gesäumte Straßen geführt, vorbei an großen steinernen Villen und weiten Parkanlagen, in denen aufsteigende Nebelschwaden das schwindende Abendlicht einfingen.

Sein Cousin Ali Khan hatte ununterbrochen geredet. Er war ein guter Freund - sie waren seit ihrer Kindheit befreundet - und er war zu einem Mann herangewachsen, der die Aufgaben, die man ihm stellte, sehr ernst nahm. Im Moment ein bisschen zu ernst.

"Der Botschafter hat Lady und Lord Whitwell nie geantwortet, was die Art und Weise betrifft, in der Ihr heute Abend auf dem Ball vorgestellt werden wollt, Hazrat-e Ajal."

Timour blickte Ali an, der ihn selten so förmlich ansprach. Er benutzte einen Titel, der übersetzt "Eure Exzellenz" bedeutete. Der Prinz spürte einen Hauch von Nervosität im Tonfall seines Freundes. Den ganzen Tag über hatte er versucht, Timour zu vermitteln, wie wichtig dieser Abend für die Erfüllung ihrer diplomatischen Mission war.

"Möchten Sie lieber Shahzadeh Timour Mirza... oder Prinz Timour Mirza? Natürlich werden die britischen Gäste in beiden Fällen annehmen, dass Mirza Ihr Nachname ist und nicht die richtige Anrede für den Sohn des Qajar-Königs. Aber ich glaube, das wird weniger Zeit in Anspruch nehmen, als wenn sie versuchen, alle Ihre richtigen Namen und Titel zu wiederholen."

Timour erinnerte sich an einen Tag, an dem die beiden gescherzt hatten, er brauche zehn Diener und einen Wagen, um seine Titel zu transportieren.

"Es spielt keine Rolle, wie man mich vorstellt."

"Die Engländer sind ein eigenartiges Volk. Sie bestehen darauf, genau zu wissen, wie viel Ehrerbietung sie zu zeigen haben.

Ali Khan war ein häufiger Sprecher in diplomatischen Situationen. Hinter seinem fröhlichen Auftreten verbarg sich ein scharfsinniger Verstand. Timour konnte nicht begreifen, wie sein Freund es vermieden hatte, die Welt mit Zynismus zu betrachten. Was ihn selbst betraf, so sah er, dass die Menschen immer nur ihre eigenen Interessen verfolgten. Alle anderen seien verdammt, war die vorherrschende Einstellung.

"Du entscheidest."

"Vielleicht sollten wir Sie als Mirza Timour Khan, Hochfürst von Iran, ankündigen lassen. Oder Shahzadeh. Oder Persiens königlicher..."

"Entscheide dich für einen und bring es hinter dich, Ali. Es ist mir wirklich egal."

Unbeeindruckt von Timours Ungeduld dachte er einen Moment nach, bevor er fortfuhr. "Dann sollen sie dich als Prinz Timour Mirza von Persien vorstellen. Einfachheit ist die beste Politik bei den Engländern."

Timour winkte mit der Hand, völlig gleichgültig gegenüber der Angelegenheit. Nach mehreren Monaten der Reise mit diplomatischen Zwischenstopps war er von förmlichen Banketten und Unterhaltungen gelangweilt. Er war bereit, die Segel in Richtung Heimat zu setzen. Aber das würde erst in einem Monat geschehen.

Er wusste, dass dies ein wichtiger Besuch war, sowohl für sein Land als auch für ihn selbst. Der im vergangenen Jahr zwischen Russland und dem Iran unterzeichnete Friedensvertrag hatte die Briten nervös gemacht. Nun wollten die Engländer ihrerseits ein Abkommen mit der persischen Regierung schließen. Timour wusste, dass der Grund dafür vor allem geografischer Natur war. Die Lage des Irans machte ihn zu einem physischen Puffer zwischen den russischen Armeen und Britisch-Indien.

Also wurde verhandelt, ein Vermögen gezahlt, ein Geschäft gemacht, und jetzt war er hier und erfüllte den letzten Teil des Vertrags. Die Engländer wollten eine "familiäre" Verbindung, und Timour war vom Schah angewiesen worden, nach London zu kommen und sich eine Frau zu suchen.

Das machte diese Reise sehr persönlich.

"Der Ball von Lord und Lady Whitwell heute Abend ist eine extravagante Angelegenheit", sagte Ali und unterbrach seine Gedanken. "Du trägst natürlich ein höfisches Gewand. Aber viele Gäste werden auch Kostüme tragen."

"Sie werden wahrscheinlich denken, dass ich ein Kostüm trage."

Ali grinste. "Das ist durchaus möglich."

Der Prinz wandte seinen Blick wieder auf die Straße, als sie an einem Laternenanzünder auf dem Gehweg vorbeikamen. "Hat man Ihnen den Namen schon genannt?"

"Der Name?"

"Der Name der Frau, die ich heiraten werde?"

"Sie haben die Freiheit zu wählen, wen Sie wollen".

"Muss ich?"

"Natürlich."

Es handelte sich um eine rein diplomatische Verbindung, und Timour wusste genau, wie diese Dinge funktionierten. Die britische Regierung wollte sicherlich einen Spion am Hof der königlichen Familie haben. Jemanden, der über jeden Schritt des Qajar-Königs berichtete. Das bedeutete, dass sie bereits entschieden hatten, um wessen Hand er gebeten werden würde. Seine "Auswahl" würde stark eingeschränkt sein.

"Die Engländer sind nicht daran gewöhnt, die Kontrolle abzugeben. Sie würden niemals einen Vertrag planen, ohne die Schlüsselspieler ausgewählt und eingesetzt zu haben."

Ali drückte eine Hand auf sein Herz. "Ich weiß wirklich nicht mehr als das, was ich Ihnen bereits gesagt habe."

"Ali, mein Freund, wir sind nur für einen Monat in London. Hast du nicht den Reiseplan, in dem die Empfänge aufgeführt sind, an denen ich teilnehmen muss, und die Häuser, die ich besuchen werde?"

"Ich habe es hier." Ali holte ein Dokument hervor. "Jeder Tag unseres Aufenthalts in England ist verzeichnet."

"Sehen Sie sich die Liste an. Mit wem werde ich die meiste Zeit verbringen?"

Ali ließ seinen Blick über die Liste der Ereignisse schweifen, bevor er antwortete. "Lord Castlereagh, der Außenminister."

"Hat Lord Castlereagh eine Tochter, die im heiratsfähigen Alter ist?"

"Er hat eine Nichte und ein Mündel. Ein Fräulein Rosa Cly. Sie wird Ihnen heute Abend vorgestellt."

"Das dachte ich mir schon." Timour hat sich selten geirrt.

Er ließ seinen großen Hut aus Biberfell auf den Sitz neben sich fallen. Dann nahm er die schwere Goldkette und das mit Juwelen besetzte Abzeichen des Königshauses sowie den mit Perlen und Rubinen verzierten Gürtel ab. Er begann, seinen Mantel aufzuknöpfen.

Ali starrte ihn verblüfft an. "Was machst du da, Timour? Wir sind doch gleich da."

"Gib mir deinen Mantel."

Sein Cousin wich zurück. "Nein, das werden wir nicht tun. Du weißt doch, was letztes Mal passiert ist."

Ein schiefes Lächeln umspielte die Lippen des Prinzen, aber er ersetzte es schnell durch einen mitfühlenden Blick.

Vor einem Jahr hatten sie bei einem Besuch in Istanbul die Plätze getauscht, und Timour hatte sich verdrückt. Zum Unglück für Ali Khan wurde er bei seiner Ankunft im Palast am Bosporus sofort als Ersatzmann erkannt. Mit rotem Gesicht trug er die Hauptlast der Peinlichkeit, während Timour sich einen schönen Abend in den Straßen und Cafés dieser herrlichen Stadt machte. Offizielle Entschuldigungsschreiben des persischen Hofes waren gefolgt.

"Ali, hier ist niemand, der uns erkennen könnte. Außerdem ist es ein Ball, eine Maskerade. Es ist kein offizieller Empfang."

"Du hast deinem Vater versprochen, dass du die Sache ernst nimmst. Wenn es schiefgeht, wirst du nicht darunter leiden. Aber ich werde mich dabei ertappen, wie ich Ziegen durch den Schnee des Berges Damavand hüte... wenn ich Glück habe."

"Mach dir keine Sorgen. Ich habe vor, die Sache ernst zu nehmen. Wenn ich den Platz tausche, kann ich Fräulein Rosa Cly, die zweifellos meine zukünftige Frau ist, aus Ihrer sicheren Perspektive sehen und beurteilen."

"Sie werden nicht begeistert sein, wenn du plötzlich als der echte Prinz Timour auftauchst."

"Es wird schon gehen. Jetzt beeil dich und gib mir deinen Mantel."

Ali Khan lächelte schwach und tat wie ihm geheißen. "Noch einmal, ich gehe für dich ins Feuer, Cousin. Und wir beide wissen, wer mit angesengtem Bart wieder herauskommt."

Timour beugte sich vor und zog sich die Kleidung des anderen Mannes an. "Das ist die richtige Einstellung."

"Ich nehme an, Sie wollen auch meinen Hut."

"Nein. Es ist zu klein."

Ali spottete, und wenige Augenblicke später hielt die Kutsche auf dem Bürgersteig vor dem Anwesen von Lord und Lady Whitwell. Ein Heer von Lakaien hielt Laternen in der Hand, als die kostümierten und reich gekleideten Gäste aus der Reihe der Fahrzeuge ausstiegen und durch die offenen Türen des Eingangs gingen. Hinter einem Tor erhellten brennende Fackeln einen Weg, der zu den Gärten an der Seite und hinter dem Herrenhaus zu führen schien.

"Ich komme gleich nach", sagte Timour zu Ali, bevor sie ausstiegen.

"Was meinst du? Du solltest mit mir reingehen. So tun, als wären Sie ich." In dem Ton des anderen Mannes lag ein Hauch von Panik. "Wo wollen Sie hin?"

"Ich gehe in die Gärten und rauche eine. Ich werde da sein, bevor du durch die Empfangslinie kommst."

Ein Ausdruck der Resignation legte sich über Ali. "Ich hatte sowieso schon immer eine Vorliebe für Ziegen."

Timour machte sich auf den mit Fackeln beleuchteten Weg durch die gepflegten, grünen und blühenden Gärten. Die Dunkelheit brach schnell herein, und aus den offenen Türen und Fenstern des Hauses drangen Geräusche von Gesprächen, Gelächter und orchestraler Musik.

Er folgte dem Weg ein kurzes Stück und wanderte von einem Gartengehege zum nächsten. Schließlich blieb er unter einem steinernen Torbogen stehen, der mit Kletterrosen bewachsen war, und blickte über ein weites Quadrat mit akkurat getrimmtem Grün, das vom neu gebildeten Tau glitzerte. Obstbäume warfen Schatten auf Teile der Gehwege.

Das war genau das, was er sich erhofft hatte. Was er brauchte. Ein friedlicher, ungeplanter Moment für sich selbst.

Sein ganzes achtundzwanzigjähriges Leben lang, von seiner Ausbildung über seine Reisen bis hin zu seinen Wohnsitzen - und sogar die Entscheidung über seine zukünftige Frau - war Timours Leben vom König und dem Hof bestimmt worden. Das war nicht anders als das Schicksal seines älteren Bruders, der als Erster die Krone tragen sollte. Oder den sechs anderen, die in der Thronfolge vor ihm standen. Um die samtenen Ketten seiner Existenz zu ertragen, lernte Timour schon früh, dass er sich selbst befreien musste. Das bedeutete, wegzulaufen. Natürlich kehrte er immer zurück, aber diese wenigen gestohlenen Stunden oder Tage waren eine Notwendigkeit für sein Überleben.

Er lauschte auf die Geräusche, die aus dem Haus drangen, und tastete in seiner Manteltasche nach seiner Zigarre. Sie war nicht da. Er trug den Mantel seines Cousins.

"*Ali, gonahan neyaz daree.*" Ali, du brauchst ein paar Laster.

"Was war das für ein Unsinn, den du gerade gesagt hast?", fragte eine schroffe Stimme hinter ihm.

So viel zu einem friedlichen Moment, dachte Timour. Als er über seine Schulter blickte, erkannte er die massige Gestalt eines Mannes, der in der Dunkelheit stand. "Kein *Unsinn*. Die Worte wurden in einer anderen Sprache gesprochen. Macht euch auf den Weg."

"Was habt ihr gesagt?"

Die Engländer. Er war schon jetzt nicht beeindruckt. Er winkte mit einer Hand. "Schon gut. Was ich gesagt habe, war nicht an dich gerichtet."

"Für wen zum Teufel haltet ihr euch?"

Timour stieß einen frustrierten Atemzug aus und drehte sich schließlich um. Nicht nur einer, sondern zwei Männer standen auf dem schattigen Weg. Sie waren gleich groß, so groß wie Timour. Ihre Kleidung passte zu den Bräutigamen, die vor dem Eingang des Hauses herumliefen.

"Ich möchte Sie nicht in Schwierigkeiten bringen. Ich habe nicht mit Ihnen gesprochen. Machen Sie sich auf den Weg."

"*Uns* in Schwierigkeiten bringen?"

"Machen wir uns auf den Weg?", fragte der zweite Mann mit einer Stimme, die so piepsig war wie die eines Schweins in Not. "Was sagst du, Melvin? Wie wär's, wenn wir dem da eine Lektion in Sachen Manieren erteilen?"

Bevor Timour antworten konnte, trat derjenige, der Melvin hieß, vor, und das Ende einer Keule in seiner Hand schoss durch die Abendluft auf den Kopf des Prinzen zu.

Chapter Three

"DU SOLLST NACH OBEN GEHEN. Beeil dich."

Pearl blickte um sich herum zu den beiden anderen Frauen, die im Nähzimmer saßen, in der Hoffnung, dass der Befehl an sie gerichtet war.

"*Sie*." Das Dienstmädchen an der Tür sprach sie direkt an. "Ich spreche mit *Ihnen*."

Ihr Magen sank. "Wo oben?"

"Die Damengarderobe".

Pearl wusste vom Ball im letzten Jahr, dass viele Damen ihre Hüllen ablegten, bevor sie in den großen Saal gingen. Das war *nicht das*, was sie erwartet hatte, als sie zustimmte, heute Abend hierher zu kommen.

"Ich arbeite nicht für Lord und Lady Whitwell", protestierte sie. "Ich gehöre nicht zum Haushalt."

"Heute Abend bist du es. Komm mit. Jetzt."

"Bitten Sie jemand anderen, zu gehen. Ich kümmere mich um Fräulein Rosa Cly. Sie hat mich gebeten, im Nähzimmer zu bleiben." Pearl bemühte sich, ihre Stimme ruhig zu halten, ohne die Panik zu zeigen, die sie in sich aufsteigen spürte. Sie hatte absolut keine Lust, irgendwohin zu gehen, wo sie auf Leute treffen könnte, die sie kannte.

Es war schon schlimm genug, hier unten zu sein. Ihr Ruf war ihr vorausgeeilt. Sie hatte das Getuschel in der Halle der Dienerschaft gehört, sobald sie angekommen war. Viele von ihnen wussten offenbar, wer sie war ... und was mit ihrem Vater geschehen war.

"Das hat Fräulein Cly gesagt", sagte das Dienstmädchen kurz und bündig. "Und jetzt komm mit. Ich zeige dir den Weg."

Miss Cly hat es gesagt. Perls Knie wurden weich. War das der Grund, warum sie heute Abend hier war? Hatte Rosa das geplant?

"Wir haben nicht die ganze Nacht Zeit. Beeilt euch."

Pearl hatte keine andere Wahl als zu gehen. Widerwillig stand sie auf und folgte dem Diener aus dem Zimmer, wobei sie sich an einen Hoffnungsschimmer klammerte, dass sie dort nur für kurze Zeit gebraucht würde. Vielleicht würde sie niemand erkennen. Die geschäftige Halle der Dienerschaft wurde seltsam still, als die beiden Frauen hindurchgingen. Als sie die Treppe erreichten, schwirrten die Stimmen hinter ihr, um zu erfahren, wer sie war und wohin sie gehen würde.

Oben auf der Treppe angekommen, fand sich Pearl in der schwach beleuchteten Garderobe wieder, in der nur ein beunruhigt aussehender Diener saß. Das Dienstmädchen, das sie geholt hatte, ging wieder hinunter.

"Gut, dass du da bist", flüsterte die Dienerin, als sie sich auf den Weg nach draußen machte. "Ich werde oben verlangt."

Pearl hatte keine Anweisungen erhalten, was sie tun sollte, aber da es sich um einen Maskenball handelte, betete sie, dass nur wenige der Gäste ihre Kleidung hier lassen würden.

Diese Hoffnung schwand, als zwei Damen mittleren Alters eintraten, die sich miteinander unterhielten. Pearl verbeugte sich, hielt den Kopf gesenkt und half den beiden mit ihren Tüchern. Sie war einer der beiden Frauen schon öfter begegnet und erkannte auch die andere, aber keine der beiden blickte sie auch nur an. Sie hätte genauso gut ein Stuhl oder ein Tisch sein können. Das Gespräch zwischen den beiden stockte nicht, als sie hinausgingen.

"Das war gar nicht so schlimm", murmelte sie. Vielleicht würde sie die Nacht ja doch überleben.

Sie konnte Lachen und Musik aus dem großen Saal hören. Mit einem Seufzer ging sie zu einer Bank in der Nähe der Tür und setzte sich hin. Ihre Gedanken kreisten um ihren Vater und die Geheimnisse, die sie vor ihm hatte. Er hatte keine Ahnung, wo sie heute Abend war. Sie hatte ihn wochenlang über Londonderry House und ihre Arbeit für Rosa belogen. Er glaubte, dass es junge Frauen gab, die sie während ihrer Abwesenheit vom Marshalsea immer noch als Freundin willkommen hießen.

Pearl starrte auf die Gruppen von Menschen, die die Marmortreppe zum Großen Saal hinaufgingen. Vielleicht war es an der Zeit, dass sie mit Rosa darüber sprach, was sie wollte. Seit Pearl in Londonderry House arbeitete, war sie Lord Castlereagh nicht ein einziges Mal persönlich begegnet. Eine Audienz bei ihm zu bekommen, war der einfachste Gefallen, den sie von der Nichte verlangen konnte. Dann könnte sie sich mit ihrer Bitte direkt an den Außenminister wenden.

Sie hörte die aufbrausenden Stimmen junger Frauen, die sich der Garderobe näherten, und sie erhob sich und ging in eine schattige Ecke.

"Ein kurzer Halt."

"Hier? Wozu?"

"Das wirst du bald herausfinden."

Ohne sie zu sehen, wusste Pearl, wer sie waren. Rosa, Elizabeth Harris und Ivy Bartlett. Elizabeths Vater war der Botschafter in Spanien. Sie und ihre Familie waren seit der letzten Saison verreist. Rosa meldete sich. "Ist hier jemand?"

Die drei Frauen drängten sich in der Tür. Pearl rutschte auf dem Sitz nach hinten und wünschte, die Schatten würden ihr Loch verschlucken. Warum tat Rosa das? Ihre Widersacherin betrat den Raum, ihre Augen waren auf die Bank gerichtet. Pearl wurde entdeckt, und die Verlegenheit stand ihr ins Gesicht geschrieben.

"Irgendjemand?" Der Tonfall der anderen Frau klang herausfordernd.

Pearl stand auf. "Ich bin hier."

"Oh, gut. Ich bin so froh, dass du aus dem Bedienstetensaal hochgekommen bist." Rosa eilte weiter in die Garderobe. "Ich hoffe, es macht Ihnen nichts aus, dass ich Lady Whitwell Ihre Dienste angeboten habe. Sie brauchten zusätzliche Hilfe, und ich wusste, dass Sie bereit wären..."

"Kann ich Ihnen bei irgendetwas helfen, Miss Cly?" Sie war so dumm gewesen, zu glauben, sie könne Rosa vertrauen, geschweige denn auf ihre Unterstützung zählen.

"Pearl? Pearl Smith? Bist du das?" Elizabeth gesellte sich zu Rosa. Ivy blieb an der Tür stehen, mit einem hämischen Gesichtsausdruck.

"Oh mein Herr! Du *bist es*. Was tust du hier? Und was ist das für ein Ding, das du da trägst? Ist das dein Kostüm für den Ball?"

"Wohl kaum", warf Rosa ein. "Pearl arbeitet, wenn Sie das glauben können. Eigentlich arbeitet sie für mich."

"Als was? Ein Diener?"

"Näherin. Dienerin. Was auch immer ich von ihr verlange. Und heute Abend habe ich sie an Lady Whitwell ausgeliehen."

Elizabeth war sichtlich überrascht. "Ich verstehe das nicht. Was ist passiert? Was hast du getan?"

Pearl sagte nichts, als ein anderer ankommender Gast die Garderobe betrat und ein leichtes Seidentuch ablegte. Es gab keine einfache Antwort auf die Fragen. Sicherlich nichts, was sie in ein oder zwei Sätzen mitteilen konnte. Alles, was sie tun konnte, war, die Beleidigungen zu ertragen, einen Schlag nach dem anderen. Pearl griff nach dem Kleidungsstück der Dame.

"Das ist die Konsequenz, wenn man stiehlt", sagte Ivy.

"*Wer* stiehlt?", fragte der Neuankömmling und sah erschrocken aus.

"Ihr Vater", antwortete Rosa. "Perceval Smith."

"Perceval Smith, sagten Sie?" Die ältere Frau umklammerte ihr Tuch und wollte es nicht aus der Hand geben.

"Das ist seine Tochter, Pearl Smith", sagte Ivy ihr.

"Und Sie geben zu, dass Sie sie *kennen*?", fragte die Dame schockiert.

"In der Tat, wir waren einmal Freunde", antwortete Elizabeth unsicher.

Pearl zwang sich zu atmen. Tränen brannten in ihren Augen,

aber sie ließ nicht zu, dass sie fielen. Sie waren ein Rudel Wölfe, die von allen Seiten angriffen.

"Aber das war, bevor Perceval Smith ein Verbrecher wurde", zwitscherte Ivy. "Mein Vater sagt, er wird im Marshalsea verrotten, und er hat Glück, dass das das Ausmaß seiner Strafe ist."

"Mein Onkel ist Lord Castlereagh, und er sagt das Gleiche", erklärte Rosa. "Aber vergesst nicht, meine Damen, wir sind alle angehalten, Nächstenliebe zu üben. Diese hier ist kaum schuld an ihrem Sturz. Die Tatsache, dass sie..."

"Entschuldigen Sie mich." Pearl konnte das nicht mehr ertragen. Sie drehte sich schnell um und floh die Garderobentreppe hinunter.

Chapter Four

DIE KEULE BLITZTE durch die zunehmende Dunkelheit und reflektierte das Licht einer Gartenfackel. Im Handumdrehen gingen Timour die Optionen durch den Kopf. Wenn er versuchte, zurückzuweichen, würde die Vorwärtsbewegung des Angreifers ihn in Reichweite der Waffe halten. Der Torbogen schränkte die Bewegungsfreiheit des Prinzen nach beiden Seiten ein.

Also tat er, was er normalerweise in einem Kampf tat, er stürmte vor. Er schlug seine Stirn in das Gesicht seines Angreifers, und der Knüppel flog harmlos über Timours Schulter und landete mit einem dumpfen Schlag auf der Grünfläche hinter ihm.

Der Angreifer taumelte einen Schritt zurück. Seine Augen weiteten sich vor Überraschung und verloren dann den Blick, als seine Knie nachgaben. Der Rohling sackte in sich zusammen und kippte dann auf die Seite.

Timour hatte jedoch keine Zeit, sich über den Zustand des Mannes Gedanken zu machen, denn der andere stürzte sich bereits auf den umgefallenen Körper und stieß einen hohen Ton aus, der einem Brüllen glich. Seine Keulenhand war erhoben, aber er stolperte leicht, als sich seine Schuhschnalle in der goldenen Borte des Mantels seines Gefährten verfing.

Timour machte einen Schritt nach vorn und hob den linken Arm, um die herabfallende Keule abzuwehren. Er ließ das Kinn sinken, setzte die rechte Ferse auf, drehte die Hüfte und schlug mit der Faust tief in die weiche Stelle, die das V unter den Rippen bildete, genau in die Mitte der doppelten Knopfreihe. Der Schlag brachte Squeaker zum Stehen und hob ihn auf die Zehenspitzen. Sein Kinn schlug gegen Timours Schulter, und er wankte einen Schritt zurück. Aber er war nicht bereit, aufzugeben. Noch während er um einen keuchenden Atemzug kämpfte, erschien in seiner anderen Hand ein Messer mit kurzer Klinge. Mit dem Blick eines Mörders stürzte er sich auf den Prinzen.

Timour hatte kein Interesse daran, die Auseinandersetzung in die Länge zu ziehen, schon gar nicht jetzt. Er blockte die Stichbewegung mit seinem Unterarm ab und versetzte Squeaker einen weiteren Schlag in die Körpermitte, bevor er eine verheerende Rechte folgen ließ, die einen scharfen Haken schlug und den Mann an der Kinnspitze erwischte. Der Kopf des anderen ruckte herum und er stürzte zu Boden.

"Eine Lektion in Manieren." Er hob das heruntergefallene Messer auf, warf einen Blick auf die regungslosen Angreifer und warf die Waffe in ein Blumenbeet.

"Verdammt gute Arbeit, das!" Die Stimme hinter ihm war fröhlich, und Timour drehte sich um und sah einen stämmigen jungen Mann in einem dunklen Mantel, Hosen und Stiefeln über die Wiese schreiten. Er zog eine unförmige Wollmütze ab, fuhr sich mit der Hand durch das widerspenstige Haar und setzte die Mütze wieder auf. "Gut gemacht, Kumpel."

Timour ließ ihm Platz zum Vorbeigehen. Sein Blut raste noch immer und er schätzte den Neuankömmling ab, als der junge Mann anhielt und die leblosen Körper mit seinem Fuß anstupste. Er trug den ehrlichen Geruch von Pferden und Leder mit sich. Zweifellos ein Stallknecht.

"Diese beiden Kerle haben sich hier den ganzen Tag aufgespielt. Sie tun so, als würde ihnen der Laden gehören."

"Ich habe nicht einen Moment geglaubt, dass einer der beiden Lord Whitwell ist."

Der Bursche drehte sich überrascht um und stieß dann ein Lachen aus. "Ja, im Vergleich zu denen ist seine Lordschaft ein kleiner Kerl."

"Ich nehme Sie beim Wort."

Der junge Mann streckte seine Hand aus und sie schüttelten sich.

"Der Name ist Perkins."

Der Prinz überlegte einen Moment lang, was er tun sollte. Wessen Rolle sollte er nun spielen? Das war sicherlich ein unerwarteter Start in die Nacht.

"Timour".

"Den Namen habe ich noch nie gehört. Du bist kein Frenchie?"

Er schüttelte den Kopf. "Nein. Wir sind gerade mit einem Schiff aus St. Petersburg angekommen."

Perkins hat gepfiffen. "Russland. Das ist weit weg."

"In der Tat, das ist es."

"Wie lange bleibst du?"

"Etwa einen Monat, glaube ich." Das war genug über ihn. "Und Sie? Sind Sie ein Londoner?"

"Nicht wirklich. Ein Junge vom Lande, geboren und aufgewachsen. Ich bin Stallknecht in den Ställen der Whitwells in Kent."

Timour gestikulierte in Richtung des Herrenhauses. "Und du bist hier, um bei dem Ball zu helfen?"

"Ja. Sie bringen einige von uns für einen Teil der Saison hierher. Sie lassen uns Jungs die Gärten umrunden, unsichtbar bleiben und nur in der Nähe sein, falls es Ärger gibt. Sieht aus, als hättest du welchen gefunden."

Timour warf einen Blick auf seine gefallenen Feinde. "Der Ärger hat mich gefunden."

"Die haben sich den Falschen ausgesucht, um sich mit ihm anzulegen."

Er war ein ausgebildeter Soldat, der die Kampfkünste beherrschte, und er hatte ein gutes Gefühl dabei, diese beiden bewaffneten Männer zu besiegen. Die königlichen Berater bestanden darauf, dass er mit einem Dutzend Leibwächtern reiste. Aber er tat, was er wollte.

"Was machen Sie überhaupt hier draußen? Die Dienerschaft sollte bei den Kutschen bleiben."

Timour spielte dem Missverständnis in die Hände. Er hielt es nicht für nötig, dem Bräutigam seine Identität zu verraten. "Ich hatte keine Ahnung, dass es Regeln gibt, wohin ich gehen darf oder nicht, solange ich mich von den Gästen fernhalte.

"Oh, für Leute wie dich und mich gibt es viele Regeln."

Im Iran war es nicht anders, dachte er.

"Ich sollte zurückgehen", sagte Timour und dachte an seinen Cousin Ali und an das Versprechen, das er ihm gegeben hatte, ihn zu begleiten.

"Die werden da oben noch eine Weile nicht fertig sein." Perkins deutete mit dem Daumen in Richtung der Terrasse und der offenen Fenster des großen Saals über ihnen. "Kommen Sie mit mir mit."

"Wohin?"

"Bedienstetensaal".

"Mir geht es hier gut. Mein... mein Herr hat nicht vor, lange auf dem Ball zu bleiben."

"Nun, du solltest diese Sauerei lieber aufräumen. Und das ist ein schicker Mantel, den deine Leute ihre Diener tragen lassen."

Timour blickte auf die Stelle, an der der Bräutigam gestikulierte. Ein paar Blutstropfen befleckten Ali Khans Mantel.

"Du blutest aus dem oberen Teil deines Peepers."

Timour zog einen Handschuh aus und hob eine Hand zu seiner Augenbraue. Er hatte sich dort tatsächlich eine Wunde zugezogen.

"Es ist nichts."

"Für dich vielleicht", sagte Perkins. "Aber ich weiß, dass der Butler hier einen Feuersturm entfachen würde, wenn einer von uns Blut auf *dem* Mantel hätte. Kommen Sie mit. Wir kriegen dich schon wieder hin."

Timour dachte darüber nach. Er könnte zum Ball gehen, bevor er sich herausgeputzt hatte, und damit jede Menge unerwünschte Aufmerksamkeit auf sich ziehen. Oder er könnte weiter hier draußen herumlaufen. Jetzt hatte er eine gute Ausrede, um sich oben nicht blicken zu lassen. In diesem Monat gab es noch viele Gelegenheiten für diese Engländer, ihn zu der Frau zu locken, mit der sie ihn verführen wollten.

Das Wichtigste zuerst.

"Sie sagen, es gibt einen Ort, an dem ich mich wieder in Ordnung bringen kann?"

"Ja, es gibt einen Waschraum bei den Zimmern der Haushälterin. Ich werde dir den Weg zeigen. Und da du neu in der Stadt bist, wäre das ein guter Zeitpunkt, um ein paar Leute kennenzulernen, die du hier sehen wirst."

Timour bezweifelte, dass er noch einmal so davonkommen würde wie heute Abend.

"Mit dem Ball und allem anderen hat fast jeder Haushalt ein oder zwei Bedienstete hier unten auf der Treppe. Und es wird auch lebhaft werden. Ich weiß, dass ein Lakai von Lord Castlereagh seine Fiedel mitgebracht hat. Die Mädels werden sich bestimmt die Hacken wund spielen."

"Das klingt interessanter als das obige Ereignis".

"Aye, Kumpel, mit einer schottischen Meile."

Timour nickte den gefallenen Lakaien zu. Sie begannen sich zu rühren. "Was ist mit ihnen?"

Der Bräutigam spottete und spuckte auf den Boden neben ihnen. "Mach dir keine Sorgen um diese Dummköpfe. Sie werden ihren Weg zurückfinden, wo sie hingehören. Niemand im Hause Whitwell wird sich allzu große Sorgen um sie machen, das kann ich dir sagen."

Während Timour neben seinem gesprächigen neuen Freund herging, erinnerte er sich daran, wie nervös Ali Khan wegen dieses Geschäfts mit den Engländern war, vor allem heute Abend. Sein Entschluss war gefasst. Er würde wieder nach oben gehen, nachdem er das Blut aus seinem Gesicht und seinem Mantel gewaschen hatte.

Es dauerte nur wenige Minuten, bis sie aus den Gärten herauskamen und um das Haus herum in einen ummauerten Hof gelangten. Eine Reihe von Männern und Frauen waren damit beschäftigt, Dinge hinein- und hinauszutragen. Sie alle grüßten fröhlich und sahen Timour interessiert an.

Perkins führte ihn hinein. Sie gingen an den Küchen vorbei und blieben vor einer geschlossenen Tür stehen.

"Du kannst dich hier drin waschen, Kumpel. Ich bin gleich wieder da."

"Danke."

"Keine Sorge." Perkins salutierte und ging den Korridor entlang zurück. "Warte, bis die Jungs hören, wie du mit den Gorillas umgegangen bist."

Als der Bräutigam um die Ecke verschwand, öffnete Timour die Tür und ging hinein. Der Raum hatte eine große Wanne in der Mitte des Bodens. Auf einem langen Tresen an der gegenüberliegenden Wand, unter drei Fenstern, standen Krüge und Waschschüsseln. Eine junge Frau stand an einem von ihnen.

Timour räusperte sich und sie drehte sich schnell zu ihm um. Er sah die Tränen auf ihrem Gesicht glitzern.

Chapter Five

"ENTSCHULDIGEN SIE BITTE DIE STÖRUNG, MISS."
Pearl wischte sich schnell die Tränen des Ärgers und der
Verlegenheit aus dem Gesicht. "Ganz und gar nicht. Ich ... ich
wollte gerade gehen."
Als sie aus der Garderobe geflohen war, wollte sie nur noch ein
privates Versteck finden und sich sammeln. Die Frauen oben, ihre
Ex-Freundinnen, benahmen sich, als hätten sie einen Rachefeldzug
geführt. Pearl wusste nicht, was sie getan hatte oder wie sie sie
beleidigt hatte, um diese Art von rücksichtsloser Behandlung zu
rechtfertigen. Doch auf der Flucht musste sie sich vor Augen
halten, wie viel auf dem Spiel stand. Und sie durfte die Hoffnung
nicht verlieren, nach dem, was sie über Lord Castlereaghs Gefühle
gegenüber ihrem Vater gehört hatte. Das war nur eine beiläufige
Bemerkung.
In der Halle der Bediensteten im Erdgeschoss herrschte reges
Treiben. Der Waschraum schien der logische Ort für eine Flucht
zu sein.
Eine einzelne Kerze brannte in einem Wandleuchter. Aus dem
Flur strömte weiteres Licht herein. Der Fremde, der in der offenen
Tür stand, war groß, aber sein Gesicht lag im Schatten.
"Du brauchst nicht zu gehen. Ich werde draußen warten."

Außer ihr arbeitete niemand an der Garderobe. Pearl stellte sich vor, dass sie mit Rosa eine Menge Ärger hatte. Trotzdem musste sie zurückgehen. Sie konnte es sich nicht leisten, die Brücke ganz abzubrechen. Wenn es nicht schon zu spät war.

"Bitte. Ich bestehe darauf. Ich bin hier fertig."

Pearl war mit ihrem Vater gereist, seit sie hüfthoch war, und sie hatte rudimentäre Kenntnisse in einigen Sprachen. Dieser Mann hatte einen Akzent, den sie nicht genau zuordnen konnte. Der dunkle Mantel, den er trug, war mit einer goldenen Borte über seiner breiten Brust verziert. Die Knöpfe waren mit feinem Goldstoff überzogen. Die Qualität der Schneiderei und die Kostspieligkeit des Stoffes übertrafen bei weitem alle anderen Diener, die sie heute Abend gesehen hatte.

Ihre Neugierde auf den Fremden spielte im Moment kaum eine Rolle. Zweifellos wartete oben Ärger auf sie. Sie musste sich entschuldigen und ihre Peinlichkeit verbergen. Sie stieß einen frustrierten Atemzug aus und wischte sich die entweichende Tränenspur ab. Und sie fragte sich, wie viele Gäste Rosa heute Abend noch in der Garderobe ein- und ausschleusen wollte. Sie machte sich auf den Weg zur Tür.

"Du hast das Ende gelesen."

Seine tiefe Stimme ließ sie innehalten. Jetzt, nur noch einen Schritt entfernt, konnte sie sein Gesicht sehen. Sein kurzes Haar war dunkel, in diesem Licht fast schwarz, ebenso wie sein Vollbart. Er war jung und sehr gut aussehend, mit hohen, gemeißelten Wangenknochen und einer geraden Nase. Er hatte einen Schnitt und eine Prellung an der Augenbraue, und das Blut auf seinem Gesicht und seinem Mantel erklärte sein Erscheinen im Waschraum.

"Das Ende?", fragte sie.

"Du bist nicht der Einzige. Es bringt alle zum Weinen."

"Was denn?"

"Die Geschichte von Rustam und Sohrab, natürlich. Im *Shahnameh*, dem Buch der Könige."

Pearl mochte Bücher, und sie hatte ein gutes Gedächtnis für

das, was sie gelesen hatte. "Ich wünschte, ich hätte es gelesen, aber das habe ich nicht. Ist es neu?"

"Ziemlich neu. Ferdowsi hat es erst vor achthundert Jahren geschrieben." In seinen Augen glitzerte ein Hauch von Humor.

"Oh, ganz neu. Ich werde das nächste Mal danach suchen, wenn ich in einer Buchhandlung bin."

"Ich wünschte, es wäre so einfach. Ich nehme an, Sie können kein Farsi lesen."

Er wartete auf ihre Antwort, und sie schüttelte den Kopf.

"Die einzige Chance, diese Sammlung epischer Gedichte zu lesen, besteht also darin, eine Übersetzung zu finden", erklärte er. "Und die einzige Übersetzung ins Englische, von der ich weiß, wird von einem Mathew Lumsden in Britisch-Indien angefertigt. Er hat acht Bände geplant, aber bisher hat er es nur geschafft, den ersten zu veröffentlichen. Und gerade heute wurde mir leider mitgeteilt, dass keine Buchhandlung in London ein Exemplar liefern kann."

Pearl versuchte, die Rede des Mannes zu entwirren. Sie hatte noch nie jemanden gehört, der einem Fremden gegenüber so deutlich über ein literarisches Werk gesprochen hatte, weder über noch unter der Treppe.

"Farsi!", rief sie aus. "Ich habe gerade die Verbindung hergestellt. Meinst du Persisch?"

"Muttersprachler bevorzugen den Begriff Farsi".

Teile des Gesprächs, das sie heute Morgen beim Verlassen von Londonderry House gehört hatte, kamen ihr wieder in den Sinn. "Du bist ... du bist ..."

Die unverletzte Augenbraue des Mannes schoss nach oben.

"Du musst einer der Begleiter des persischen Prinzen sein."

"Gefährte?" Er hielt inne und schüttelte dann den Kopf. "Nur ein niederer Diener."

"Nicht *nur* ein Diener, denke ich. Du musst auch ein Tutor für seine Hoheit sein."

"Ich werde dem Prinzen vorschlagen, mir einen neuen Titel zu verleihen." Er verbeugte sich vor ihr. "Ich werde draußen warten, bis Sie den Raum verlassen haben, Fräulein ... Fräulein ..."

Sie machte einen kleinen Knicks. "Pearl Smith."

"Und ich bin..." Er hielt inne, als die Stimme eines Mannes aus dem Korridor zu ihnen drang.

"Timour, bist du fertig damit, dich herauszuputzen, Kumpel? Die Leute in der Halle sind gespannt auf dich."

"In der Tat", rief er aus. "Fast fertig."

Er begann, zur Tür hinauszugehen.

"Bitte warten Sie." Sie ging schnell zu einem der Waschbecken, tränkte ein sauberes Tuch, brachte es zurück und bot es ihm an. "Die Flecken auf deinem Mantel werden sich nur noch weiter ausbreiten, wenn du versuchst, sie jetzt zu reinigen. Aber du kannst das hier benutzen, um das Blut auf deiner Stirn abzuwischen."

Ihre Finger berührten sich, als er das Tuch aus ihrer Hand nahm.

"Wie ist das passiert?"

"Das kleine Risiko eines Ausländers, der in einem englischen Garten spazieren geht." Er tupfte sich das Gesicht ab, verfehlte aber das meiste davon.

Sie wusste nicht, was er meinte, verfolgte ihn aber nicht weiter, um eine klarere Antwort zu erhalten. "Würden Sie mir das erlauben?" Sie deutete auf seine Stirn.

"Ich wäre Ihnen sehr dankbar."

Pearl nahm das Tuch zurück, aber es folgte ein unangenehmer Moment. Er war ziemlich groß, und sie wollte ihm nicht zu nahe kommen. Schließlich neigte er seinen Kopf, so dass sie ihn erreichen konnte.

Seine Haut war warm. Sie versuchte, nur auf die Stelle zu starren, wo das Blut an seiner Schläfe getrocknet war. Aber sie spürte das Gewicht seines Blickes auf ihrem Gesicht, und ihre Wangen fingen Feuer. Ihr Körper erwärmte sich. Eine köstliche Drehung bewegte sich tief in ihrem Magen.

Pearl biss sich auf die Lippe und dachte daran, wie diese Situation - sie beide allein in diesem Raum - ihren Ruf für immer ruinieren könnte. Was davon übrig war.

Die Traurigkeit kam wie ein kalter Windhauch und schlug sie wach. Sie war nicht mehr die Person, die sie einmal gewesen war.

Und sie würde es auch nie wieder sein. Pearl entfernte eilig das letzte Blut auf seinem Gesicht und trat zurück. "So ist es besser. Du kannst wieder in die Öffentlichkeit."

Er richtete sich auf, bewegte sich aber nicht. "Du bist wieder traurig. Und ich kann Ferdowsi nicht dafür verantwortlich machen. Warum eigentlich? Was ist denn los?"

Sie schüttelte den Kopf und schämte sich, so durchschaubar zu sein.

"Komm mit, Timour." Die gleiche Stimme wie zuvor rief aus dem Flur. "Die Leute warten schon."

"Kann ich Ihnen behilflich sein?" Der galante Mann ließ sich nicht beirren. "Alles, was Ihr braucht. Bitten Sie und es wird geschehen."

"Mir geht's gut. Eigentlich werde ich oben gebraucht. Bitte geh."

Seine Augen trafen die ihren, und sie war überrascht von der Tiefe des Mitgefühls, das sie darin sah. Weitere rohe Emotionen stiegen in ihr auf. Seit Monaten waren Pearl und ihr Vater nun schon allein. Keiner kümmerte sich um sie. Sie hatten keine Freunde mehr. Niemand hörte sich ihre Bitten an. Und jetzt stand sie hier vor einem völlig Fremden ... und *er* kümmerte sich.

"Miss Pearl Smith, ich muss Ihnen sagen, Sie hier zu treffen, war eine Überraschung und eine Freude zugleich." Er verbeugte sich noch einmal. "Ich wünsche Ihnen einen angenehmen und glücklichen Abend."

Er verließ den Raum und verschwand auf dem Flur, während Pearl sich eine frisch vergossene Träne wegwischte.

203

Chapter Six

BEIM ERSTEN BETRETEN des Waschraums hatte Timour eine Frau von mittlerer Größe mit braunem Haar und einem angenehm geformten Gesicht gesehen. Sie war zu dünn für das, was er normalerweise attraktiv fand. Aber schon nach wenigen Augenblicken in Pearls Gesellschaft und einem genaueren Blick schärfte sich sein Urteil.

Ihr Haar hatte eine glänzende Kastanienfarbe mit kupferfarbenen Strähnen, die im flackernden Licht tanzten. Ihr Mund war breit, ihre Lippen voll, ihre Wangen rosa. Ihre Augen waren groß und leuchteten wie edler Bernstein. Sie hatte die Anmut und Schönheit der Frauen, die in persischen Miniaturgemälden dargestellt werden. Eine mondgesichtige Frau, wie die klassischen Dichter schrieben.

Sie war schön und interessant, aber ihre Traurigkeit beunruhigte ihn. Sie versuchte, sie zu verbergen, aber die Melancholie strahlte aus ihrer Seele. Er wollte etwas tun, ihr helfen.

Er schaute zurück zur Tür des Waschraums und fragte sich, ob sie auch herauskommen würde. Sie kam nicht.

Perkins stand am Ende des Korridors und tauschte Scherze und Blicke mit den Dienstmädchen und Bediensteten aus, die vorbeikamen. Er grinste und klopfte Timour auf die Schulter.

"Endlich. Es gibt eine ganze Menge Jungs im Saal, die auf dich anstoßen wollen."

"Hat jemand die Männer draußen gesehen?"

"Denen geht's gut, Kumpel. Sie lecken ihre Wunden. Wir sind am Feiern. Das ist alles, was du wissen musst."

Ein Dutzend Männer und Frauen jubelten freundlich, als sie die Halle der Bediensteten betraten. Einige der Männer trugen eine Livree, andere waren eher wie Perkins gekleidet. Ihrer Kleidung nach zu urteilen, schienen sie aus verschiedenen Haushalten zu stammen. Sie starrten Timour unverhohlen an und musterten ihn von Kopf bis Fuß.

Er trug einen langen Mantel aus dunkelgrauer Seide, der mit Borten verziert war, weite Hosen und perlenbesetzte Hausschuhe. Keiner der Männer trug einen Bart, wie er es tat. Er hatte bereits bemerkt, dass dieser Brauch in London nicht in Mode war, wie anderswo.

"Und das hier ist der Mann der Stunde." Perkins nahm seinen Arm und zog ihn nach vorne. "Ein Russky, frisch vom Schiff und direkt in Melvins Albträumen."

Diese Aufmerksamkeit war nicht das, was er suchte. "Nicht Russland. Ich komme aus dem Iran...Persien."

"Wo ist der Unterschied?" scherzte Perkins. "Russisch oder persisch. Gog oder Magog. Für uns ist das alles dasselbe, Kumpel. Stimmt's, Jungs?"

"Solange wir darauf trinken können", erwiderte jemand und erntete von den anderen ein schallendes Gelächter.

Gog? Magog? Timour hatte keine Ahnung, worauf sich Perkins bezog. Aber was den Unterschied zwischen den Ländern betraf, so war dies nicht der richtige Ort für eine Geografievorlesung.

Jemand drückte ihm ein Glas in die Hand, während sich die Dienerschaft um ihn versammelte. Aus den an ihn gerichteten Kommentaren ging hervor, dass alle froh waren, dass die beiden Lakaien draußen das bekamen, was sie verdient hatten.

"Dieser Melvin hat nicht mehr Verstand als eine gedünstete Pflaume."

"Ja, ich bin froh, dass er eine ordentliche Tracht Prügel bekommen hat, der kotzende Strumpfhosenschurke, der er ist."

"Und dieser Wühltisch Jack ist auch nicht besser."

"Er ist schnell genug, um mit dem Krötenaufkleber auf dich zu zeigen."

"Die beiden Seetaucher sind nichts ohne den anderen. Ein Paar von ungehobelten, cremefarbenen Gaunern, die beiden."

"Und dieser Russki Beau Brummel hat sie beide verprügelt."

"Ja, das hat er." Perkins hob seinen Becher. "Auf Timothy ... und den süßen Klang zerbrochener Köpfe."

"Timour", korrigierte der Prinz, aber niemand schenkte ihm die geringste Aufmerksamkeit.

Während die übrigen Anwesenden ihre Becher leerten, hob Timour sein Glas an seine Nase. Als er Schnaps roch, senkte er es. Die Diener schmatzten, und die Gläser und Becher wurden schnell zum Nachschenken gereicht.

"Mach noch einen, Kumpel. Eine gute Tracht Prügel ist ein oder zwei Tropfen wert."

"Besonders für diese Idioten. Melvin und Jack haben keine zehn Zentimeter Abstand zueinander, diese verdammten Hurenböcke. Schütte es aus, Junge."

Es gab einige wenige Männer am Hof der Qajaren, die privat Wein tranken. Aber es gab noch viele andere, die dem *Glauben folgten* und auf Alkohol verzichteten. Obwohl er die Trinker nicht verurteilte, gehörte Timour nicht zu ihnen. Er hatte nicht die Absicht, jetzt zu trinken.

"Das ist ein feiner Brandy", rief jemand aus. "Man kann die Pfirsiche darin schmecken."

"Ja, wir haben vier Flaschen, die es nicht in die Bowle nach oben schaffen."

"Wunderbar. Schenk es ein, bevor es schlecht wird."

Während sie lachten, ahnte Timour, dass der Alkoholkonsum bereits begonnen hatte, bevor er ihnen Anlass dazu gab.

"Schenk noch einen für Timothy ein."

Der Fürst schüttelte den Kopf und blickte auf die fast leere Flasche. "Ich muss dich verlassen."

"Er hat sie nicht einmal angerührt", verkündete der Flaschenträger.

Jemand anderes näherte sich und warf einen Blick darauf. "Ist unser Nantz nicht gut genug für euch?"

Die Frage verdiente keine Antwort.

"Geht's dir besser im Russenland?"

"Vielleicht liegt es an der Firma."

"Vielleicht sind wir nicht hochnäsig genug für einen ausländischen Dandy, um mit ihm zu trinken."

Alle redeten gleichzeitig, und Timour spürte, wie ihm das Gefühl der Gemeinschaft entglitt. Es interessierte ihn nicht, was diese Leute sagten. Sein Schweigen und der grüblerische Blick, den er ihnen zuwarf, erregten schließlich ihre Aufmerksamkeit. Allmählich wurden sie still und warteten auf seine Antwort. Die Augen, die sich in ihn bohrten, waren so kühl wie ein Winterwind vom Berg Damavand.

Der livrierte Lakai, der die Flasche hielt, stieß ihn damit an. "Trink, Mann."

Der Fürst schüttelte den Kopf. "Ich danke Ihnen. Nein."

"Das ist keine Frage, Kumpel. Trink."

"Ich trinke keinen Alkohol." Er versuchte, seine Stimme ruhig zu halten und sich nicht aus der Ruhe bringen zu lassen.

Eine Dienerin zwitscherte anklagend. "Ich habe früher mit russischen Dienern gearbeitet. Die saufen wie die Fische. Ich habe sie gesehen."

"Ich bin kein Russe." Timour wandte sich an den Bräutigam. "Das Schiff, mit dem ich reiste, legte in Russland an, bevor es hierher fuhr."

"Bist du etwa ein Türke?", fragte ein anderer Mann.

"Er trinkt nicht. Es ist klar wie Glas. Er ist ein verdammter Sarazene, das ist er."

Die Menge um ihn herum wich sichtlich vor Timour zurück, und die Mienen waren durchweg feindselig.

"Ich habe die Warnungen über euch gehört", murmelte eine junge Frau. "Ihr seid hier, um weiße Frauen für die Sultane zu stehlen."

Timours Blick war so scharf, dass sie zurückwich und sich hinter einen Pferdepfleger drängte. Er hatte nicht vor, sich auf diese Dummheit einzulassen, aber die Ironie entging ihm nicht. Er war nur hier, weil die verdammten Engländer ihm eine *ihrer* Frauen aufgehalst hatten.

"Ja. Vor vierzehn Tagen wurde ein Mädchen aus Limehouse entführt. Gestohlen von einem verdammten Kerl. Das könnte derselbe Kerl sein."

Timour spürte, wie sich die Wut in seinem Gehirn entlud. Diese Leute waren ignorante Narren. Es war ein Fehler gewesen, hierher zu kommen. Zu glauben, dass jemand, der anders aussah und sich anders kleidete, nicht von den Engländern belästigt werden würde, war ebenfalls töricht. Ali Khan hatte recht gehabt. Jetzt würde er sich höchstwahrscheinlich einen Weg an diesen Leuten vorbei, durch die Küchen und zur Tür hinaus kämpfen müssen.

"Er ist ein verdammter Mohr!"

"Gestehe!" Ein junger Mann knallte seine Tasse auf den Tisch. "Du bist ein Pirat von den Berbereien!"

"Ist das alles, Kumpel?" fragte Perkins mit vorwurfsvollem Gesichtsausdruck. "Bist du ein Mohammedaner? Du betest den gehörnten Teufel persönlich an?"

Timour hatte kein Interesse daran, zu erklären, dass seine Brüder den einen Gott und nicht den Propheten anbeteten, falls der Mann das meinte. "Ich bin Muslim."

"Ihr habt Jesus getötet!", rief eine andere Frau.

Sie kannten nicht einmal ihren eigenen Glauben. Timour schüttelte den Kopf und tat sein Bestes, um seine Wut zu zügeln. Das Ausmaß der Unwissenheit der Menschen um ihn herum war anscheinend unermesslich. Er suchte nach einem Platz, um das Glas abzustellen. "Ich gehe jetzt."

"Nein, Kumpel." Perkins stellte sich vor ihn hin. "Du gehst nirgendwo hin, bevor du nicht mit uns getrunken hast."

"Und sagen Sie uns die Wahrheit über das, was Sie hier tun", knurrte der Flaschenträger.

Er würde sich tatsächlich den Weg nach draußen erkämpfen.

"Geht weg von ihm! Ihr alle!" Die wütende Stimme einer Frau ertönte hinter Timour. "Tretet sofort zurück, ihr Narren."

Die Worte waren scharf, und alle drehten sich nach dem Sprecher um.

"Sind Sie verrückt geworden? *So* behandelt man einen Gast?" Timour drehte sich um. Miss Pearl Smith hatte die Hände in die Hüften gestemmt. Ihr Gesicht war purpurrot und ihre Augen leuchteten. "Eine Schande!", fuhr sie scharf fort. "Der Mann trinkt keinen Alkohol. Er übt einfach nur seine Religion aus. Anstatt sich wie ein widerspenstiger Pöbel zu benehmen - ohne Tugend und Gastfreundschaft - solltet ihr vielleicht euren ... euren *irrationalen* Stolz zügeln und stattdessen für die *unverdiente* Gnade danken, die der Herr euch zuteil werden ließ!"

Chapter Seven

PEARL HÄTTE WIEDER nach oben gehen sollen, aber ihre Neugierde auf den Mann hielt sie auf. Anstatt direkt in die Damengarderobe zurückzukehren, folgte sie Timour und dem Bräutigam hinunter in den Dienersaal. Und während sie das Gespräch von der Seite belauschte, machte sich ein ungutes Gefühl in ihrem Bauch breit.

Sie hatte so lange geschwiegen, wie sie konnte, aber jetzt waren alle Augen auf sie gerichtet.

"Schade!", sagte sie erneut.

Erschrockenes Schweigen herrschte im Raum. Timour drückte Perkins sein Glas in die Hand, und der Bräutigam nahm es ihm ab.

Sie musste gehen. Die harten Blicke interessierten sie nicht, und Timour war durchaus in der Lage, auf sich selbst aufzupassen. Im Angesicht der Beleidigungen war er gelassen, ja sogar distanziert geblieben. Sie spürte, dass er heute Abend nicht zum ersten Mal mit solcher Ignoranz konfrontiert worden war.

Timour ging auf sie zu und schob die Diener beiseite. Als das Gemurmel begann, beschloss sie, auf ihn zu warten. Das Geflüster war überall um sie herum. Alle unterhielten sich zur gleichen Zeit.

"Woher kennen sie sich?"

"Er denkt, er sei besser als wir, das tut er."

"Wer ist der Kerl wirklich?"

"Hast du gesehen, wie er uns angeschaut hat?"

"Oben ist ein Prinz, habe ich gehört."

"Benimmt sich wie ein König. Vielleicht geht er mit dem Prinzen." Timours dunkle Augen verließen Pearls Gesicht nicht, als er sich durch die Menge bewegte. Als er sie erreicht hatte, bot er ihr seinen Arm an, als würden sie zum Abendessen gehen.

"Miss Smith, würden Sie mich begleiten?"

Sie legte ihre Hand auf seinen massiven Unterarm und hatte keine Ahnung, wohin er sie führen wollte. Eines war ihr klar: Sie hatte kein Interesse daran, noch einen Moment länger in diesem Raum zu bleiben. Oder in diesem Haus, wenn sie es verhindern konnte.

Nachdem sie Zeuge der Beschimpfungen geworden war, die Timour von diesen Dienern erdulden musste, dachte sie an die Leute, für die sie arbeiteten. Dann kamen ihr die Ereignisse von oben wieder in den Sinn, und sie erkannte die Wahrheit. Rosas Grausamkeit war beabsichtigt gewesen, und das zwang Pearl, die Tatsache zu akzeptieren, dass sie ihre Hoffnungen auf trügerischen Sand gebaut hatte.

Bevor sie die Tür erreichen konnten, ertönte eine scharfe Stimme aus dem Durchgang zu den Küchen.

"Verschwindet von hier, ihr Gauner. Jeder einzelne von euch." Der zweite Koch, ein knausriger, junger Mann mit einer glänzenden Glatze und einem nordischen Akzent, stand mit einem Fleischermesser in der Hand da und starrte die Diener an. "Wenn ihr nichts zu tun habt, habe ich genug Arbeit für euch alle."

Die Menge zerstreute sich wie Mäuse und huschte in alle Richtungen davon. Im nächsten Moment war der Saal leer, nur Pearl und Timour blieben zurück. Die Köchin beäugte die beiden misstrauisch, nickte dann aber und schlenderte zurück in die Küche.

"Danke, dass Sie mir zu Hilfe gekommen sind, Miss Smith."

"Sie brauchten wohl kaum die Hilfe von jemandem. Ich habe nur gesprochen, um meine eigene Wut zu lindern."

Er führte sie hinaus in den ummauerten Wirtschaftshof. Einige der Bediensteten, die in der Halle gewesen waren, standen nun in Gruppen zusammen und flüsterten anderen zu, die sie ihrerseits mit offenen Augen anstarrten.

Ohne ihnen Beachtung zu schenken, führte Timour sie durch ein Tor in die formalen Gärten.

"Wie konntest du so ruhig bleiben, wo du doch von so einem niederträchtigen Verhalten umgeben bist?"

"Ruhig?", spottete er. "Eine Person in meiner Position ist ziemlich geübt in der Kunst des Verstellens."

So tun als ob! Pearl dachte an ihr eigenes Leben und das Schicksal ihres Vaters. Abgesehen davon, dass sie heute Abend in der Garderobe zusammenbrach, war sie auch im Vortäuschen außergewöhnlich gut geworden.

Lampen beleuchteten die Wege, und der Mond stand hoch am Maihimmel. Sie richtete ihren Blick auf die Terrasse und die offenen Fenster und Türen des großen Saals, wo sie Lachen und Walzermusik hören konnte.

Sie hielten auf dem Weg inne, und sie löste ihre Hand von seinem Arm. An der Gartenmauer hinter einer Bank standen Birnbäume, die sorgfältig an Spalieren über einem Blumenbeet angebracht waren. Die Stimmen der Pferdepfleger und Kutscher und die Geräusche der Pferde kamen von jenseits der Mauer. Der Duft von Rosen lag in der Luft.

"Sagen Sie mir, warum *haben* Sie sich für mich eingesetzt, Miss Smith?"

"Es gibt ein Sprichwort, das besagt, dass *Unwissenheit zu Angst führt, Angst führt zu Hass und Hass führt zu Gewalt.*

"In der Tat. Die Worte von Abū al-Walīd Muḥammad ibn Aḥmad ibn Muḥammad ibn Rushd."

"Wer?"

"Der Philosoph Ibn Rushd. Die Engländer veröffentlichen ihn unter dem Namen Averroes. Haben Sie sein Werk gelesen?"

Er fuhr fort, sie zu überraschen. "Das habe ich. Aber seinen vollen Namen hätte ich Ihnen für tausend Pfund nicht sagen können."

Timour zuckte mit den Schultern. "Wo ich herkomme, sagt der Name eines Menschen fast alles aus, was man über ihn wissen muss. Ein Name ist wertvoll."

"In England wird auch der Name einer Person geschätzt."

"Solange er nicht zu lang oder zu schwer auszusprechen ist."

"Touché."

Er legte den Kopf leicht schief. "Aber ich sollte dich nicht necken, wenn du einen schwierigen Tag hattest."

"Hier draußen an der frischen Luft geht es mir besser. Aber jetzt haben Sie mein Interesse geweckt. Also, wie lautet *Ihr* vollständiger Name?"

"Meine?" Er hielt inne, als ein Schrei von den Männern jenseits der Mauer kam, gefolgt von schroffem Gelächter.

"Ja, deine."

"Mein Name ist Timour Mirza." Er verbeugte sich. "Und jetzt weißt du alles, was es über mich zu wissen gibt."

"Das bezweifle ich." Der Drang zu lächeln wich sofort der Ernsthaftigkeit. "Ich möchte mich im Namen meiner Landsleute entschuldigen. Es gibt keine Entschuldigung für die Art und Weise, wie man da drin mit Ihnen gesprochen hat."

"Wenn sie wie die Bediensteten in meinem Land sind, dann sind es Männer und Frauen, die wenig von der Welt gesehen haben. Und *Sie* müssen sich für nichts entschuldigen. Trotzdem frage ich mich, wie höflich ihre Herren da oben sein werden."

Genau das hatte sie auch gedacht.

"Oh, ich glaube, Sie werden feststellen, dass sie höflich genug sind. Wenn man gut gekleidet ist oder, noch besser, wenn man einen Titel hat, den man ihnen hinwerfen kann, dann lächeln sie immer." Pearl blickte zu den offenen Fenstern hinauf. "Aber die Masken, die sie heute Abend tragen, machen es leichter, ihre Boshaftigkeit zu verbergen. Und glauben Sie mir, sie sind viel geübter als ihre Diener, wenn es darum geht, zuzuschlagen, wenn man es am wenigsten erwartet."

"Es klingt, als ob Sie unter ihrem Gift gelitten haben?"

213

"Eine niedere Näherin? Keiner in diesem Ballsaal würde sich herablassen, auch nur an mich zu denken."

Außer Rosa und Ivy. Sie hatte tatsächlich ihre Reißzähne gespürt. Sie hatte keinen Zweifel daran, was sie beabsichtigten, als sie sie in der Garderobe bloßstellten.

Er hielt einen Moment inne. "Müssen Sie zurückgehen?"

Pearl war unentschlossen und konnte die schwindende Hoffnung, dass Rosa ihr helfen könnte, nicht ganz aufgeben. Wenn sie nicht zurückkehrte, würde ihr dieser Weg sicher verschlossen bleiben. Und dann war da noch das Jetzt. Sie stand mit einem gut aussehenden, intelligenten Fremden in einem Garten und führte ein unterhaltsames Gespräch.

Während sie noch über eine Antwort nachdachte, kam ein Lakai mit einer Lampe den Weg entlang geeilt. Er blieb stehen, als er sie entdeckte. "He, da! Sie sind Pearl Smith, nicht wahr?"

Der Ton des jungen Mannes war scharf, und Pearl blickte zu ihm hinüber und spürte, wie ihr Zorn aufflammte. "Kenne ich Sie? Kann ich Ihnen helfen?"

"Deine Herrin, Miss Cly, will dich jetzt oben in der Damengarderobe sehen. Sie bezahlt euch nicht fürs Trödeln unter der Treppe, sagt sie. Und ich brauche euch hier draußen nicht hinterherzujagen. Also, komm mit und mach schnell."

Pearl spürte, wie sich die Hitze hinter ihren Augen aufbaute. Rosa war noch nicht fertig. Sie war fest entschlossen, sie immer wieder in Verlegenheit zu bringen.

"Genug davon", befahl Timour scharf. "Sie werden ins Haus zurückkehren. Sagen Sie Fräulein Cly, dass Fräulein Smith wegen eines Notfalls weggerufen wurde."

Der junge Mann starrte ihn einen langen Moment lang an, und Pearl glaubte, dass gleich ein Streit ausbrechen würde.

Doch dann zuckte der Lakai mit den Schultern. "Sie wird nicht glücklich sein, Kumpel."

"Ich bin nicht deine Gefährtin. Geh und tu, was man dir gesagt hat. *Sofort!*"

"Jawohl, Sir." Der Lakai machte auf dem Absatz kehrt und trottete davon.

Pearl sah zu Timour auf und war ein wenig sprachlos. Er stand ruhig im Schatten, aber sein Tonfall vermittelte die Autorität von jemandem, der es gewohnt war, Befehle zu erteilen. Seit der Verhaftung ihres Vaters und seiner Inhaftierung im Marshalsea-Schuldnergefängnis hatte niemand mehr für sie gesprochen. Niemand hatte aufrichtig als Freund gehandelt oder irgendeine Art von Beschützerinstinkt gezeigt.

"Gibt es einen Ort, an dem ein Reisender, der zum ersten Mal nach London kommt, um diese Zeit eine Mahlzeit finden kann, Miss Smith?"

Pearl brauchte einen Moment, um ihre Gefühle zu sammeln und ihre Stimme zu finden. "Im Haus?"

"Nein. Ich werde nicht dorthin zurückkehren. Irgendwohin, vielleicht, weit weg von hier."

Die Lokale, in denen sie in ihrem früheren Leben zu Abend gegessen hatte, waren teuer. Es gab jedoch eine Reihe von Kotelettläden am Piccadilly, und sie kannte ein Kaffeehaus in Covent Garden, in dem das Essen akzeptabel war.

"Vielleicht könnten Sie es im Rainbow Coffee House in Covent Garden versuchen. Es ist recht anständig. Aber es ist ziemlich weit weg von hier."

"Nah genug, um an einem milden, mondbeschienenen Maiabend spazieren zu gehen?"

"Ich denke schon."

"Nun gut. Wären Sie dann so freundlich, mir als Führer zu dienen und mit mir als Gast zu speisen?"

Die Einladung war unerwartet. Wenn sie mit ihm zu Abend aß, würde ihre gemeinsame Zeit nicht zu Ende sein. Sie kannte den Ausdruck *"Schiffe, die in der Nacht vorüberziehen"*. Wenn sie sein Angebot ablehnte, würden sie weggehen und sich nie wieder sehen.

"Ich versichere Ihnen, dass meine Absichten völlig ehrenhaft sind." Timour legte eine Hand auf sein Herz. "Sie werden nicht in Gefahr sein. Wir werden zu Abend essen, uns ein wenig unterhalten, vielleicht über Philosophie, und danach hierher zurückgehen.

Pearl kannte ihn nicht, aber sie fühlte sich in seiner Gegenwart sehr wohl. Er sah gut aus, war faszinierend und weltgewandt. Und was hatte sie schließlich zu verlieren, wenn sie ihn begleitete? Nichts. Vor dem Morgen konnte sie sowieso nicht ins Marshalsea zurückkehren.

"Es wäre mir eine Ehre, mit Ihnen zu speisen."

Chapter Eight

DIE NEUEN BÜRGERSTEIGE am Piccadilly waren voller Menschen, die spazieren gingen und die milde Nacht genossen. Die junge Frau ging neben Timour, und sie sprachen nur gelegentlich miteinander. Die Straße selbst war im Allgemeinen mit Kutschen und Händlern belebt, die ihre Waren anboten. Auf eine seltsame Weise erinnerte ihn die Lebendigkeit des Ortes an die Straßen von Isfahan und den großen Basar. In einer Nacht wie dieser waren die Geschäfte und Tische der Handwerker und Lebensmittelverkäufer in den steingewölbten Gassen rund um den Naqsh-e Jahan-Platz mit den Menschen der Stadt gefüllt.

Timour winkte einen jungen Mann ab, der ihnen ein Blatt Papier mit der Ballade eines kürzlich hingerichteten Wegelagerers verkaufen wollte, der eine gewisse Berühmtheit besaß.

London war eine interessante Stadt. Er fragte sich allerdings - und dachte dabei an die Frau, die neben ihm ging -, ob er das vor einer Stunde noch gesagt hätte.

Die anfängliche Wahrnehmung eines Ortes - oder einer Person - ist schwer zu ändern. Timour stellte fest, dass das Urteil, das er bei der ersten Begegnung über eine Person abgab, im Allgemeinen richtig war. Die gesamte Zukunft seiner Beziehung beruhte oft auf diesen Eindrücken.

Pearl Smith. Nicht nur ihre Schönheit, sondern auch das Auftreten, die Intelligenz, die Offenheit und der Mut der jungen Frau hatten bei ihm einen sehr guten Eindruck hinterlassen. So sehr, dass er Zeit mit ihr verbringen wollte. Er wollte sie besser kennen lernen.

Im Gegensatz dazu stand Rosa Cly, die er heute Abend treffen sollte. Er hatte die Nichte von Lord Castlereagh noch nicht kennengelernt, aber aus der Nachricht, die sie mit dem Lakaien geschickt hatte, bildete er sich bereits ein Urteil über sie. Es ist eine Sache, nach jemandem zu schicken. Eine ganz andere, den Boten zu Unverschämtheiten zu ermutigen. Die Worte von Rosa Cly hatten genau das getan.

Der Prinz hörte bereits die Argumente, die Ali Khan vorbringen würde. *Timour, du weißt nicht, was genau gesagt wurde....Der Lakai könnte die ursprüngliche Anweisung weiter ausgeführt haben. Schieben Sie es auf den Stil der Überbringung des Boten.... Sie haben eine Verantwortung gegenüber Ihrem Vater.*

Aus Erfahrung wusste der Fürst, dass Menschen in diplomatischen Situationen selten ihr wahres Gesicht zeigen. Er selbst eingeschlossen. Aber Rosa Cly hatte nicht erwartet, dass er Zeuge der Überbringung ihrer Botschaft sein würde.

Er war hier in England mit der königlichen Anweisung, eine Fremde auszuwählen und zu heiraten und sie in seine Heimat zu bringen. Die Absicht... ein Abkommen mit einem Ehevertrag zu besiegeln. Doch Timour würde es vorziehen, jemanden mitzubringen, der ihrem adoptierten Volk mit einem gewissen Anstand und Respekt begegnet.

Er war froh, dass er Miss Cly heute Abend nicht vorgestellt worden war. Irgendwann würde er sie kennenlernen - morgen oder an einem der folgenden Tage. Er war sich sicher, dass Lord Castlereagh sie schon bald zusammenbringen würde, wenn er nichts dagegen unternahm.

Er warf einen Blick auf das Profil seiner Begleiterin. Pearl Smith schien in Gedanken versunken zu sein.

"Die Frau, die den Lakaien auf Sie angesetzt hat." Er wartete, bis ihr Gesicht sich ihm zuwandte. "Ist sie eine grausame Person?"

"Das würde ich nicht sagen."

"Aber als ich dich im Waschraum fand. Du warst aufgebracht. War sie nicht dafür verantwortlich?"

"Sie ist nicht verantwortlich für meine Situation."

"Das ist eine Ausflucht. Willst du sie schützen?"

"Warum sollte ich?"

"Ich weiß es nicht. Vielleicht, weil ihr beide Frauen seid, weil ihr beide Engländer seid und ich ein Ausländer bin."

"Ich habe ein Leben, das nichts mit Miss Cly zu tun hat. Traurigkeit kann durch Unglück verursacht werden, durch eine unglückliche Wendung des Schicksals."

Sie hörte auf zu sprechen, als zwei Straßenkinder, die nicht älter als neun oder zehn Jahre waren, über die Straße auf sie zurannten. Als sich die rotgesichtigen Jungen zwischen einem Wagen und einer Sänfte hindurchschlängelten, wurden sie von einem Kutscher und einem Lakaien angeschrien, aber sie wurden nicht langsamer. Die beiden kamen bis auf einen Meter an Timour und Pearl heran, bevor sie in eine dunkle Gasse flüchteten. Einer von ihnen trug ein lebendes Huhn unter seiner zerlumpten Jacke.

Also hatte auch England seine kleinen Diebe.

"Aber Sie sprachen von einer unglücklichen Wendung des Schicksals, Miss Smith. Welches Unglück ist Ihnen denn widerfahren, wenn ich fragen darf?"

"Und hier sind wir am Leicester Square."

Es war offensichtlich, dass sie seine Frage absichtlich ignorierte.

Sie deutete auf einen Stadtplatz, der von einem schmiedeeisernen Zaun umgeben und mit Baumreihen und Gehwegen versehen war. Eine Statue eines Herrn auf einem Pferd schimmerte im Mondlicht. "Das ist eine Statue von König Georg dem Ersten. Sie wurde kürzlich neu vergoldet, glaube ich."

"Er ist in der Tat eine beeindruckende Gestalt, aber ich glaube, Sie versuchen, mich abzulenken."

"Sie haben recht."

"Aber warum? Ich meine es nicht böse. Ich bin nur neugierig..."

"Haben Sie mich deshalb gebeten, Sie zum Abendessen zu

begleiten, Sir?", unterbrach sie ihn. "Um mich über meinen Arbeit-
geber auszufragen?"

"Nein. Natürlich nicht."

Timour erkannte seinen Fehler. Rosa Cly war nichts für ihn. Er
brauchte keine Ausreden, um sie als potenzielle Ehefrau
abzulehnen. Die falsche Farbe ihrer Pantoffeln würde ausreichen.
Gleichzeitig war er hier, frei für einen Abend in London, an der
Seite einer schönen und faszinierenden Frau. Eine, über die er
gerne mehr erfahren wollte.

"Meine Neugierde hat mich meine Manieren vergessen lassen.
Ich bitte aufrichtig um Entschuldigung." Er meinte jedes Wort
ernst. Sie gehörte nicht zu seinen Untertanen.

Ihr hübsches Gesicht hob sich, und sie starrte ihm einige Herzschläge lang in die Augen. "Ich glaube dir."

Er hielt ihren Blick fest. "Ich danke Ihnen. Und jetzt lass uns
über dich reden."

"Über mich?"

"Wer sind Sie wirklich?"

"Ich habe es dir gesagt. Mein Name ist Pearl Smith."

"Mehr als das. Diese Diener gehorchten Ihnen, als Sie mit
ihnen sprachen."

"Ich würde gerne glauben, dass sie sich für ihre Taten
schämen."

"Nein, ich glaube nicht. Ich sehe eine große Kluft zwischen
Ihnen und ihnen, Miss Smith. Sie sind sehr belesen und gebildet."

"Wie kommst du darauf?"

"Zum einen kann man einen Philosophen wie Averroes
zitieren."

"Du meinst Abū al-Walīd Muḥammad...Ibn Rushd." Sie hielt
inne. "Aber an den Rest seines Namens kann ich mich immer noch
nicht erinnern."

"Daran hast du dich erinnert, nachdem du es nur einmal gehört
hast?"

"Ich lerne gerne."

"Es ist mehr als das. Du bist gut ausgebildet."

"Sie stellen vielleicht zu viele Vermutungen an."

Er schüttelte den Kopf. "In gewissen Dingen liege ich nie falsch."

Timour wusste, dass seine Fragen aufdringlich waren und an Unverschämtheit grenzten. Er vermutete, dass er nicht wie die englischen Männer war, mit denen Pearl Zeit verbrachte. Dennoch ging sie neben ihm her, scheinbar unbeeindruckt von seinen Nachforschungen. "Nun, lassen Sie mich sehen. Ich werde Ihre Kenntnisse in Geschichte, Geografie und Rhetorik prüfen müssen."

Sie lachte. Sie wusste offensichtlich, dass er einen Scherz machte.

"Sie haben bereits bewiesen, dass Sie sich mit Sprachen auskennen.

"Wann in aller Welt habe ich das getan?"

"Als ich mich auf Farsi bezog. Persisch. Du dachtest nicht, dass ich Russe oder Preuße oder Araber oder Inder bin."

Sie spottete. "Sie trauen mir viel zu viel zu, was ich weiß und was ich nicht weiß."

"Vous êtes éduqué, admettez-le."

"Ich könnte einfach so tun, als hätte ich nicht verstanden, was Sie gerade gesagt haben."

"Ich sehe das Lächeln auf deinem Gesicht. Es ist also schon zu spät. Das sagt mir auch, dass Sie keine Schauspielerin sind." Timour strich mit seinem Handrücken über den ihren. "Lassen Sie mich das zu dem hinzufügen, was ich weiß. Abgesehen davon, dass Sie Averroes gelesen haben, sprechen Sie Französisch."

"Sie sind ein guter Inquisitor, Sir."

"In der Tat. Wenn ich ein Thema habe, das mich interessiert."

Pearls Gesicht färbte sich rosa, und sie wandte den Blick ab.

Timour behielt sie diskret im Auge, während sie weitergingen. Sie hatte eine Liebenswürdigkeit an sich, die ebenso bescheiden wie fesselnd war. Sie sprach voller Stolz über diesen Teil Londons und klang, als sei sie in diesem Viertel aufgewachsen. Sie zeigte auf mehrere Häuser, die auf den Platz hinausgingen und von denen sie sagte, sie gehörten literarisch und politisch bedeutenden Menschen. Etwas an ihrem Tonfall ließ ihn vermuten, dass sie in diesen Häusern zu Gast gewesen war.

221

"Das ist alles sehr interessant, Miss Smith, aber ich würde gerne mehr über Sie erfahren. Eigentlich möchte ich *alles* über Sie wissen."

Sie blieb an der Ecke des Platzes stehen und sah ihn an. Vor ihr lag eine engere Gasse, in der mehr Fußgänger als Kutschen unterwegs waren. In Abständen hingen Lampen an den Wänden der Geschäfte und Häuser.

"Ich dachte, wir würden ein einfaches Gespräch führen und zusammen essen.

"Führen wir nicht ein einfaches Gespräch?"

Sie schüttelte langsam den Kopf und betrachtete sein Gesicht. "Vielleicht können wir anders vorgehen. Wir können beide als Inquisitoren auftreten. Was hältst du davon, wenn du für jede Frage, die du stellst, eine Frage von mir beantwortest? So können wir uns *gegenseitig* kennen lernen."

Timour hatte kein Interesse daran, über sich selbst zu sprechen. Sobald die Leute herausfanden, wer er war, behandelten sie ihn nicht mehr so wie früher.

Er lächelte und winkte mit der Hand in die Umgebung. "Du hast mir von der Gegend erzählt. Sind wir noch in der Nähe des Königspalastes?"

"Viel besser. Wir sind in der Tat nicht weit vom St. James's Palace entfernt, obwohl ich nicht glaube, dass sie erwarten, dass wir sie heute Abend aufsuchen." Sie gingen weiter und Pearl erklärte ihnen, dass die King's Mews nur ein paar Straßen weiter in Richtung Fluss lagen. "Die Gebäude beherbergen die Wachen und die königlichen Ställe. Man hat mir gesagt, dass es dort besonders schöne Pferde gibt."

"Haben Sie es nie besucht?", fragte er.

Sie verbarg ein Lächeln. "Nein, aber ich bin schon oft daran vorbeigegangen. Ziemlich beeindruckend."

In diesem Moment begannen die Kirchenglocken um sie herum die Stunde zu läuten.

"Ich habe von der St. Martins-in-the-Fields-Kirche gehört. Kommen einige der Glocken, die wir hören, von dort?"

"Es ist gleich dort." Pearl wies auf eine belebte Straße, die sie überquerten. "Das *habe* ich besucht."

Die Vorstellung, dass diese junge Frau in der Garderobe des Whitwell's arbeitet, war einfach zu weit hergeholt, um sie zu glauben. Sie hatte vorhin von einer Schicksalswende gesprochen. Schicksale änderten sich, und es gab viele Gründe dafür. Krieg. Fehlinvestitionen. Der Verlust eines Elternteils. Krankheit. Er hatte in seinem Leben viele Menschen kennengelernt, die vom Schicksal gebeutelt wurden. Aber da kam die Hilfe und der Trost alter Freunde ins Spiel. Aber vielleicht hatte sie keine.

"Hier sind wir. Covent Garden."

Der offene Platz war trotz der späten Stunde überraschend groß und voller Menschen. Dies war einer der Orte, von denen er gehört hatte, dass die wohlhabenderen Schichten Londons zum Spielen kamen.

Entlang einer Seite des langen rechteckigen Raums bildete eine Reihe von Bögen eine Piazza, nicht unähnlich denen, die er in Florenz und anderen italienischen Städten gesehen hatte. In der Mitte befand sich ein Marktbereich mit einem niedrigen weißen Zaun drum herum. Die Geschäfte auf der Innenseite des Zauns waren gut besucht, ebenso wie die Dutzenden von Gaststätten und Restaurants in den Gebäuden, die dem Platz gegenüber lagen.

"Ist das das Theatre Royal dort an der Ecke des Marktes?"

"Ja, das ist sie."

Das Gebäude wies eine schöne Struktur mit klassischem Design auf. Eine Reihe von Fackeln beleuchtete den Bürgersteig vor dem Gebäude.

"Ein Freund empfahl mir diesen Ort, den ich besuchen sollte, wenn ich nach London komme.

"Ihr Freund ist Engländer?"

"In der Tat."

"Wie ist sein Name?"

"Du kennst nicht jeden, der in London wohnt, oder?"

"Wir leben in einer kleineren Welt, als Sie sich vorstellen. Man kennt sich, und wenn nicht, spricht man über den anderen."

May McGoldrick

"Byron." Der Mann war ein faszinierender Charakter – wenn auch ein starker Trinker – und brillant mit einem Gespür für alles Schockierende und Extravagante. Seine Geschichten über die "Spielhöllen" und die Bordelle rund um Covent Garden waren ebenso bunt wie unterhaltsam.

"Du *kennst* Lord Byron?" Zum ersten Mal sah Pearl beeindruckt aus.

"Nur beiläufig. Wir haben einige interessante Gespräche geführt."

"Wo hast du ihn kennengelernt?"

"Portugal".

Byron hatte ihm erzählt, dass er als Kind über das osmanische und persische Land gelesen hatte. Er fühlte sich vom Islam angezogen – insbesondere von der Sufi-Mystik – und die beiden hatten viele schöne Tage beim Segeln oder beim gemeinsamen Essen verbracht und über die Kultur von Timours Heimatland diskutiert.

"Wann war das?"

"Vor fünf Jahren, glaube ich. In Lissabon."

"Herr Mirza, ich glaube, Sie waren nicht ehrlich zu mir." Sie zog die Brauen zusammen. "Sie sind *kein* Diener. *Kein* Tutor. Sie sind ganz und gar *nicht* der, für den Sie sich ausgeben."

224

Chapter Nine

"ICH GLAUBE, keiner von uns ist *genau* das, was er vorgibt zu sein. Ist das nicht wahr, Miss Smith?"

Pearl hielt inne, als zwei Herren an ihnen vorbeischlenderten. Einer von ihnen nickte ihr zu, während der andere lautstark über den miserablen Zustand der Literatur sprach, die derzeit veröffentlicht wird.

Es hatte keinen Sinn, die Behauptung ihres Begleiters zu bestreiten. Er hatte Recht. Er kannte ihren Namen, aber sie hatte in der Tat nicht gerade viel von sich preisgegeben. Er hatte keine Ahnung von ihrer Herkunft, ihrem Vater oder den Umständen, die ihn ins Gefängnis gebracht hatten.

Eigentlich war es ein gutes Gefühl, neben jemandem zu gehen und sich nicht erklären zu müssen. Man musste sich keine Gedanken darüber machen, welche Unwahrheiten er gehört haben könnte.

"Ich habe meinen Namen wahrheitsgemäß angegeben", erwiderte sie.

"Aber vielleicht habe ich mich vorhin geirrt, als ich sagte, dass ein Name alles Wichtige über eine Person aussagt."

"Was ist ein Name? Eine Rose..."

"Jeder andere Name würde genauso gut riechen", beendete er.

"Kennst du überhaupt *Romeo und Julia?*"

"Mein Lehrer hat mir gesagt, dass Shakespeare ein Dichter für alle Welt ist." Amüsierte Falten bildeten sich in den Winkeln seiner dunklen Augen. "Außerdem kommt die Tragödie dem persischen Temperament entgegen."

Ein Kind kam mit einem Blumenstrauß in der Hand auf sie zu. "Vergissmeinnicht?"

Pearl begann den Kopf zu schütteln, als ihr Begleiter ihr eine Münze reichte. Die Augen des Blumenmädchens weiteten sich. "Ihr wollt sie alle?"

"Ein schöner Strauß genügt", sagte er.

Er nahm den zarten blauen Blumenstrauß und überreichte ihn an Pearl. Sie war dankbar und überrascht.

"Warum...danke."

Er deutete auf ein Schild mit einem Regenbogen, das über einer Tür in der Nähe hing. "Und hier sollen wir speisen?"

Sie nickte und ging auf die Tür zu. "Ist dir klar, dass du ihr genug Geld gegeben hast, um sie vierzehn Tage lang zu ernähren?"

"Ich bin froh, dass ich es geschafft habe."

Großzügigkeit war eine verlorene Eigenschaft unter den Menschen, die sie einst gekannt hatte.

Der Geruch von Kaffee und gebratenem Rindfleisch begrüßte sie, als sie das Rainbow betraten, zusammen mit den Blicken der etwa ein Dutzend Männer und Frauen, die an den Tischen verstreut saßen. Die Gespräche verstummten. An der rechten Wand brannte ein kleines Feuer in einem großen Kamin, das zwar unnötige Wärme verbreitete, aber der Atmosphäre eine gewisse Gemütlichkeit verlieh. Eine Frau mit Mütze und Schürze stand hinter einem Tresen und dirigierte mehrere Kellner mit einem langen Holzlöffel wie ein Dirigent in der Oper.

Einer der Männer, der eine kurze braune Jacke über einer abgewetzten schwarzen Weste trug, kam auf sie zu und wischte sich die Hände an einer Schürze ab, die von seiner Taille herabhing. Sein Haar war nach der neuesten Mode gelockt, stand aber an mehreren Stellen hochgesteckt. Seine Augen hatten den gehetzten Blick eines gejagten Kaninchens.

Timour Mirza wandte sich an ihn, und alle Augen des Ortes wandten sich in ihre Richtung. Ihr Begleiter, groß und fast königlich, hatte die Haltung eines Mannes, der es gewohnt war, bedient zu werden.

"Aye, Sir. Jawohl. Wäre Ihnen der Tisch an der Wand recht?" Der Kellner wies auf einen Tisch vor einer Bank.

Er erhielt ein Nicken und eilte ihnen voraus. Mit einem Tuch, das er von irgendwoher hervorholte, fegte er die Krümel vom weißen Tischtuch auf den Boden. Sie setzten sich nebeneinander, dem Raum zugewandt, und Pearl stellte ihre Blumen auf den Tisch.

Der Server las die kurze Liste der verfügbaren Artikel vor.

"Miss Smith, würden Sie so freundlich sein und für uns beide bestellen?"

Sie erinnerte sich an seine Ablehnung des Alkoholkonsums in Whitwell House. Pearl wünschte sich, sie wüsste mehr darüber, was Muslime essen können. "Wie Sie sehen können, ist die Auswahl an Speisen begrenzt. Haben Sie eine Vorliebe für das, was ich bestellen soll?"

"Ich bin ein Reisender in Ihrem Land. Sie sind meine einzige Vertrauensperson. Was immer du wählst, wird ausgezeichnet sein."

Sie schätzte sein Vertrauen in sie. "Haben Sie etwas gegen Fisch?"

"Überhaupt nicht."

Als der Kellner sich beeilte, wandte Pearl sich dem gut aussehenden Mann zu, der neben ihr saß. Seine Aufmerksamkeit galt dem Raum und den anderen Gästen, und so konnte sie seine Gesichtszüge studieren. Er hatte etwas an sich, das man auf klassischen Gemälden sieht. Aber was auch immer sie von seinem Aussehen hielt, es war das Vertrauen, das er ausstrahlte, das sie noch mehr beeindruckte.

Nachdem sie ihre Mutter in jungen Jahren verloren hatte, war Pearl von ihrem Vater aufgezogen worden. Als sie erwachsen wurde, war sie immer lieber in seiner Gesellschaft als in der eines anderen. Sie war ständig an seiner Seite, wenn er Geschäfte mit anderen Männern machte. Sie war mit ihm durch ganz Europa, nach Indien und sogar auf eine strapaziöse Seereise zu den Inseln in der Karibik gereist. Dadurch hatte sie gelernt, Menschen nach ihren Worten und Taten und nach ihrem Charakter zu beurteilen.

Ihre einzigartige Erziehung zeigte sich, als sie alt genug war, um an den gesellschaftlichen Ereignissen der Londoner Saison teilzunehmen. Sie war anders als andere junge Frauen in ihrem Alter. Sie war nie jemand, der beim Anblick eines gutaussehenden Mannes in Starallüren verfiel oder dem die Zunge verschlug. Sie zog es vor, sich in ein lebhaftes Gespräch zu vertiefen.

Das sorgte natürlich für Verwirrung. Die meisten Männer ihres Alters und ihrer sozialen Schicht fühlten sich nicht wohl mit einer Frau, die erwartete, als gleichberechtigt behandelt zu werden. Und auch die Frauen fanden sie seltsam. Anders.

Jetzt fiel ihr ein, dass dies vielleicht eine Erklärung für Rosas Verhalten war.

Jedenfalls hatte kein Mann in ihrem Alter sie so fasziniert, dass er ihre Aufmerksamkeit erregte. Und jetzt war sie hier, beeindruckt von diesem Fremden.

Die Besitzerin des Rainbow stahl sich wie eine Löwin auf der Jagd an den Tisch und fragte, ob man sich um sie kümmere. Timour stand auf, dankte ihr und lächelte. Als die Frau sich entfernte, war Pearl sicher, einen hörbaren Seufzer der Freude vernommen zu haben. Bevor sie ihren Tresen erreichte, bellte sie den Kellner an, er solle sich zuerst um ihren Tisch kümmern.

Pearl berührte die Blütenblätter der blauen Blumen und glaubte, genau zu wissen, wie sich die Frau fühlte.

"Sie sind wunderschön... wie du."

Ihr Gesicht brannte, als seine intensiven dunklen Augen sie fixierten. Sie überlegte sofort, was sie sagen sollte.

"Ich würde gerne mehr über das Buch der Könige erfahren, das Sie vorhin erwähnt haben."

"Das *Schahnameh*".

"Ja, können Sie mir die Geschichte erzählen? Die, die alle zum Weinen bringt."

"Die Geschichte von Rustam und Sohrab?"

"Ja."

"Mögen Sie Tragödien?"

"Das tue ich."

"Welche sind Ihnen besonders ans Herz gewachsen?"

"Ich habe Shakespeares Stücke gelesen und wieder gelesen."

"Alle von ihnen?"

Pearl war noch nie gut im Lügen gewesen. Und was machte es im Moment für einen Unterschied, ob sie ihm die ganze Wahrheit oder nur einen Teil davon erzählte? Ihre Probleme waren ihre eigenen Geheimnisse, die sie für sich behalten musste. Aber über ihre Ausbildung und ihre Interessen konnte sie sicher frei sprechen. Schließlich waren sie nur zwei Fremde, die für ein paar Stunden zusammengebracht worden waren. Keine gemeinsame Vergangenheit. Keine gemeinsame Zukunft.

"Ja. Alle von ihnen."

"Jemand anderes Arbeit?"

Sie und ihr Vater mussten sich von allem trennen, was sie besaßen, als die Gläubiger in ihrem Haus auftauchten, um es in Besitz zu nehmen. Der Verlust des Hauses, der Möbel, des Schmucks und der Kleiderschränke hatte nicht so sehr geschmerzt wie der Verlust ihrer gut sortierten Bibliothek.

"Ich habe ein ziemlich zerrissenes Exemplar von Goethes *Die Leiden des jungen Werther*".

Es war einer der Dutzend Bände, die Pearl behalten konnte. Sie hatte es in einem Ranzen ins Marshalsea getragen.

"Und wer tut das nicht?"

Ein Lächeln umspielte ihre Lippen, aber sie sagte nichts mehr, als der Kellner kam und zwei Platten mit Essen auf den Tisch schob, zusammen mit Gabeln und Messern.

"Worum geht es bei der Geschichte von Rustam und Sohrab?", fragte sie, als er sie verließ.

"Lasst uns essen, während ich überlege, ob ich eine gekürzte Version davon erzählen kann. Eine, die dem Originalwerk keinen irreparablen Schaden zufügen wird."

Sie aßen in einem angenehmen Schweigen und unterhielten sich gelegentlich über das Essen und die anderen Gäste. Es schien, als würde sich das Kaffeehaus auf die Schließung vorbereiten, aber niemand drängte sie.

Als das Essen abgeräumt war, beobachtete Pearl, wie er mit seinen langen Fingern auf den Tisch tippte. Sie spürte, dass er durch die Welt der Geschichte reiste, die sie ihn gebeten hatte zu erzählen. Sie bedrängte ihn nicht. Schließlich drehte er sich in seinem Sitz zu ihr um, und seine dunklen Augen hielten ihren Blick wieder fest. "Sind Sie bereit?"

"Ich bin es. Und du?"

Sein Lächeln war wie Sonnenschein an einem Januartag.

"Rustam war ein Krieger, ein Held für sein Volk und im ganzen Land bekannt. Eines Tages wurde er durch unvorhergesehene Umstände in einem fremden Land gestrandet."

"Welche Umstände?"

"Sein Pferd wurde gestohlen."

"Wo? Wie?"

"Er schlief, und einige Soldaten nahmen das Pferd. Also folgte er ihnen."

"Zu Fuß?"

Er beugte sich zu ihr hinunter, wobei die Falten in seinen Augenwinkeln wieder auftauchten. "Ich werde Ihnen gerne die Langfassung vortragen, Miss Smith. Aber das bedeutet, dass wir länger in der Gesellschaft des anderen bleiben müssen, als einer von uns beiden geplant hatte."

Eine angenehme Wärme breitete sich in ihrem Körper aus. Sie befeuchtete ihre Lippen. "Ich entschuldige mich für die Unterbrechungen. Bitte fahren Sie fort."

"Während Rustam dieses Nachbarland besuchte, wurde er Gast des Königs. Dort am Hof traf er eine schöne Jungfrau namens Tehmina. Und die beiden fanden sofort Gefallen aneinander."

Die Geschichte klang verdächtig ähnlich wie ihre Situation. Aber Pearl behielt diese Beobachtung für sich.

"Ob sie in dieser ersten Nacht geheiratet haben oder nicht, ist seit achthundert Jahren Gegenstand von Debatten."

"Warte! Es war also Liebe auf den ersten Blick?"

Er nickte. "Sie ging in sein Schlafgemach, und sie verbrachten die Nacht zusammen."

"Oh!" Pearl spürte, wie ihr die Röte ins Gesicht stieg, und sie war froh über das schummrige Licht der Lampen an den Wänden.

"Die Version, die ich bevorzuge, besagt, dass Rustam von der schönen und klugen Tehmina hingerissen war. Er sandte eine Nachricht an den König, dass sie heiraten wollten. Der König war mit dieser Entwicklung zufrieden, und es wurde eine aufwendige traditionelle Hochzeit für sie arrangiert."

Sie hatte viele Fragen an ihn, aber als sie an seine spielerische Drohung dachte, zwang sie sich zu warten.

"Rustam blieb eine Zeit lang in Samangan."

"Ist das der Name des Landes?"

"Ja. Er musste noch sein Pferd finden."

"Was ist mit seiner Frau?"

"Er verbrachte viele liebevolle Nächte und Tage mit Tehmina."

Ihre Gedanken verweilten ein paar Herzschläge länger bei der Bedeutung von "Liebesnächten", als es nötig gewesen wäre. "Hat er sein Pferd gefunden?"

"Schließlich fand er sein großes Schlachtpferd. Bald darauf wurde ihm klar, dass es für ihn an der Zeit war, zu gehen."

Pearl runzelte die Stirn, da sie bereits wusste und akzeptierte, dass auch diese Nacht ein Ende haben würde. Timour würde abreisen. Und sie musste zu ihrem Leben und der Hoffnungslosigkeit der Probleme zurückkehren, die sie und ihren Vater quälten. Ihre Finger griffen wieder nach den blauen Blumen auf dem Tisch und berührten die zarten Blütenblätter. Morgen würden sie anfangen zu welken und zu verblassen.

"Sind Sie sicher, dass Sie mehr hören wollen?"

"Ja, natürlich." Sie wandte ihre Aufmerksamkeit wieder ihm zu.

"Als Rustam Tehmina von seiner Abreise erzählte, eröffnete sie ihm, dass sie ein Kind von ihm erwartet. Er war überglücklich über diese Nachricht, aber er musste trotzdem gehen."

Pearl lehnte sich im Stuhl zurück, die Hände in den Schoß gekrallt. Timour hatte sie im Voraus gewarnt, dass dies eine Tragödie sei.

"Bevor er ging, schenkte er Tehmina ein kostbares Juwel. Er bat darum, dass sie es in das Haar des Kindes bindet, wenn es ein Mädchen ist. Wenn es ein Junge sei, solle sie es an seinem Oberarm tragen. Dann bestieg Rustam schweren Herzens sein Pferd und verabschiedete sich unter Tränen von ihr."

Ein Kellner näherte sich, aber Pearl winkte ihn ab. Sie wollte mehr hören, auch wenn sie sicher war, dass das, was folgte, nicht glücklich enden würde.

"Bitte fahren Sie fort."

"Jahre vergingen. Rustam wusste nicht, dass er einen Sohn von Prinzessin Tehmina hatte."

"Sie war eine Prinzessin?"

"Das war sie. Aber noch wichtiger ist, dass sie unabhängig war. Sie hatte ungeheuren Mut und sagte ihre Meinung."

Timours Blick hielt Pearl in seinem Bann. Sie konnte nicht wegsehen, selbst wenn sie es versuchte. Jedes Wort wurde gesprochen, als ob es ein Kompliment für *sie* wäre.

"Wie hat Tehmina ihren Sohn genannt?"

"Sohrab."

Die Kellner stellten geräuschvoll Bänke und Stühle auf die Tische, und sie stellte fest, dass sie die einzigen Gäste waren.

"Ich glaube, sie wollen uns etwas sagen", sagte sie und hob ihre Blumen auf.

"Sie haben recht." Er stand auf und legte zwei Münzen auf den Tisch. "Bezahle ich ihnen zu viel?"

Pearl reichte ihm eine der Münzen zurück. "Wenn du das hier zurückgibst, wirst du zweifellos ihr beliebtester Kunde sein."

Als sie wieder an der frischen Luft waren und zum Strand hinuntergingen, holte sie tief Luft und sah zu ihm auf.

"Rustam und Sohrab. Das wird nicht gut ausgehen, nicht wahr?"

Chapter Ten

SIE BOGEN nach Westen ab und gingen die breite Straße entlang, die sie als Strand bezeichnete. Das Glockengeläut der Boote auf dem Fluss drang gelegentlich zu ihnen durch, und der Mond war eine weiße Scheibe am Himmel.

Sie kamen an Geschäften aller Art vorbei, die die Durchgangsstraße säumten - von Druckereien über Hutmacher und Bekleidungsgeschäfte bis hin zu Tee- und Kotelettläden. Die Gaststätten waren alle geöffnet und belebt, und die Straßen waren auch hier mit Kutschen, Fußgängern und Verkäufern gefüllt.

"Erzählst du mir den Rest der Geschichte?"

Timour blickte auf Pearls schönes Gesicht, das im Licht der Straßenlaternen leuchtete.

Die epischen Gedichte des *Shahnameh* waren Teil der Bildung eines jeden Iraners. Sie waren ein Grundpfeiler ihrer Geschichte und Kultur. Unabhängig von ihrem Wohlstand oder ihrer Stellung in der Gesellschaft kannte jeder die Geschichten, und die meisten konnten Zeilen und sogar lange Abschnitte der Gedichte Wort für Wort rezitieren. Die Geschichten wurden von den Eltern, den Lehrern in den Schulen und den Mullahs in den Gebetshäusern erzählt und wiedergegeben. Koranstudiengruppen und Sufi-

Derwische nutzten den Text häufig als Ausgangspunkt für philosophische und spirituelle Debatten.

Er war gerührt, dass Pearl sich für den Rest der Geschichte interessierte.

"Wo war ich?"

"Tehmina hatte einen Sohn namens Sohrab, und Rustam war verschwunden."

Von dort aus setzte er die Geschichte fort. "Die Jahre vergingen, ohne dass sich Vater und Sohn jemals trafen. Aber das Kind wuchs heran, und Sohrab wurde ein starker und geschickter Krieger. Und er war jung und machte die Fehler der jungen Leute."

Am Hof gab es immer Wölfe, die sich auf Kosten eines ehrgeizigen jungen Mannes Vorteile verschafften. Timour wusste zu viel über das Leben am Hof.

"Was hat er getan?"

"In Unkenntnis des Weltgeschehens und im Übermut über seine Stärke und seine Fähigkeiten erklärte er, er werde eine Armee aufstellen, den König von Iran besiegen und seinen Vater und seine Mutter zu König und Königin machen.

"Sohrab wusste also, dass sein Vater Rustam war?"

"Es war kein Geheimnis. Obwohl sie sich nie getroffen hatten, hatte er von seiner Mutter viele Geschichten über Rustams Fähigkeiten als Krieger gehört."

"Und könnte er es schaffen? Könnte Sohrab eine Armee aufstellen?"

"Es gab viele selbstsüchtige Wölfe am Hof, die ihm halfen. Es waren Männer, die ihre eigenen Ambitionen hatten.

"Und er hat das Land angegriffen?"

"Er war recht erfolgreich. Das Epos schildert eindrucksvoll seine Siege. Wie er seinen Ruf aufbaute. Er wurde immer stärker und furchterregender, bis niemand mehr den Mut hatte, ihn herauszufordern."

Ein bestürztes Stirnrunzeln trübte ihr Gesicht. "Außer Rustam."

"Ja. Der Dichter Ferdowsi erzählt, dass der König von Iran

Rustam aus dem Ruhestand zurückholte. Er schickte ihn in den Kampf gegen diesen neuen Feind."

"Vater und Sohn. Sie stehen sich gegenüber."

"Und keiner kannte die Identität des anderen."

"Oh, nein."

"Soll ich aufhören?"

"Nein, nein. Bitte fahren Sie fort."

"Rustam zögerte, in die Schlacht zu ziehen. Aber Könige haben ihre eigenen Pläne und Wege, um zu bekommen, was sie wollen." Niemand wusste das besser als Timour selbst. "In den Tagen vor der Schlacht verschafften sich die beiden Feinde erst einmal einen Überblick übereinander. Dann trafen sie im Einzelkampf aufeinander, und Sohrab besiegte Rustam mehrmals fast. Seltsamerweise wachsen in ihm Respekt und Zuneigung. Spontan fragt er den alternden Krieger, ob er Rustam sei. Der Vater verneint und sagt, er sei eine viel schwächere Figur als der große Held."

"Er belügt Sohrab?"

"Rustam weiß nicht, dass er gegen seinen Sohn kämpft. Nach vielen Tagen des Kampfes ist er geschwächt. Er will gewinnen und seinem jungen Feind nicht noch mehr Ansporn geben. Sie kämpfen ein Duell nach dem anderen, und Sohrab fragt erneut nach. Jedes Mal leugnet der Vater die Wahrheit. Bis..."

"Bis?" Sie blieb stehen und sah ihn an.

"Am letzten Tag ihres Kampfes ringt Rustam Sohrab zu Boden und ersticht ihn tödlich.

Sie fuhr sich mit der Hand zum Mund. "Nein!"

"Während der Lebenssaft aus ihm herausfließt, erzählt Sohrab dem großen Krieger, wie seine Liebe zu seinem Vater – dem mächtigen Helden Rustam – ihn überhaupt erst hierher gebracht hat. Rustam erkennt zu seinem Entsetzen die Wahrheit. Als er Sohrabs Rüstung abstreift, findet er sein eigenes Juwel am Arm seines sterbenden Sohnes. Doch er hat die Wahrheit zu spät erkannt. Er hat seinen eigenen Sohn getötet."

Tränen glitzerten in Pearls Augen, als sie ihre Arme um ihre Mitte schlang. "So traurig. Ein Vater, der sein eigenes Kind tötet."

Timour wollte sie in seine Arme schließen, aber er kämpfte dagegen an. Der Anstand hielt ihn davon ab.

"Was ist mit Tehmina passiert?", fragte sie nach einem Moment.

"Als sie erfährt, dass ihr Sohn tot ist, verbrennt sie Sohrabs Haus und verschenkt alle seine Reichtümer. Dann, wie Ferdowsi es ausdrückt, 'verließ der Atem ihren Körper, und ihr Geist folgte ihrem Sohn Sohrab.'"

Sie drehte sich um, aber nicht bevor Timour die Tränen sah.

Er beobachtete sie. Andere auf der Straße gingen mit gedämpften Stimmen und neugierigen Blicken an ihnen vorbei. Timour sah nur Pearl. Er dachte an nichts anderes als daran, wie schnell seine Anziehungskraft auf sie wuchs. Sie war echt. Ihre Gefühle waren echt. Sie war von der Legende tief betroffen. Wie jeder iranische Mann, jede iranische Frau und jedes iranische Kind, als sie die Geschichte zum ersten Mal hörten. Sie war ein seltenes Juwel.

"Es tut mir leid, dass ich dich zum Weinen gebracht habe."

Sie fuhr sich mit den Fingern unter die Augen, drehte sich um und lächelte. "Du hast mich gewarnt. Ich hätte es wissen müssen."

Er bot ihr seinen Arm an, und sie nahm ihn, als sie sich wieder auf den Weg machten.

Sie folgten dem Strand, der sich nun sanft nach rechts wölbte, und er erkannte an ihrem Gesicht, dass sie über die Geschichte nachdachte. Er war froh, dass sie so auf die Geschichte reagiert hatte; sie war für ihn immer wichtig gewesen. Vielleicht lag es daran, dass Timour zu einer Reihe von Königen und Adligen gehörte, deren Geschichte in diesen Geschichten festgehalten wurde. Aber wie Sohrab hatte er sich immer gegen den vorbestimmten Weg gewehrt, der ihm vorgezeichnet worden war. Es war ein Weg, der von Höflingen bestimmt wurde.

Die Berater seines Vaters wollten, dass er eine Karriere in der Armee macht; er liebte die Literatur. Sie hatten ihn gebeten, in Täbris zu leben; er zog das Leben, die Kunst und die Geschäftigkeit von Isfahan vor. Für seine Brüder waren in ihrer Jugend Ehen arrangiert worden; Timour hatte sich widersetzt.

Aber jetzt war er in London und wurde schließlich gezwungen, eine diplomatische Ehe einzugehen. Diesmal hatte sich sein Vater nicht auf seine Berater verlassen, sondern ihn direkt gefragt. Timour hatte keine andere Wahl als zuzustimmen.

Er dachte an das Werk von Ferdowsi. Was wäre, wenn Sohrab nie ein Krieger geworden wäre. Niemals sein Land verlassen hätte, um seinem eigenen Traum zu folgen. Er hätte sein Leben in Frieden und Langeweile verbracht. Er wäre als alter Mann gestorben, unerprobt und vergessen. Es spielte keine Rolle, dass es gefährlich war, sein Schicksal selbst in die Hand zu nehmen. Es brachte auch die Belohnung der Unsterblichkeit in den Worten eines zeitlosen Gedichtes.

Sie erreichten eine breite Kreuzung von Straßen und Gassen und kamen an einer großen alten Postkutschenherberge namens Goldenes Kreuz vorbei, die schon bessere Tage gesehen zu haben schien. In der Mitte der Kreuzung stand eine Statue einer königlichen Figur auf einem Pferd, die über die Nachbarschaft wachte, geschützt durch einen schmiedeeisernen Zaun.

"Karl der Erste. Seine Geschichte ist auch nicht glücklich ausgegangen, das kann ich Ihnen sagen."

"Oh, ja. Seine Arroganz hat ihn den Kopf gekostet, wenn ich mich an die Geschichte erinnere."

"Sind alle Erzählungen in der Shahnameh so tragisch?"

"Rustam und Sohrab ist der tragischste. Andere Geschichten werden Sie berühren und begeistern, aber keine ist so herzzerreißend."

"Ich möchte sie lesen. Alle von ihnen. Sind sie auch in andere Sprachen als Englisch übersetzt worden?"

"Louis-Mathieu Langlès, der französische Wissenschaftler und Philosoph, hat einige der Episoden ins Französische übersetzt.

"Ich werde nach ihnen suchen."

"Danke, dass Sie bestätigen, dass Sie Französisch sprechen." Er lächelte zu ihr hinunter.

"Da wir schon mal dabei sind, die Wahrheit übereinander zu erfahren: Wie kommt es, dass Sie so viel über alle lebenden und toten Wissenschaftler und Philosophen wissen? Wie kommt es, dass Sie genau wissen, wer persische Literatur übersetzt?"

Seit den Anfängen des *Shahnameh* gab jeder König, der den Iran regierte, die Herstellung einer neuen Ausgabe des Epos in Auftrag. Renommierte Künstler und Kalligraphen konkurrierten um die Chance, ausgewählt zu werden. Timour war das Mitglied der königlichen Familie, das für die Auswahl der Künstler für die nächste Ausgabe zuständig war.

"Weil ich einfach gerne lese?"

Pearl zog skeptisch eine Augenbraue in die Höhe.

"Ich bin zutiefst verletzt, dass Sie mir nicht glauben, Miss Smith."

Sie spottete. "Nicht zu tief, denke ich."

"Ist das die Pall Mall?", fragte er, um sich abzulenken. Die Straße erstreckte sich gerade und eben nach Westen.

"Ja, das ist sie. Der Prinzregent selbst hat da vorne eine Residenz." Sie deutete auf eine lange Reihe von Gebäuden, die auf der rechten Seite abgerissen wurden. "Diese Häuser werden entfernt, um die Straße zu verbreitern."

"Der Wandel ist beständig", bemerkte er. "Widersetzen Sie sich der Veränderung, Miss Smith?"

"Das kommt darauf an."

"Worauf?"

"Darüber, ob ich ein Mitspracherecht habe oder nicht. Zu oft haben wir keine Wahl bei dem, was das Leben uns gibt, wo es uns hinführt." Sie rieb sich die Arme und trat einen Schritt zur Seite. "Und das ist eine neue Galerie, die vor kurzem eröffnet wurde."

Als sie fortfuhr, die Sehenswürdigkeiten zu zeigen, ertappte sich Timour dabei, dass er weniger auf die Geschichte als auf ihren gut verdeckten Kummer achtete. Sie gab sich witzig und humorvoll, aber dahinter verbarg sich ein Schmerz.

Sie war auch anders als alle Frauen, die er je getroffen oder mit denen er Zeit verbracht hatte. Sie äußerte ihre Meinung über Menschen ohne zu zögern. Sie hatte eine klare Meinung über das Unrecht, das die Starken den Schwachen zufügen. Sie erwähnte mehrmals die Ungerechtigkeit, großen Reichtum auf Kosten der Armen zu schaffen.

"Ich muss sagen, dass sich Ihre französische Bildung bemerkbar macht", sagte er lächelnd, nachdem sie eine Bemerkung über die aufwendige Renovierung von Buckingham Castle durch den Prinzregenten gemacht hatte, um es in einen Palast zu verwandeln. "Sie klingen fast revolutionär in Ihren Ideen."

"Ich möchte Sie nicht beleidigen. Ich halte es einfach für falsch, sich den Besitz anderer mit Gewalt anzueignen."

"Ich bin nicht beleidigt, ganz und gar nicht. Die europäischen Imperien expandieren, und die Nationen kämpfen darum, immer mehr Teile der Welt zu kontrollieren. Niemand scheint sich Gedanken darüber zu machen, dass man hungrige und verzweifelte Menschen nicht lange zum Schweigen bringen kann. Und die Spitze eines Bajonetts oder das Sperrfeuer einer Kanone wird niemals die Liebe eines Menschen verdienen."

"Ich stimme dir von ganzem Herzen zu." Sie seufzte und sah sich dann um. "Aber ich möchte Sie daran erinnern, dass Sie sich jetzt in England befinden, wo wir fleißig Komplotte und Beweise aushecken, um Menschen zu umgarnen, sie hinter Gitter zu bringen und ihnen die Lebensgrundlage zu entziehen."

Timour blickte auf die Ernsthaftigkeit ihres Profils. Pearl sprach nicht in allgemeinen Worten. Er hatte das starke Gefühl, dass sie in irgendeiner Weise über ihre eigene Situation sprach.

"Und das Gleiche tun wir im Ausland", fuhr sie fort, um sich für das Thema zu erwärmen. "Nicht weit von hier hat das Britische Museum eine ganze Bibliothek mit seltenen, antiken Manuskripten, die wir aus Ländern gestohlen haben, die wir auf andere Weise ausbeuten. Es gibt antike Werke aus Ägypten, Griechenland, Rom und aus osmanischen Ländern. Es würde mich nicht wundern, wenn sie auch seltene Exemplare des *Shahnameh* haben."

Timour wäre auch nicht überrascht gewesen.

"Als ich in Indien war", fuhr sie fort und wurde immer entrüsteter. "Ein Offizier der Britischen Ostindien-Kompanie

239

brüstete sich mit dem Erwerb eines alten Textes, den er einem örtlichen Rajah 'gestohlen' hatte. Genau seine Worte. Ein alltäglicher Vorgang dort."

"Sie waren in Indien. Ihre Überraschungen nehmen kein Ende, Miss Smith. Als Nächstes werde ich erfahren, dass Sie einen Wohnsitz in der Nähe meines Hauses in Isfahan haben."

"Ich ... ich habe nur ..." Ihre dunklen Augen rundeten sich und funkelten dann amüsiert.

Eine ältere Frau, die von einem jungen Mann in Uniform begleitet wurde, stellte sich ihnen in den Weg und legte ihre Hand auf Pearls Arm.

"Miss Smith? Ich dachte, meine Augen würden mich verraten, aber Sie *sind es*, Miss Smith."

Timour bemerkte, wie Perls Gesicht blass geworden war, aber sie wich nicht von der Frau zurück.

"Oh, meine Liebe, was für eine Freude, Sie zu treffen. Meine liebe Miss Smith. Frank, du erinnerst dich doch an diese edle Dame, oder?"

"Ich weiß." Der Soldat verbeugte sich.

"Ich habe ihm gerade erzählt, wie krank vor Sorge ich in letzter Zeit um dich und deinen Vater war. Ich wusste nicht, ob..."

"Ruhig. Still, meine liebe Mrs. Johnson." Pearl wandte sich an Timour. "Entschuldigen Sie mich einen Moment, Sir. Ich brauche einen Moment."

Er verbeugte sich und ging ein paar Schritte weg, um ihnen Privatsphäre zu geben. Mrs. Johnson war gut gekleidet, aber nicht so üppig wie die Frauen, die er auf dem Ball gesehen hatte. Aber sie kannten sich offensichtlich gut - sie standen händchenhaltend da wie gute Freunde - aber das Wiedersehen hatte Pearl aus irgendeinem Grund verärgert.

Nach und nach kam immer mehr über Pearl Smith ans Licht. Und all die Dinge, die er vermutet hatte, erwiesen sich als richtig.

Chapter Eleven

"FRANK IST JETZT in der Armee, meine Liebe. Er ist gerade von der Halbinsel zurückgekehrt, Gott sei Dank."

"Ich bin froh, dass du sicher nach Hause gekommen bist, Frank."

Sie war sich nur allzu bewusst, dass sie von Timour beobachtet wurden. Mrs. Johnson war während Pearls ganzem Leben die Haushälterin in ihrem Haus am Berkeley Square gewesen. Gleich nach der Verhaftung ihres Vaters hatte sie es sich zur Aufgabe gemacht, die tüchtige und gutherzige Frau zu besuchen und ihr Gehalt mit dem wenigen Geld, das ihr noch geblieben war, zu begleichen. Aber das war im letzten Winter gewesen. Seitdem hatte sie sie nicht mehr gesehen.

"Wo wohnst du jetzt?"

Sie konnte auf keinen Fall die Wahrheit zugeben. "Ich wohne bei einem Freund."

"Wie geht es deinem lieben Vater an diesem schrecklichen Ort?"

Perls Kehle schnürte sich zu, und sie konnte nur nicken.

"Gehst du oft zu ihm?"

"Ja, das tue ich."

"Aber wie geht es dir, mein Kind? Du siehst blass aus. Und du bist so dünn."

"Mir geht es sehr gut, Mrs. Johnson. Ich danke Ihnen."

"Aber was ist das für ein Kleid, das du da trägst? Und du bist nicht einmal mit einer Haube unterwegs."

Die ältere Frau war zwar schroff, aber Pearl konnte ihr nie etwas übel nehmen. Die Sorge war mütterlich und beschützend. Ihre Haushälterin hatte nichts als Zuneigung für sie übrig.

"Vielleicht könnte ich bald auf einen Besuch vorbeikommen?" schlug Pearl vor. "Wir können über alles reden, was in der Welt passiert."

"Natürlich. Aber jetzt, wo das Haus geschlossen ist, kann ich kommen und mich um Ihre Bedürfnisse kümmern. Ich werde nur tagsüber arbeiten, wenn Ihr Freund kein Zimmer für mich frei hat."

"Wir können sicher darüber reden, wenn ich Sie aufsuche."

Mrs. Johnsons Blick wanderte zu den Blumen in Pearls Hand. "Meine Liebste. Ich kann sehen, dass du jemanden brauchst, der sich um dich kümmert. Ich kann mir nur vorstellen, was du durchgemacht hast, wie du gelitten hast. Du brauchst dich nicht um meine Bezahlung zu kümmern."

Der Enkel trat diskret einen Schritt zurück und tat so, als sei er mit dem Blick auf seine Taschenuhr beschäftigt.

Die Emotionen kochten in Pearls Kehle hoch und drohten sie zu ersticken. "Ich danke Ihnen. Lass uns damit warten, das zu besprechen."

"Dein Vater ist ein guter und ehrlicher Mann. Aber hast du irgendwelche Aussichten, dass seine Freunde seine Schulden bezahlen und ihn aus diesem schrecklichen Marshalsea herausholen?"

"Ich werde die Hoffnung nie aufgeben", krächzte Pearl.

"Das ist die richtige Einstellung. Aber wie wollen Sie es machen?" Mrs. Johnson warf einen kurzen Blick auf die Stelle, an der Timour stand. "Würde Mr. Smith damit einverstanden sein?"

Pearl konnte sich nur vorstellen, was der alten Frau durch den

Kopf ging. Hier war sie, ohne Begleitung. Spät in der Nacht. Mit einem Fremden. Und mit Blumen im Gepäck.

"Ja, das würde er. Sie haben nichts zu befürchten, Mrs. Johnson. Mr. Mirza ist ein Gentleman und ein vertrauenswürdiger Freund. Er war so freundlich, mich zu Lord und Lady Whitwells Haus zu begleiten."

"Oh! Wunderbar! Ja, ja, natürlich. Heute Abend ist der Ball. Ich bin sicher, dass alle deine alten Freunde da sind." Sie beugte sich vor und senkte ihre Stimme. "Ich bin so froh, dass du eingeladen wurdest."

Pearl hatte nicht vor, sie zu korrigieren.

"Aber du bist nicht für das Ereignis gekleidet, meine Liebe. Und du gehst zu Fuß? Zu dieser Stunde?"

"Es ist ein Kostümball, Mrs. Johnson. Ich war schon früher da, aber ich wurde weggerufen. Aber jetzt muss ich wirklich gehen." Sie warf einen Blick in Richtung Timour und deutete damit an, dass sie ihn durch ihr Stehen und Reden belästigte. Was sie wahrscheinlich auch tat. "Bitte entschuldigen Sie mich."

"Natürlich. Ja, natürlich. Aber versprich mir, dass du diese Woche zum Tee zu mir kommst. Machst du das?"

Pearl nickte, ging zurück und verabschiedete sich auch von Frank.

Die Haushälterin und ihr Enkel machten sich auf den Weg zum Haymarket, und Pearl atmete erleichtert auf. So sehr sie ihre frühere Haushälterin auch mochte, sie wollte unbedingt von ihnen wegkommen.

Das Zusammentreffen mit diesen beiden Menschen hat vor allem eines bewirkt. Es hat sie wachgerüttelt. Diese wenigen vergnüglichen Stunden des Abends waren ein Schwelgen in der Fantasie gewesen. Jetzt schlitterte die Realität aus der Dunkelheit grimmig auf Pearl zu und klammerte sich mit scharfen, unentrinnbaren Krallen an sie.

Es war unmöglich, vor ihrer Vergangenheit oder ihrem jetzigen Leben davonzulaufen, und sie konnte den Gedanken nicht ertragen, die Fragen zu beantworten, die Timour stellen musste. Er hatte sich die ganze Zeit, in der sie mit Mrs. Johnson sprach, nicht bewegt.

Sie wich seinem Blick aus und sagte eilig: "Ich danke Ihnen für das Abendessen und das Vergnügen Ihrer Gesellschaft, Mr. Mirza. Aber ich *muss* zurück nach Whitwell House."

"Wie du willst. Ich werde mit dir zurückgehen."

"Nein. Das wird nicht nötig sein." Der Knoten in ihrer Kehle wurde immer größer. "Wenn Sie auf dem Ball nicht gebraucht werden, gibt es in London eine Menge zu sehen und zu tun. Eine Droschke kann Sie über den Fluss nach Vauxhall bringen. Die Vergnügungsgärten sind ein Genuss. Und nun, wenn Sie mir verzeihen, werde ich mich von Ihnen verabschieden."

Pearl machte einen kurzen Knicks und ging den Bürgersteig hinunter, halb im Gehen, halb im Laufen. Sie hatte keinen Plan, wohin sie eigentlich gehen wollte. Nach Whitwell House zurückzukehren war nicht die beste Option, wenn man an ihre Flucht aus der Garderobe dachte. Sie konnte sich nur vorstellen, wie Rosa von ihrer Abreise erfahren hatte. Und es hatte keinen Sinn, den ganzen Weg zum Marshalsea zu gehen. Die Gebiete, die sie auf der anderen Seite des Flusses durchqueren würde, waren nach Einbruch der Dunkelheit gefährlich, und die Gefängnistore würden sich erst im Morgengrauen für sie öffnen.

Trotzdem musste sie weg.

"Miss Smith".

Es war ihr peinlich, als Timour sie einholte und im Gleichschritt mit ihr ging. "Bitte, Herr Mirza. Ich habe nichts zu sagen. Keine Erklärung, die ich bereit bin zu geben."

"Habe ich etwas von Ihnen verlangt?"

Das hatte er nicht.

"Das ist Ihre Sache. Ich werde mich nicht einmischen."

Seine Zusicherung hätte sie beruhigen sollen, aber stattdessen kamen ihre Gefühle an die Oberfläche. Sie schaute weg, ihre Sicht war von Tränen getrübt.

"Du zitterst ja. Darf ich?"

Sie spürte, wie sich das Gewicht seines Mantels über ihre

Schultern legte. Während sie sich weiter beeilte, wischte sie die Tränen weg, schmeckte sie aber noch auf ihren Lippen.

Frau Johnson hatte nach Perspektiven und Freunden gefragt. Ihr Vater hatte keine. Pearl hatte sich eingebildet, dass sie stark genug war, um die scheinbar unüberwindlichen Hindernisse zu überwinden, die ihnen entgegenstanden. Sie hatte sich eingeredet, dass sie niemals aufgeben würde. Aber das war gestern. Damals hatte sie sich noch an die vage Hoffnung geklammert, dass Lord Castlereagh zu ihren Gunsten intervenieren würde. Jetzt nicht mehr. Diese Möglichkeit hatte sich heute Abend zerschlagen.

"Könnten wir uns einen Moment setzen... vielleicht dort drüben?"

Timour gab nicht auf. Sie schaute weg, während ihre Tränen weiter flossen.

"Wenn Sie wollen, Miss Smith."

Er gestikulierte in Richtung St. James's Square, jenseits eines offenen Grundstücks, auf dem vor kurzem noch ein Haus gestanden hatte. Neu installierte Gaslaternen beleuchteten die Straßen und Wege rund um den Platz.

Seine Hand berührte ihren Rücken, und er führte sie zu einer Bank. Innerhalb eines schmiedeeisernen Zauns war in der Mitte des großen runden Beckens ein Reiterstandbild von Wilhelm von Oranien aufgestellt worden. Der Mond und die sanfte Brise sorgten für ein magisches, glitzerndes Lichtspiel auf der Wasseroberfläche.

Pearl legte ihre Blumen auf der Bank neben sich ab und hob ihr Gesicht in die kühle Luft. Sie schloss die Augen und versuchte, ihre Gedanken und Gefühle zu beruhigen - mit wenig Erfolg. Die Situation, in der sie und ihr Vater sich befanden, war schrecklich. Und sie wusste nicht, an wen sie sich als nächstes wenden sollte. Wen sie um Hilfe bitten sollte. Sie saßen eine Zeit lang schweigend da.

Schließlich ergriff Timour das Wort. "Wenn Gott helfen will, lässt er uns weinen. Wo Wasser fließt, blüht das Leben. Wo Tränen fallen, zeigt sich die göttliche Barmherzigkeit."

Seine leisen Worte durchdrangen das nagende Gefühl der

Verzweiflung in ihr, und sie wandte sich an ihren Begleiter. "Das ist wunderschön. Du bist auch ein Dichter?"

"Ich wünschte, ich könnte diese Zeilen für mich beanspruchen. Sie stammen von dem großen persischen Dichter Jalal ad-Din Muhammad Rumi."

"Noch ein langer Name, den ich mir merken muss."

"Wir nennen ihn Mulana. Vielleicht können Sie sich das besser merken."

"Mulana", wiederholte sie. "Ist er aus der gleichen Zeit wie Ferdowsi?"

"Später. Er wurde erst vor sechs Jahrhunderten geboren."

"Oh, praktisch ein Zeitgenosse von uns."

"Die Weisheit unserer Dichter ist zeitlos".

"Und *deine* Weisheit, ihre Werke gelesen und auswendig gelernt zu haben", sagte sie leise. "Du teilst ihre Worte, ihre Kunst, wo es nötig ist. Du weißt, was du sagen und wie du dich in jeder Situation verhalten musst, so scheint es."

Er schüttelte ihr Kompliment ab. "Wenn ich ein besserer Mensch wäre - ein Mensch mit größerer Weisheit vielleicht - hätte ich bereits gehandelt, um deine Sorgen wegzuwaschen und deine Traurigkeit zu heilen. Ich hätte, wenn nötig, meine bloßen Hände benutzt, um das Unrecht, das dich bedrückt, zu beseitigen. Ich hätte eure Tränen durch ein Lächeln ersetzt."

Pearl legte ihre Hand auf die seine. "Vielen Dank, Mr. Mirza. Sie sind der netteste Mensch, den ich seit langer Zeit getroffen habe."

Seine starken Finger schlossen sich um ihre. "Du solltest nicht so leiden. Gibt es irgendetwas, das ich für dich tun kann? Irgendetwas?"

Pearl dachte daran, wie sie in den wenigen Stunden, die sie in der Gesellschaft dieses Mannes verbracht hatte, eine vorübergehende Befreiung von den harten Urteilen des Lebens empfunden hatte. Sie hatte ... Glück empfunden.

Sie drehte sich leicht auf der Bank, um ihn anzusehen. "Nach heute Abend wird jeder von uns seinen eigenen Weg gehen. Es gibt also etwas."

"Bittet und es wird euch gewährt."

"Könntest du, wenn auch nur für ein paar Augenblicke, mehr von der Poesie von Ferdowsi und Mulana mit mir teilen?"

Timours Lachen schallte durch die Nacht, dann begegneten seine Augen den ihren, als ob er ihr nicht glaubte. "Ich biete dir den Mond, und das ist es, was du verlangst."

"Wir teilen bereits den Mond und die Sterne. Poesie ist alles, wonach ich mich jetzt sehne."

Chapter Twelve

DIE MORGENDÄMMERUNG BRACH über den Londoner Himmel herein, und die Stadt östlich von ihnen war mit goldenen Schlieren überzogen. Als Timour und Pearl bemerkten, dass der Laternenanzünder, der vorbeikam, um die Straßenlaternen zu löschen, abfällige Blicke in ihre Richtung warf, beendeten sie ihre Diskussion über Literatur und Leben und erhoben sich von ihrer Bank. Karren, beladen mit Fleisch und Gemüse, rollten an ihnen vorbei, auf dem Weg zu den Hinterhöfen der herrschaftlichen Häuser. Die Boten, die schon müde von ihrer Arbeit waren, sahen sie kaum noch an.

Sie gingen bis zum Piccadilly, wo der morgendliche Verkehr weniger stark war als gestern Abend. Als sie sich dort von ihm verabschieden wollte, entbrannte zwischen ihnen ein leichter Streit darüber, ob es sicher sei, dass sie allein nach Hause gehen könne. Schließlich gab Pearl seiner Aufforderung nach, in einem vorbeifahrenden Taxi mitzufahren. Sie hatte keine Gelegenheit, sich dagegen zu wehren, denn Timour zahlte dem Fahrer genug Geld, um sie nach Bath und wieder zurück zu bringen, wenn sie wollte.

"Vielleicht sehen wir uns bald wieder, Miss Smith", sagte Timour zu ihr, bevor der Wagen abfuhr.

Pearl schüttelte den Kopf und fühlte einen Anflug von Traurigkeit. "Ich werde die Erinnerung an diese Nacht immer in Ehren halten - an dich und die Poesie deines Landes. Aber mein Leben ist nicht mein eigenes. Meine Welt ist voller Probleme, und meine Zukunft ist ein Gewirr von Dornen. Glaube mir, wenn ich sage, dass ich dir alles Gute wünsche, aber hier müssen wir uns verabschieden."

"Mulana sagt: 'Wenn du den Mond willst, verstecke dich nicht vor der Nacht. Willst du eine Rose, so fliehe nicht vor den Dornen.' Ich sage nur... bis zum nächsten Mal."

Timours Worte blieben ihr im Gedächtnis, als das Taxi durch die Straßen Londons rollte. Die Zeit, die sie miteinander verbracht hatten, war kurz gewesen, aber Pearls Herz, ihr Geist, ihr ganzes Wesen waren von ihm berührt worden.

Wenn du eine Rose willst, laufe nicht vor den Dornen davon.

Er gab ihr die Erlaubnis zu träumen. Sich selbst für würdig zu halten, war ein Geschenk, nach dem sie sich verzweifelt gesehnt hatte, und er hatte es ihr gegeben.

Ich kann nur sagen: "Bis zum nächsten Mal.

Pearl hatte keinen Zweifel daran, dass sie für den Rest ihres Lebens, wohin sie auch ging, nach ihm suchen würde. Sie wagte zu hoffen, dass sie sich eines Tages wiedersehen würden.

Als sie ins Marshalsea zurückkehrte, fand sie ihren Vater wach und erwartete sie. Er hatte den Eindruck, dass sie letzte Nacht bei einem Freund übernachtet hatte. Er freute sich über ihr zufälliges Treffen mit ihrer alten Haushälterin. Sie erwähnte ihren persischen Begleiter mit keinem Wort.

Den ganzen Vormittag über schweiften Pearls Gedanken nicht von Timour ab. Der letzte Abend hatte für sie etwas Traumhaftes an sich. Sie erinnerte sich daran, wie der Mond sein Licht und seine Schatten um sie herum warf. Sie sah sein hübsches Gesicht und hörte die Leidenschaft in seiner Stimme, als er die Legenden und die Poesie seines Landes vortrug. Sie spürte wieder die Wärme seiner Freundlichkeit und die Stärke seines Charakters.

Gleichzeitig schlug ihr Herz bleiern vor dem Wissen, dass der Abend, den sie zusammen verbrachten, alles sein würde, was sie jemals haben würden.

Nachdem die Glocken der Stadt die Mittagsstunde eingeläutet hatten, setzte sich ihr Vater zum Lesen hin, und Pearl verließ ihn. Sie würde sich nicht erlauben, Trübsal zu blasen, wenn sie so viel zu tun hatte. Die Konfrontation in der Garderobe gestern Abend hatte ihr und ihrem Vater einen Weg versperrt, und nun musste sie gehen und sich überlegen, welchen anderen Weg sie einschlagen wollte. Die Arbeit für Rosa lag hinter ihr, aber Pearl schuldete ihr noch Geld für ihre frühere Arbeit. Entschlossen, es zu bekommen, machte sie sich auf den Weg in die Park Lane, um die Haushälterin zu treffen und ihre Rechnung zu begleichen.

Eine Stunde später betrat sie das Londonderry-Haus und erfuhr, dass jeder im Bedienstetensaal offenbar den Auftrag erhalten hatte, seine Herrin zu benachrichtigen, falls Pearl auftauchen würde.

"Sie möchte Sie sehen, Fräulein. Sie sollen hier warten", sagte ein Dienstmädchen zu ihr, bevor es zur Treppe lief, um Rosa zu informieren.

Pearl stand allein und ignorierte die Blicke der vorbeigehenden Bediensteten. Tag für Tag hierher zu kommen, hatte nichts gebracht, um ihrem Vater zu helfen. Es war töricht von ihr zu glauben, dass diese Leute plötzlich Mitleid empfinden würden. Es gab nichts auf der Welt, was Lord Castlereagh dazu bewegen konnte, anders zu reagieren, als seine Nichte es getan hatte.

Bevor sie sich auf die Suche nach Rosa machte, hatte Pearl etwas Geld damit verdient, den Töchtern einiger Kaufleute in der Nähe des Gefängnisses Nachhilfe zu geben. Als sie über die Black-fryars Bridge gegangen war, hatte sie beschlossen, diese Arbeit wieder aufzunehmen. Mit ein paar Schülern mehr würde sie genug für deren Überleben verdienen können. Und, was noch wichtiger war, sie würde sich nicht mit den unangenehmen Dingen herumschlagen müssen, die mit Leuten wie Rosa Cly zu tun haben.

Der Diener kam zurück, atemlos vom Laufen. "Sie wird Sie in ihrem Wohnzimmer empfangen."

Pearl ging die Hintertreppe zu Rosas Wohnung hinauf. Sie atmete tief durch, klopfte an die Tür und trat ein. Diesmal war ihre ehemalige "Freundin" allein.

"Ich muss sagen, Pearl. Ich bin ernsthaft unzufrieden mit dir." Rosa stellte sich an den Kamin und stemmte eine Hand in die Hüfte. "Im Namen der Nächstenliebe bitte ich dich, ins Whitwell House zu kommen, und was tust du? Du besudelst meinen guten Namen, indem du bei der ersten Gelegenheit deinen Posten verlässt. Indem du die Garderobe unbeaufsichtigt gelassen hast, hast du Lady Whitwell zutiefst blamiert. Und du hast mich völlig verraten."

Tausend Einwände stiegen in Pearl auf, aber sie zwang sich, zu schweigen. Sie wollte, dass dieses Treffen so kurz wie möglich war, aber Rosas Tirade ging weiter. Sie fuhr fort, die Namen aller Personen aufzuzählen, die zur Garderobe gekommen waren und keine Hilfe erhalten hatten. Sie erzählte von jedem angeblichen Gespräch mit den vielen entsetzten Gästen, die so schockierend behandelt worden waren. Schließlich dramatisierte Rosa den traumatischen Moment, in dem sie sich bei Lady Whitwell entschuldigen musste, als ob das Ereignis dem Fall von Troja gleichkäme.

Während sie zuhörte, fragte sich Pearl, wie lange Rosa diesen tragischen Monolog einstudiert hatte. Schließlich konnte sie es nicht mehr ertragen.

"Halt. Ich bin heute gekommen, um das einzutreiben, was du mir schuldest. Du brauchst wegen mir nicht mehr zu leiden."

"Ich bin noch nicht fertig mit dir." Sichtlich entsetzt darüber, unterbrochen worden zu sein, machte Rosa einen Schritt auf sie zu. "Sie haben sich als schreckliche Enttäuschung für mich erwiesen."

"Und du für mich, Rosa."

"*Rosa*? Wie können Sie es wagen, mich so formlos anzusprechen. Für Sie bin ich Miss Cly. Vergiss das *nie*. Und was diesen

May McGoldrick

angeblichen Hungerlohn angeht, den ich dir angeblich schulde, würde ich sagen, du hast jeden Anspruch darauf verwirkt."

Sie hielt inne, als es an der Tür klopfte. Ohne ihren strengen Blick von Pearls Gesicht zu nehmen, forderte sie die Person auf, einzutreten.

Es war der Butler. "Es tut mir leid, dass ich störe, Miss Cly. Ihr Onkel ist gerade mit Gesellschaft angekommen. Er bittet Sie, sofort in die Bibliothek zu kommen."

Rosa richtete einen drohenden Finger auf Pearl. "Ich bin noch nicht fertig mit dir. Geh in den Dienersaal und warte, bis ich nach dir schicke."

Aber *sie* war fertig mit Rosa und diesem Haushalt, dachte Pearl. Was auch immer ihr an Lohn zustand, es war es nicht wert, noch mehr davon zu hören.

"Ich fürchte, seine Lordschaft hat Miss Smith gebeten, ebenfalls in die Bibliothek zu kommen", sagte der Butler.

"Wozu?"

"Das kann ich nicht sagen, Miss Cly."

Er konnte gerade noch ausweichen, als Rosa aus dem Zimmer gefegt kam.

"Möchten Sie, dass ich Ihnen den Weg zeige, Miss Smith?", fragte der Mann höflich.

"Nein, ich erinnere mich." Sie war schon viele Male als Gast im Londonderry House gewesen.

"Sehr gut, Miss. Ich schlage vor, Sie nehmen die Haupttreppe."

Als sie die Treppe hinunterging, dachte Pearl daran, wie lange sie für diese Chance gebetet hatte. Aber jetzt, wo sie in Lord Castlereaghs Gesellschaft sein würde, hatte sie keine Hoffnung mehr. Sie wusste bereits, wie die Antwort lauten würde.

An der Tür der Bibliothek wurde sie von einem Diener angekündigt. Lord Castlereagh selbst, groß und schlank wie ein Besenstiel, verließ die Seite seiner Nichte und durchquerte den Raum, um sie zu begrüßen.

Er verbeugte sich. "Meine liebe Miss Smith. Es ist schon viel zu lange her."

"Mein Herr." Pearl knickste, schockiert von der Begrüßung. Sie

252

hatte schon damit gerechnet, dass Rosa in den wenigen Augenblicken zwischen ihrer Ankunft Gift über sie ausschütten würde.

"Ihr seid zu gütig."

Rosa stand in der Mitte der Bibliothek und versuchte, ruhig und gelassen zu wirken, aber ihre Augen waren auf etwas anderes im Raum gerichtet.

Pearl folgte ihrem Blick zu einer Gruppe von Stühlen am Fenster, und ihr Herz machte einen Sprung in ihrer Brust. Timour, gekleidet in einen eleganten grauen Mantel, der mit geflochtener Kordel und schimmerndem Gold verziert war, verbeugte sich vor ihr.

Er war so gut aussehend wie das Bild, das sie von ihm in ihrem Kopf hatte. Aber ein Dutzend Fragen brannten ihr auf der Zunge. Was hatte er hier zu suchen? Sie erinnerte sich, dass er gestern Abend im Hof nach Rosa gefragt hatte. Kannte er sie? Und was war seine Verbindung zu Lord Castlereagh?

"Ich habe gehört, dass Sie Prinz Timour Mirza von Persien bereits kennen, Miss Smith."

Prinz. Ihr Mund wurde trocken, und Hitze stieg ihr vom Hals in die Wangen. Einen Moment lang dachte sie, sie würde in Ohnmacht fallen. Timours schöne dunkle Augen waren nur auf sie gerichtet, und ein rätselhaftes Lächeln umspielte seine Lippen.

Sie knickste erneut, diesmal viel tiefer. "Eure königliche Hoheit."

Castlereagh nahm Pearl am Arm. "Kommen Sie zu uns, Miss Smith. Es gibt viel, was ich Ihnen sagen muss."

Er führte sie dorthin, wo der königliche Gast wartete. Pearl konnte ihre Augen nicht von dem Prinzen abwenden. Einem *Prinzen.* Ihr Gespräch gestern Abend hätte ihr einen Hinweis geben sollen. Das Ausmaß seines Wissens. Seine Zuversicht. Seine Großzügigkeit.

Seine Augen sprachen zu ihr. Er hatte gesagt, *bis zum nächsten Mal*, und jetzt war er hier.

Rosa, die stets die gehorsame Nichte war, folgte ihnen zu den Stühlen, und sie setzten sich alle.

"Heute Morgen hat mich Seine Königliche Hoheit auf die

unglückliche Angelegenheit Ihres guten Vaters aufmerksam gemacht."

Perls Blick wanderte wieder zu Timour. Er saß ihr gegenüber. Woher wusste er das? Das Einzige, was ihr einfiel, war, dass er ihr Gespräch mit Mrs. Johnson mitgehört hatte. Sie verschluckte sich. Er hatte versucht, sie dazu zu bringen, ihre Probleme zu offenbaren. Aber sie wollte nicht.

"Ich habe in Bezug auf seine Situation völlig nachlässig gehandelt", fuhr Lord Castlereagh fort. "Aber ich muss Sie um Verständnis für meine Nachlässigkeit bitten. Dieser Krieg mit Frankreich hat meine ganze Aufmerksamkeit in Anspruch genommen."

Die Worte kamen nur mühsam über ihre Lippen. Aber sie zwang sich, sie zu sagen. "Natürlich, Mylord."

Rosa starrte mit rotem Gesicht auf ihre Hände.

"Nichtsdestotrotz ist es eine ernste Angelegenheit, in die ein alter Freund verwickelt ist. Und ich hätte mich schon viel früher darum kümmern müssen."

Pearl konnte nicht glauben, was sie da hörte. *Entschlossenheit?* Sie starrte auf Lord Castlereaghs aufrichtige Miene. Der Mann schien zu meinen, was er sagte.

"Die gute Nachricht ist, dass in diesem Moment mein Sekretär im Marshalsea eintreffen sollte, um die Freilassung Ihres Vaters zu erwirken. Das Auswärtige Amt wird sich um die ausstehenden Schulden kümmern."

"Danke." Sie fand sich auf den Beinen wieder. "Ich danke Euch, mein Herr. Aber ich sollte sofort dorthin gehen. Ich muss mich um meinen Vater kümmern. Er wird so dankbar sein. Aber ich muss mich um die Wohnsituation kümmern. Ich muss wirklich gehen."

Alle sind aufgestanden.

"Wenn Sie es für richtig halten, Miss Smith..." Es war das erste Mal, dass Timour sprach, seit sie den Raum betreten hatte. "Ich habe meinen Botschafter angewiesen, eines der königlichen Appartements in der Botschaft für Sie und Mr. Smith vorzubereiten. Mein Cousin Ali Khan wird sich um alle Einzelheiten des Umzugs aus Ihrer derzeitigen Residenz kümmern."

Der Mann hatte wirklich eine Art, ihr den Atem zu rauben. Pearl fühlte sich, als würde sie auf einer Wolke schweben. "Und nun entschuldigen Sie mich bitte, Lord Castlereagh. Ich würde gerne Miss Smith zu ihrem Vater begleiten." "Natürlich, Eure Hoheit. Ich hoffe, Sie können morgen mit uns zu Abend essen, wie wir es geplant hatten?" "Ich werde mir von meinem Cousin in Ihrem Büro den neuen Zeitplan für den Rest meines Aufenthalts in Ihrer schönen Stadt bestätigen lassen. "Ihr neuer Zeitplan. Natürlich."

Pearl war sich nicht bewusst, dass sie das Herrenhaus verlassen hatte, bis ein Lakai die Tür einer beeindruckenden Kutsche öffnete, die vor dem Londonderry House wartete. Timour ließ sie einsteigen und nahm den Platz ihr gegenüber ein.

"Eure Hoheit, ich bin ... ich bin ..." Sie versuchte, die richtigen Worte zu finden. Ihr Herz pochte in ihrer Brust. Jetzt, in der Enge der Kutsche, war sie zu schüchtern, ihm in die Augen zu sehen. Er war ein Wundertäter. Ein gut aussehender, liebevoller Mann, der ihr wie ein Engel in den Weg gekommen war. Er gab ihr eine neue Chance im Leben. "Wie können mein Vater und ich Ihnen jemals für all das danken, was Sie getan haben?"

"Ich bin bereits bezahlt worden, Miss Smith. Tausendmal mehr."

"Wie ist das überhaupt möglich?"

"Ich wurde mit einem diplomatischen Auftrag nach London geschickt. Leider habe ich mich dazu verleiten lassen, über das Notwendige hinauszugehen. Die Begegnung mit Ihnen hat es mir ermöglicht, die Situation zu korrigieren."

"Ich verstehe das nicht."

"Mein Land schließt einen Vertrag mit England ab. Damit soll jede Möglichkeit einer russischen Bedrohung der britischen Besitztümer in Indien verhindert werden. Zusätzlich zu diesem Abkommen hat diese Regierung darauf bestanden, dass ich eine englische Frau nehme."

Pearl erinnerte sich an das Gespräch, das sie vor Rosas Zimmer mitgehört hatte. "Und diese Frau soll Rosa Cly sein?"

"Sie oder jemand wie sie, wenn es nach dem Auswärtigen Amt geht. Aber ich bin nicht mehr bereit, das zu akzeptieren."

"Was ist mit dem Vertrag?"

Er spottete. "Du warst in Indien. Es ist viel zu wertvoll für England. Glaubst du, meine Weigerung zu heiraten würde sie davon abhalten, diese Papiere zu unterzeichnen?"

Sie glaubte das nicht, aber was wusste sie schon von diesen Dingen. "Ich bin mir immer noch nicht im Klaren darüber, welche Rolle ich bei all dem spiele."

"Nun, das ist es, was ich mir von Ihnen erhoffe." Er beugte sich vor und nahm ihre Hand. "Während des nächsten Monats werden Sie und Ihr Vater meine Gäste sein. Danach hoffe ich, dass dein Vater bereit ist, mich in den Iran zu begleiten. Für die Einfuhr und Herstellung von Textilien brauche ich jemanden mit seinem Fachwissen."

"Ich... ich weiß nicht, was ich sagen soll, außer, dass ich weiß, dass er außer sich sein wird."

"Und ich hatte gehofft, dass Sie sich bereit erklären, uns ebenfalls zu begleiten."

"Aber natürlich. Ich würde mich freuen."

Sein Daumen streichelte sanft über ihren Handrücken. Sie blickte von ihren gemeinsamen Händen zu seinem hübschen Gesicht.

"Dort kann ich Ihnen meinen Vater, meine Geschwister und ihre Familien vorstellen."

"Das wäre schön." Sie lächelte. Ihr Herz begann noch schneller zu schlagen. "Und ich verspreche dir, dass ich den Namen von jedem von ihnen lernen werde, bevor ich vorgestellt werde."

Timour lachte. "Das ist ein guter Anfang."

"Wo sollen wir anfangen? Welches ist der erste Name, den ich lernen sollte?"

"Namen." Sein Blick fiel auf ihre Lippen. "Ein Paar von ihnen, glaube ich."

"Ein paar Namen." Pearl bewegte sich auf ihn zu und hoffte, dass er sie küssen würde.

"Ich bin Hazrat-e Ajal Shahzadeh Timour Mirza. Du bist Banoo Pearl Smith."

"Warte. Warten Sie. Haben Sie mir gerade einen Titel gegeben?"

"Ja, natürlich. Die Frau des Prinzen muss immer einen Titel haben."

———

Weitere historische Romane von May McGoldrick finden Sie in ihrem preisgekrönten, abendfüllenden Roman Borrowed Dreams, *Buch 1 der Pennington Family Serie.*

Wenn Ihnen *Ein Prinz in der Speisekammer* gefallen hat, erzählen Sie doch bitte Ihren Freunden davon oder schreiben Sie eine kurze Rezension. Mundpropaganda ist der beste Freund eines Autors... und wird sehr geschätzt.

Und bevor Sie gehen, werfen Sie einen Blick auf die Vorschau von *Geborgte Träume*, die wir am Ende dieses Buches beigefügt haben.

GEBORGTE TRÄUME

Der Vorschlag...
Millicent Wentworth muss einen Weg finden, das Böse, das ihr toter Ehemann angerichtet hat, rückgängig zu machen, um ihr Anwesen zu retten und die unschuldigen Menschen zu befreien, die er versklavt. Ihre einzige Hoffnung ist eine Heirat - nur dem Namen nach - mit dem berüchtigten Witwer, dem Earl of Aytoun.

Der Bräutigam...
Am Boden zerstört durch den tragischen Unfall, bei dem seine Frau ums Leben kam und er schwer verwundet wurde, wird Lyon Pennington, vierter Earl of Aytoun, von den Anschuldigungen gequält, die ihm die Schuld an der Katastrophe geben. Voller Verzweiflung lässt er sich von seiner Mutter in eine Vernunftehe locken - einer gutherzigen Frau zuliebe, die am Rande des finanziellen Ruins steht.

Anmerkung zur Ausgabe

Die Sehnsucht... Unter Millicents sanftem Blick beginnt Lyon wieder zu Kräften zu kommen, und sein verwundetes Herz beginnt zu heilen. Und schon bald entdeckt Millicent, dass Lyon unter seinem widerspenstigen Bart und seinem grimmigen Auftreten der attraktivste - und fürsorglichste - Mann ist, dem sie je begegnet ist.

Zum ersten Mal in ihrem Leben merkt sie, dass sie lebt - mit einem schwelenden Verlangen nach dem einen Mann, den sie für immer lieben wird...

Anmerkung der Autoren

Die Leser, die unsere Geschichten verfolgt haben, wissen, dass wir munter von Romanen, die in den schottischen Highlands spielen, zu London und vom Mittelalter zum Regency und darüber hinaus springen. Wir hoffen, dass Ihnen die Abwechslung in den Geschichten und die Figuren, die wir erschaffen, gefallen.

Unseren neuen Lesern möchten wir dafür danken, dass sie an einer Geschichte teilhaben, die wir schon seit einiger Zeit erzählen wollten. Wie immer haben wir versucht, einen Ort und eine Zeit so darzustellen, dass sich das Reale und das Imaginäre auf unterhaltsame Weise vermischen. Berkeley Square, Covent Garden und Regency Park sind natürlich reale Orte. Und für die Figuren in *Ein Prinz in der Speisekammer* haben wir uns von Nikoos Qajar-Vorfahren inspirieren lassen, die jahrhundertelang den Iran regierten.

Die Vorschau am Ende dieses Buches ist *Geborgte Träume*, der erste Teil der Pennington-Familienserie. In diesem preisgekrönten Roman erhält eine wunderbare Frau namens Millicent Wentworth, die den Lesern in *Geheime Gelübde* vorgestellt wurde, eine zweite Chance auf Glück mit dem berüchtigten und schwer verletzten "Lord of Scandal", Lyon Pennington, Earl of Aytoun. Die Rezensenten haben dies als eine neue Variante der Geschichte von

Anmerkung der Autoren

der Schönen und dem Biest bezeichnet. Wir hoffen, dass Sie einen Blick darauf werfen.

Viele unserer Leser werden sich daran erinnern, dass diese Geschichten Teil der Reihe von Romanen und Novellen sind, aus denen die generationenübergreifende Pennington Family-Reihe besteht:

Geheime Gelübde (*USA Today* Bestseller) - Auf einer verzweifelten Reise nach Amerika rennt Rebecca Neville um ihr Leben und verspricht der sterbenden Frau des Earl of Stanmore, ihren neugeborenen Sohn James aufzuziehen und für ihn zu sorgen. Zehn Jahre später erfährt der Earl of Stanmore von dem Jungen. Er schickt in die Kolonien, um seinen jungen Erben zu holen, damit er ihn als Adligen des Königreichs aufziehen kann. Ohne die Absicht, ihr Gelübde zu brechen, kehrt Rebecca mit James nach England zurück, um sich einer Zukunft ohne ihren geliebten Schützling zu stellen, aber sie muss sich auch ihrer turbulenten Vergangenheit stellen.

Die Rebellin - Jane Purefoy, Tochter eines englischen Richters, nimmt die Gestalt des berüchtigten irischen Rebellen Egan an und führt eine geheime Gruppe von Revolutionären gegen die Brutalität der Kolonialtruppen an. Sir Nicholas Spencer ist auf dem Weg nach Irland, um Janes jüngerer Schwester den Hof zu machen. Als er sich mit Egan anlegt, entlarvt Sir Nicholas den legendären Rebellen und entdeckt dabei Jane. Von ihr verzaubert, beschließt er, ihr Geheimnis für sich zu behalten, und lässt sich auf einen riskanten Verführungsplan ein, der ihre Familie ins Chaos, ein Land in die Rebellion und sein Herz in den Strudel einer Liebe stürzen wird, die niemals sein kann.

Geborgte Träume (*RT Award for Best British-Set Historical*) - Getrieben von dem Wunsch, das von ihrem toten Ehemann angerichtete Übel ungeschehen zu machen, und vom finanziellen Ruin bedroht, muss Millicent Wentworth eine Zweckehe mit dem berüchtigten "Lord of Scandal" Lyon Pennington, dem Earl of

Anmerkung der Autoren

Aytoun, eingehen. Lyon ist ein Mann, der durch einen tragischen Unfall, bei dem seine erste Frau ums Leben kam und er schwer verwundet wurde, am Boden zerstört ist. Voller Verzweiflung lässt er sich widerwillig in die unerwünschte Ehe locken. Eine neue Variante von Die Schöne und das Biest.

Gefangene Träume - Portia Edwards ist bereit, alles zu tun, um die Familie zu finden, die sie nie gekannt hat. Und als sie den Händler Pierce Pennington trifft - den entfremdeten jüngeren Bruder von Lyon Pennington - hat Portia die perfekte Gelegenheit, ihn um Hilfe zu bitten. Doch ihr sturer Stolz lässt sie schweigen. Das heißt, bis sie erkennt, dass sie sich zu dem mutigen Mann hingezogen fühlt, der nachts als der berüchtigte Captain MacHeath bekannt ist, der im Namen der Freiheit Waffen über das Meer schmuggelt...

Träume des Schicksals - Der durch einen Skandal und den ungeklärten Mord an seiner Schwägerin verletzte David Pennington ist nach außen hin frech und arrogant. Doch nichts kann ihn davon abhalten, seine Jugendfreundin Gwyneth Douglas nach Schottland zu begleiten, um die schottische Erbin vor Glücksjägern zu retten. Doch mit ihrer Ankunft in Schottland kommt eine schreckliche Gefahr. Wenn sie jemals hoffen wollen, lang verborgene Wünsche zu erfüllen, müssen sie das Böse vereiteln, das ihr beider Leben zu zerstören droht...

Romanze mit dem Schotten - Hugh Pennington, ein Held der napoleonischen Kriege, ist jetzt ein trauernder Witwer mit einem Todeswunsch. Als er eine erwartete Kiste vom Kontinent erhält, ist er schockiert, als er darin eine fast tote Frau findet. Ihre Identität ist unbekannt, und die Handvoll amerikanischer Münzen und der wertvolle Diamant, der in ihr Kleid eingenäht ist, vertiefen das Rätsel nur noch. Grace Ware ist eine Feindin der englischen Krone. Auf der Flucht vor den Mördern ihres Vaters hat sie nicht damit gerechnet, dass das Unglück sie in das Haus eines Aristokraten in den schottischen Borders verschlägt. Während sie sich

263

Anmerkung der Autoren

bemüht, ihre Identität geheim zu halten, wird aus einem Duell des Verstandes schnell Leidenschaft und Romantik ... bis die Gefahr vor den Toren von Baronsford steht und droht, die beiden Liebenden auseinander zu reißen oder sie beide zu zerstören.

Weihnachten in den Highlands (*RITA© Award Finalist*) - Freya Sutherland ist eine verzweifelte Tante, die versucht, das Sorgerecht für ihre frühreife junge Nichte Ella zu behalten, selbst wenn das bedeutet, dass sie aus Sicherheitsgründen statt aus Liebe heiratet. Der kürzlich in den Ruhestand getretene Captain Gregory Pennington wünscht sich nichts sehnlicher, als rechtzeitig zu Weihnachten zu Hause zu sein, aber er wird gebeten, einige Reisende von den Highlands zu den Borders zu begleiten. Seine Pläne sehen keine Frau und kein Kind vor, und Freya hat die Verantwortung als Ellas Vormund. Da Ella sich verschworen hat, die beiden zusammenzubringen, könnten Penn und Freya ein wenig Weihnachtszauber erleben.

Es Geschah in den Highlands - Lady Josephine Penningtons Leben wurde beinahe zerstört, als sich Gerüchte über ihre fragwürdige Abstammung verbreiteten. Als sie Jahre später ein Paket aus den Highlands erhält, das Skizzen einer Frau enthält, die ihr unheimlich ähnlich sieht, glaubt Jo, einen Hinweis auf die Identität ihrer leiblichen Mutter gefunden zu haben. Als Captain Wynne Melfort vor sechzehn Jahren gezwungen war, seine Verlobung mit Jo Pennington zu lösen, hätte er nie gedacht, dass er sie wiedersehen würde. Mehr noch, er hätte nie erwartet, dass längst tot geglaubte Gefühle wieder auftauchen würden. Während sie sich bemühen, das Geheimnis ihrer Geburt zu lüften, muss Jo lernen, Wynne zu vertrauen. Und als die Geheimnisse der Vergangenheit an die Oberfläche kommen, werden böse Mächte vor nichts Halt machen, um Jo daran zu hindern, die Wahrheit aufzudecken und ihr Erbe zurückzuerobern.

Schlaflos in Schottland - Lady Phoebe Pennington riskiert ihr Leben, um Edinburghs korrupte politische Führer zu entlarven, und steigt sogar in die brodelnde Unterwelt der Stadt hinab. Dann entgeht sie eines Nachts nur knapp dem Tod und landet in den Armen des Bruders ihrer ermordeten besten Freundin. Captain Ian Bell ist ein gequälter Mann, der mit der Trauer und den Schuldgefühlen über den Verlust seiner Schwester kämpft, und er jagt immer noch ihren Mörder. Das Schicksal hat sie zusammengeführt, aber Vertrauen ist schwer zu fassen, und in den dunklen Gassen der Stadt lauert die Gefahr. Denn Phoebe ist die Einzige, die das Gesicht des Mörders ihrer Freundin gesehen hat, und die düsteren Schatten des Bösen sind näher, als sie und Ian ahnen.

Liebste Millie - Lady Millie Penningtons Zukunft sieht rosig aus, bis das Schicksal ihr eine tragische Nachricht in Form einer Krebserkrankung zukommen lässt. Dermot McKendry ist ein ehemaliger Chirurg der Royal Navy, der zurückgekehrt ist, um ein Krankenhaus in den Highlands zu eröffnen. Die Vorsehung führt sie zusammen, aber die Katastrophen des Lebens werden die Heilkraft des menschlichen Herzens auf eine harte Probe stellen.

Wie Man Einen Herzog Ablehnt - Lady Taylor Fleming ist eine Erbin, der ein Verehrer auf den Fersen ist. Ihr Schritt-für-Schritt-Plan, ihn loszuwerden, ist einfach. Doch der Herzog von Bamberg ist alles andere als einfach. Taylor versucht, in die Zuflucht der Highlands zu fliehen, aber ihre Pläne werden kompliziert, als der Herzog vor ihrer Tür steht und ihre treuen Verbündeten sie im Stich lassen. Und selbst bei den besten Plänen können die Dinge schief gehen...

Ein Prinz in der Speisekamme - Prinz Timour Mirza, ein persischer Thronfolger, ist in diplomatischer Mission in England, um sich eine Frau zu suchen. Anstatt einen großen Ball zu besuchen, sehnt sich Timour nach einer letzten Nacht in Freiheit. Pearl Smith ist inmitten der Londoner Tonne aufgewachsen. Doch ein Schicksalsschlag hat ihren Vater ins Schuldnergefängnis gebracht, und sie ist gezwungen, unter der Treppe zu arbeiten, als unfreiwilliges Opfer des bösartigen Neides eines ehemaligen

Anmerkung der Autoren

Freundes. Aber es gibt Magie im Licht des Vollmonds, und die Liebe kann kommen, wenn man sie am wenigsten erwartet...

Als Autoren lieben wir Feedback. Wir schreiben unsere Geschichten für unsere Leser, und wir würden gerne von Ihnen hören. Wir lernen ständig dazu, also helfen Sie uns bitte, Geschichten zu schreiben, die Sie schätzen und Ihren Freunden empfehlen werden. Bitte melden Sie sich für Neuigkeiten und Updates an und folgen Sie uns auf BookBub.

Und schließlich, wenn Ihnen *Ein Prinz in der Speisekammer* gefallen hat, hinterlassen Sie bitte eine Online-Bewertung.

Besuchen Sie uns auf unserer Website -
www.MayMcGoldrick.com

Vorschau auf GEBORGTE TRÄUME

Ein Pennington-Familienroman

London

"Wir fahren in die falsche Richtung, Mylady!"

"Anstatt an der alten Temple Bar nach Westen abzubiegen, war die Kutsche auf der Fleet Street nach Osten abgebogen, und der Kutscher peitschte sein Gespann nun durch den regen Verkehr in die City. Der Anwalt hob die Spitze seines Stocks auf das Dach der Kutsche, um die Aufmerksamkeit des Fahrers zu erregen, aber die Berührung von Millicents behandschuhter Hand an seinem Ärmel ließ ihn innehalten.

"Er geht dorthin, wohin man ihn geschickt hat, Sir Oliver. Ich habe eine dringende Angelegenheit, um die ich mich an den Anlegestellen kümmern muss."

"An den Kaianlagen? Aber... aber wir sind schon etwas in Zeitnot für Ihren Termin, Mylady."

"Das wird nicht sehr lange dauern."

Etwas erleichtert ließ er sich in den Sitz zurücksinken. "Da wir noch ein wenig Zeit haben, könnte ich Ihnen vielleicht ein paar Fragen über die geheimnisvolle Natur dieses Treffens stellen, zu dem wir heute Morgen gerufen wurden."

"Bitte, Sir Oliver", flehte Millicent leise. "Können Ihre Fragen

267

bis nach meinem Geschäft an den Anlegestellen warten? Ich fürchte, mein Geist ist im Moment ziemlich abgelenkt."

All seine Fragen verhallten auf der Zunge des Mannes, während Lady Wentworth ihr Gesicht dem Fenster und der vorbeiziehenden Straßenszene zuwandte. Kurze Zeit später fuhr die Kutsche an der St. Paul's Cathedral vorbei und bahnte sich ihren Weg durch eine raue und stinkende Gegend in Richtung Themse. Als sie die Fish Street mit ihren verfallenen Schuppen und Lagerhäusern durchquerten, konnte sich der Anwalt nicht mehr zurückhalten.

"Würden Sie mir wenigstens sagen, um was für ein Geschäft es sich bei den Kaianlagen handelt, Mylady?"

"Wir gehen zu einer Auktion."

Oliver Birch blickte aus dem Fenster auf die wogende Menge von Arbeitern, Taschendieben und Huren. "Mylady, ich hoffe, Sie beabsichtigen, in der Kutsche zu bleiben, und dass Sie mir erlauben, einen der Stallknechte anzuweisen, das zu besorgen, was Sie suchen."

"Es tut mir leid, Sir, aber ich muss mich unbedingt selbst darum kümmern."

Der Anwalt hielt sich an der Seite der schaukelnden Kutsche fest, als der Kutscher in den Innenhof eines verfallenen Gebäudewracks in Brooke's Wharf einbog. Vor dem Fenster stand eine seltsame Mischung aus gut gekleideten Herren und schäbigen Kaufleuten und Seeleuten, die einer Auktion beiwohnten, die, wie es aussah, bereits in vollem Gange war.

"Nennen Sie mir wenigstens die Einzelheiten dessen, was Sie hier zu tun gedenken, Lady Wentworth." Birch kletterte zuerst aus der Kutsche. Trotz des beißenden Windes von der Themse waren die Gerüche des Ortes - in Verbindung mit dem Gestank des Flussufers - entsetzlich.

"Ich habe heute Morgen in der *Gazette* von der Auktion gelesen. Es geht um den Verkauf des Nachlasses eines verstorbenen Arztes namens Dombey. Der ruinierte Mann ist letzten Monat aus Jamaika zurückgekehrt." Sie zog die Kapuze ihres Wollmantels hoch und nahm seine Hand an, als sie aus dem Haus trat. "Bevor er ins Schuldnergefängnis kam, erlag er vor etwa zehn Tagen seiner Krankheit."

Birch musste sich beeilen, um mit Millicent Schritt zu halten, als sie sich durch die Menge in die erste Reihe drängte. "Und was, wenn ich fragen darf, ist an Dr. Dombeys Nachlass für Sie von Interesse?"

Sie antwortete nicht, und der Anwalt stellte fest, dass die grauen Augen seiner Mandantin ängstlich die persönlichen Gegenstände durchsuchten, die auf einem behelfsmäßigen Podest ausgebreitet waren. "Ich hoffe, ich bin nicht zu spät."

Der Anwalt stellte keine weiteren Fragen mehr, als Millicents Aufmerksamkeit sich auf die breiten Türen richtete, die in das Gebäude führten. Der Gerichtsvollzieher schleppte eine gebrechlich aussehende Afrikanerin heraus, die in eine zerschlissene Decke gehüllt war und darunter nur ein schmutziges Hemd trug. Auf dem Podest wurde eine Kiste abgestellt, und die alte Frau - an Hals, Händen und Füßen gefesselt - wurde grob darauf gestoßen.

Birch schloss für einen Moment die Augen, um seine Abscheu vor diesem Beweis für den barbarischen und unehrenhaften Handel zu beherrschen, der die Nation weiterhin verfluchte ... trotz Lord Henleys Bemerkungen, dass jeder Sklave, der einen Fuß nach England setzte, frei war.

"Seht her, meine Herren. Diese Sklavin hier war Dr. Dombeys persönliches Dienstmädchen", rief der Auktionator. "Sie ist die einzige Negerin, die der Mediziner aus Jamaika mitgebracht hat. Ja, sicher, mit ihrem faltigen Gesicht sieht sie aus wie ein Rumtopf. Und sie ist in einem Alter, das Methusalem Konkurrenz macht. Aber, meine Herren, sie soll eine werthaltige afrikanische Königin sein, und hell wie Kristall, sagt man mir. Obwohl sie gut dreißig Pfund wert ist, sollten wir mit dem Bieten beginnen... bei einem Pfund."

In der Gruppe wurde laut gejohlt und gelacht.

"Hört zu, liebe Leute. Wie wär's denn mit zehn Schilling?", verkündete der Auktionator über das Gebrüll der Menge hinweg. "Sie hat gute Zähne, sie hat." Er zog den Mund der Frau grob auf.

Auf den rissigen Lippen befanden sich Blutkrusten. "Zehn Schilling? Wer bietet mehr als zehn Schilling?"

"Wozu ist sie gut?", rief jemand.

"Fünf, Gennelmen. Wer fängt uns um fünf an?" "Die Frau ist nichts weiter als eine Müllsklavin", antwortete ein anderer. "Wären wir in Port Royal, würde man sie auf dem Kai verrecken lassen."

Birch sah Millicent besorgt an und entdeckte einen Ausdruck des Schmerzes in ihrem Gesicht. Tränen schimmerten an den Rändern ihrer Augenlider.

"Das ist kein Ort, an dem Ihr sein solltet, Mylady", flüsterte er leise. "Es ist nicht richtig, dass Ihr das mitansehen müsst. Was immer Ihr auch wolltet, es muss schon weg sein."

"In der Anzeige stand, sie sei ein schönes afrikanisches Mädchen." Ein Angestellter mittleren Alters, der am Rande des Bahnsteigs stand, warf der alten Frau eine zerknitterte *Zeitung zu*. "Die ist doch viel zu alt, um noch gut zu sein für..."

"Fünf Pfund", rief Millicent.

Alle Augen im Saal richteten sich auf sie, und es wurde still. Selbst der Auktionator schien für einen Moment sprachlos zu sein. Birch sah, wie sich die faltigen Augenlider der Frau einen Spalt öffneten und Millicent anstarrten.

"Ja, Eure Ladyschaft. Ihr Gebot ist in fer-"

"Sechs Pfund." Ein zweites Gebot von jemandem aus der Menge brachte den Auktionator wieder zum Schweigen. Alle Köpfe drehten sich unisono zum hinteren Teil des Auktionshofs.

"Sieben", antwortete Millicent.

"Acht".

Auf dem Bahnsteig grinste der Mann, als sich die Menge teilte und ein adrett gekleideter Angestellter eine zusammengerollte Zeitung in die Höhe hielt. "Wie ich sehe, ist Mr. Hyde's Angestellter anwesend. Vielen Dank für Ihr Angebot, Harry."

"Zehn Pfund", sagte Millicent mit großer Vehemenz.

Birch überprüfte die zahlreichen Kutschen im Hof und fragte sich, aus welcher von ihnen Jasper Hyde seine Befehle erteilen würde. Der Engländer, ein großer Plantagenbesitzer auf den

Westindischen Inseln und angeblich ein guter Freund des verstorbenen Squire Wentworth, hatte keine Zeit verschwendet, um nach dessen Tod alle Besitztümer des Squire in der Karibik zu übernehmen, um die Schulden zu begleichen, die Wentworth ihm geschuldet hatte. Und als ob das noch nicht genug wäre, hatte sich Mr. Hyde seit seiner Ankunft in England als Lady Wentworths Hauptfeind positioniert, indem er die restlichen Wechsel und Schuldscheine aufkaufte, die der Gutsherr hinterlassen hatte.

"Zwanzig."

Es gab ein lautes, ungläubiges Aufatmen und die Menge begann, sich unruhig zu bewegen.

"Dreißig."

Der Anwalt wandte sich an Millicent. "Er spielt mit Ihnen, Mylady", sagte er leise. "Ich glaube nicht, dass es klug wäre..."

"Fünfzig Pfund", rief der Angestellte ohne eine Spur von Rührung.

Eine Gruppe von Matrosen am Rande des Bahnsteigs drehte sich um und schimpfte laut über den Angestellten, weil er den Preis in die Höhe trieb.

"Ich kann ihn das nicht tun lassen. Dr. Dombey und diese Frau haben viel Zeit auf Wentworths Plantagen in Jamaika verbracht. Nach den Geschichten, die ich von Jonah und einigen anderen in Melbury Hall gehört habe, war sie eine wichtige Person für sie." Sie nickte dem Auktionator zu. "Sechzig Pfund."

Birch beobachtete, wie sich der Angestellte von Jasper Hyde ein wenig zu winden schien. Der Mann drehte sich um und blickte in Richtung der Kutschen. Die gerollte Zeitung erhob sich in die Luft, bevor der Anrufer das letzte Gebot wiederholen konnte.

"Siebzig."

Das Grummeln in der Menge wurde immer lauter. Es gab scharfe Kommentare, die besagten, er solle der Frau den Sklaven überlassen. Ein paar Matrosen näherten sich bedrohlich dem Schreiber und murmelten spöttische Obszönitäten.

"Das ist alles ein krankes Spiel für Mr. Hyde", flüsterte Millicent und wandte sich von der Plattform ab. "Es gibt viele Geschichten über seine Brutalität auf den Plantagen. Die

Vorschau auf GEBORGTE TRÄUME

Geschichten über das, was er getan hat, nachdem er das Land und die Sklaven meines Mannes in Besitz genommen hat, sind sogar noch schlimmer. Er ist niemandem Rechenschaft schuldig und schert sich nicht um die wenigen Gesetze, die dort gelten. Aber diese Frau hat alles miterlebt. Er wird ihr wehtun. Sie vielleicht sogar töten." Ihre Hände ballten sich zu Fäusten. "Sir Oliver, das bin ich meinem Volk schuldig, nach all dem Leid, das Wentworth verursacht hat. Ich kann nicht guten Gewissens den Rücken kehren, wenn ich diese Frau retten kann. Nicht, wenn ich all die anderen, die Hyde entführt hat, im Stich gelassen habe."

"Ist das alles, meine Dame?", fragte der Auktionator. "Sie geben nach?"

"Achtzig", antwortete sie mit zitternder Stimme.

"Das können Sie sich nicht leisten, Mylady", sagte Birch fest, aber leise. "Denken Sie an die Schuldscheine, die Hyde noch von Ihrem Mann hat. Sie haben das Datum der Rückzahlung einmal hinausgeschoben. Aber nächsten Monat werden sie alle fällig, und Sie haften persönlich, mit allem, was Sie besitzen. Und das schließt Melbury Hall ein. Sie können nicht noch mehr Öl in sein Feuer gießen."

"Einhundert Pfund." Der Schrei des Angestellten wurde sofort von einer lauten Reaktion der Menge verschluckt. Birch beobachtete, wie der Mann ein paar nervöse Schritte in Richtung der Kutschen machte, während die gleichen wütenden Matrosen sich ihm näherten.

"Eins zehn, Mylady?", rief der Auktionator aufgeregt grinsend vom Podium aus.

"Du kannst nicht alle retten, Millicent", flüsterte Birch scharf. Als er vor einem Jahr vom Grafen und der Gräfin von Stanmore gebeten wurde, Lady Wentworth in ihren Rechtsangelegenheiten zu vertreten, hatte man ihn auch über das große Mitgefühl der Frau für die Afrikaner informiert, die ihr verstorbener Mann als Sklaven gehalten hatte. Aber seine Erwartungen waren nicht annähernd so groß wie die Leidenschaft, die er seitdem erlebt hatte.

"Das weiß ich, Sir Oliver."

"Nach allem, was wir wissen, könnte er diese Frau bereits besitzen. Genauso wie er alle Geldscheine des verstorbenen Gutsherrn erworben hat, könnte er dasselbe mit Dombey getan haben. Vielleicht ist das nur Jasper Hyde's Art, die letzten verfügbaren Gelder abzuschöpfen."

Als seine Worte verklungen waren, sackten Millicents Schultern in sich zusammen. Sie wischte sich eine Träne aus dem Gesicht, drehte sich um und machte sich auf den Weg zu ihrer Kutsche. Auf halbem Weg aus dem Hof drehte sie sich jedoch um und hob eine Hand.

"Einhundertzehn".

Aus der Menge ertönte ein Aufschrei. Allmählich lösten sich die Leute, bis sie dem blassen Angestellten über den Schlamm und Schmutz des Hofes hinweg gegenüberstand. Der Mann, der sich bereits an den hinteren Rand der Menge zurückgezogen hatte, schüttelte den Kopf über den Auktionator und blickte wieder zu Millicent.

"Lady Wentworth kann ihren Neger zum Preis von hundertzehn Pfund haben."

Die spöttischen Töne des Mannes, begleitet von seinem Hohn, veranlassten die Matrosen, ihre letzte Zurückhaltung zu verlieren, und zwei von ihnen liefen ihm nach. Der Schreiber drehte sich um und stürmte aus dem Hof. Als Birch ihn rennen sah, verspürte er den Drang, dem Schreiber selbst nachzulaufen. Für den Anwalt gab es keinen Zweifel daran, dass diese Tortur arrangiert worden war. Im nächsten Moment kehrten die Matrosen mit leeren Händen zurück.

Sie legte ihre Hand sanft auf seinen Arm. "Ungeachtet der Handlungen von Mr. Hyde musste ich das Leben dieser Frau retten, Sir Oliver."

Millicent Gregory Wentworth war weder eine große Schönheit, noch konnte man ihren Sinn für Stil nach den Maßstäben der Londoner *Tonne* als "*au courant*" bezeichnen. Aber was ihr in diesen Bereichen fehlte - und an falschem Stolz, der in letzter Zeit so in Mode war - machte sie durch Würde und Menschlichkeit wett. Und das alles trotz eines Lebens voller Unterdrückung und Pech.

Birch nickte seiner Kundin respektvoll zu. "Warum warten Sie nicht in der Kutsche, Mylady. Ich würde mich gerne hier um die Details kümmern."

Ein kleiner Schreibtisch wurde hochgereicht und genau dort platziert, wo die Sklavin einen Moment zuvor gestanden hatte. Millicent beobachtete, wie mehrere Mitglieder der Menge nach vorne drängten, um einen besseren Blick auf das Möbelstück zu werfen. Sie interessierten sich weit mehr für diesen Gegenstand als für das menschliche Wesen, das vor ihm versteigert wurde. Nur der Wettbewerb der Bieter hatte ihre Aufmerksamkeit erregt. Sie drehte sich um und beobachtete, wie die Frau über den Hof geführt wurde, während Sir Oliver hinter ihr herlief.

Millicent war entsetzt über die ganze Angelegenheit und drängte sich durch die Menge zur Kutsche.

"Sie wird heute Nachmittag in mein Büro gebracht", sagte Birch, nachdem er einige Zeit später eingetreten war. "Und da Sie nicht wünschen, dass sie zu Ihrer Schwester gebracht wird, werde ich für sie einen Platz organisieren, bis Sie bereit sind, nach Melbury Hall zu gehen.

"Danke. Wir werden morgen früh abreisen", antwortete Millicent.

"Seien Sie versichert, Mylady, alles wird mit äußerster Diskretion gehandhabt werden."

"Ich weiß, dass es so sein wird", sagte sie leise und blickte aus dem kleinen Fenster des Wagens auf die Tür des Schuppens, in den die alte Frau gebracht worden war. Millicent konnte nicht anders, als sich Gedanken darüber zu machen, wie viel Schmerz diese schrecklichen Menschen ihr noch zufügen würden, bevor sie am Nachmittag in die Kanzlei des Anwalts gebracht wurde.

Während sie schweigend durch die Stadt ritten, dachte sie an das Geld, das sie gerade ausgegeben hatte. Hundertzehn Pfund entsprachen den sieben Monatsgehältern aller zwanzig Bediensteten, die sie in Melbury Hall beschäftigte, die Feldarbeiter nicht mitgerechnet. Es stimmte, dass der Kauf der schwarzen Frau einen tiefen Einschnitt in ihre rasch schwindenden Mittel bedeuten würde. Und dabei dachte sie noch nicht einmal an das

Geld, das sie im nächsten Monat an Jasper Hyde zahlen musste. Millicent rieb sich mit den Fingern über einen dumpfen Schmerz in der Schläfe und versuchte, nur daran zu denken, wie viel Gutes es bringen würde, diese Frau nach Hertfordshire zurückzubringen.

"Lady Wentworth", sagte der Anwalt schließlich und brach das Schweigen, als sie sich ihrem Ziel näherten, "wir können Ihre Verabredung mit der Dowager Countess Aytoun nicht länger hinauszögern. Ich tappe immer noch völlig im Dunkeln, warum wir dorthin fahren."

"Damit sind wir schon zwei, Sir Oliver", antwortete sie müde. "Ihr Schreiben, in dem sie mich zu einem Treffen mit ihr einlud, kam vor drei Tagen in Melbury Hall an, und ihr Bräutigam blieb, bis ich ihr eine Antwort schickte. Ich sollte heute um elf Uhr morgens mit meinem Anwalt im Stadthaus des Earl of Aytoun am Hanover Square eintreffen. Mehr wurde nicht gesagt."

"Das klingt sehr abrupt. Kennen Sie die Gräfin?"

Millicent schüttelte den Kopf. "Ich kenne ihn nicht. Aber andererseits kannte ich vor einem Jahr auch Mr. Jasper Hyde nicht. Auch nicht das andere halbe Dutzend Gläubiger, die sich seit Wentworths Tod von allen Seiten um mich bemühen." Sie zog den Mantel fester um sich. "Eines habe ich in den letzten anderthalb Jahren gelernt: Vor denen, denen mein Mann Geld schuldete, kann man sich nicht verstecken. Ich muss mich ihnen stellen - einem nach dem anderen - und versuchen, eine vernünftige Vereinbarung zu treffen, um es ihnen zurückzuzahlen."

"Sie wissen, dass ich Sie für Ihre Bemühungen sehr bewundere, aber wir beide wissen, dass Sie schon fast über den Punkt der Genesung hinaus belastet sind." Er hielt inne. "Sie haben einige sehr großzügige Freunde, Lady Wentworth. Wenn Sie mir erlauben würden, ihnen auch nur einen Hauch von Ihrer Not zu verraten..."

"Nein, Sir", sagte sie scharf. "Ich finde es keine Schande, arm zu sein. Aber ich finde es sehr entehrend, zu betteln. Bitte, ich will nichts mehr hören."

"Wie Ihr wünscht, Mylady."

Millicent nickte ihrem Anwalt dankbar zu. Sir Oliver hatte ihr bereits gute Dienste geleistet, und sie vertraute darauf, dass er ihre Bitte erfüllen würde.

"Um Sie ein wenig zu beruhigen", fuhr er fort, "sollten Sie wissen, dass die Dowager Countess Aytoun gesellschaftlich ganz anders gestellt ist als Mr. Hyde oder Ihr verstorbener Mann. Sie ist eine Frau von großem Reichtum, aber es heißt, sie sei äußerst... nun ja, vorsichtig mit ihrem Geld. Manche sagen, sie sei so knauserig, dass ihre eigenen Bediensteten um ihren Lohn kämpfen müssen. Kurzum, ich kann mir nicht vorstellen, dass sie Squire Wentworth Geld leiht."

"Ich bin erleichtert, das zu hören. Ich hätte wissen müssen, dass wir bei Ihrer Liebe zum Detail nicht völlig unvorbereitet in dieses Treffen gehen würden. Was haben Sie noch über sie erfahren?"

"Ein paar Dinge, Mylady. Der Vorname von Lady Pennington ist Beatrice. Sie ist seit über fünf Jahren Witwe. Sie ist gebürtige Schottin, in ihren Adern fließt das Blut der Highlander. Sie stammt aus einer alten Familie und hat außerdem gut geheiratet."

"Hat sie Kinder?"

"Drei Söhne. Alle jetzt Männer. Lyon Pennington ist der vierte Earl of Aytoun. Der zweite Sohn, Pierce Pennington, hat offenbar trotz des Embargos ein Vermögen in den amerikanischen Kolonien gemacht. Und David Pennington, der Jüngste, ist Offizier in der Armee Seiner Majestät. Die Gräfin selbst führte ein sehr ruhiges Leben, bis es im vergangenen Sommer zu dem Skandal kam, der ihre Familie auseinander riss."

"Skandal?"

Sir Oliver nickte. "In der Tat, Mylady. Es ging um eine junge Dame namens Emma Douglas. Soweit ich weiß, waren alle drei Brüder in sie vernarrt. Sie heiratete schließlich den ältesten Bruder und wurde vor zwei Jahren Gräfin von Aytoun."

Das klang kaum skandalös, aber Millicent hatte keine Gelegenheit, weitere Fragen zu stellen, als ihre Kutsche vor einem eleganten Herrenhaus am Hanover Square zum Stehen kam. Ein Lakai in goldverzierter Livree begrüßte sie, als er die Tür der

Kutsche öffnete. Ein weiterer Diener begleitete sie die breiten Marmorstufen hinauf zur Eingangstür. In der Eingangshalle des Anwesens wurden sie von einem weiteren Diener begrüßt. Als Millicent ihren Mantel ablegte, fiel ihr Blick auf die halbrunde Nische am anderen Ende der Halle und die kunstvollen vergoldeten Schnörkel und Rosetten, die die hohe gemusterte Decke zierten. In einem Empfangsbereich hinter einer offenen Tür konnte sie Polstermöbel aus tiefem Nussbaumholz von Sheraton und Chippendale sehen, die geschmackvoll im Raum verteilt waren, während stattliche Teppiche die blank polierten Böden bedeckten.

Ein hochgewachsener, älterer Steward trat heran und teilte ihnen mit, dass die Witwe auf sie warte.

"Was war der Grund für den Skandal?", flüsterte sie, als sie dem Verwalter und einem anderen Diener die geschwungene runde Treppe hinauf in einen Salon folgten.

"Nur Gerüchte, Mylady", flüsterte Birch, "dass der Earl seine Frau ermordet hat."

"Aber das ist..."

Sie blieb stehen, als die Tür zum Salon geöffnet wurde. Millicent versuchte, ihren Schock und ihre Neugier zu zügeln und trat ein, als sie angekündigt wurden.

In dem gemütlichen, gut ausgestatteten Raum befanden sich vier Personen: die Grafenwitwe, ein blasser Herr, der an einem Schreibtisch mit einem aufgeschlagenen Hauptbuch stand, und zwei Kammerzofen.

Lady Aytoun war eine ältere Frau, die sich offensichtlich in einem schlechten Gesundheitszustand befand. Sie saß auf einem Sofa mit Kissen hinter sich und einer Decke auf ihrem Schoß. Blaue Augen musterten die Besucher hinter einer Brille.

Millicent machte einen kleinen Knicks. "Wir entschuldigen uns, Mylady, für die Verspätung.

"Haben Sie die Auktion gewonnen?" Die Plötzlichkeit der Witwe veranlasste Millicent, überrascht zu Sir Oliver hinüberzusehen. Er schien ebenso verblüfft wie sie. "Die Afrikanerin. Haben Sie die Auktion gewonnen?"

Vorschau auf GEBORGTE TRÄUME

"Ich ... ich habe es getan", brachte sie heraus. "Aber woher wussten Sie davon?"

"Wie viel?"

Millicent ärgerte sich über die Anfrage, aber gleichzeitig schämte sie sich nicht für ihre Tat. "Einhundertzehn Pfund. Obwohl ich Ihnen sagen muss, dass ich nicht weiß, was es mich angeht..."

"Fügen Sie es der Rechnung hinzu, Sir Richard." Die Witwe winkte dem Herrn, der immer noch am Schreibtisch stand, mit der Hand zu. "Eine würdige Sache."

Sir Oliver trat vor. "Darf ich sagen, Mylady..."

"Bitte, sparen Sie sich das Geschwätz, junger Mann. Kommt und setzt Euch. Ihr beide."

Millicents Anwalt, der wahrscheinlich seit Jahrzehnten nicht mehr mit "junger Mann" angesprochen worden war, starrte einen Moment lang mit offenem Mund. Dann, als er und Millicent taten, was ihnen aufgetragen wurde, entließ die Gräfin die Dienerschaft mit einer Handbewegung.

"Sehr gut. Ich kenne Sie beide, und Sie kennen mich. Der bleichgesichtige Knochenmann dort drüben ist mein Anwalt, Sir Richard Maitland. Die alte Frau hob eine Augenbraue in Richtung ihres Anwalts, der sich steif verbeugte und sich setzte. "Und jetzt der Grund, warum ich Sie hierher eingeladen habe."

Millicent konnte nicht einmal erahnen, was als nächstes kommen würde.

"In meinem Namen handelnde Personen haben mir schon seit einiger Zeit von Ihnen berichtet, Lady Wentworth. Sie haben meine Erwartungen übertroffen." Lady Aytoun nahm ihre Brille ab. "Kein Grund zur Trödelei. Sie sind hier, weil ich Ihnen ein Geschäft vorschlagen möchte."

"Ein Geschäftsvorschlag?" murmelte Millicent.

"In der Tat. Ich möchte, dass du meinen Sohn, den Earl of Aytoun, heiratest. Mit einer speziellen Lizenz. Heute noch."

About the Author

Die USA Today-Bestsellerautoren Nikoo und Jim McGoldrick haben unter den Pseudonymen May McGoldrick, Jan Coffey und Nik James über fünfzig rasante, konfliktreiche Romane sowie zwei Sachbücher verfasst.

 Diese beliebten und produktiven Autoren schreiben historische Liebesromane, Spannungsromane, Krimis, historische Western und Romane für junge Erwachsene. Sie sind viermalige Finalisten des Rita Award und haben zahlreiche Auszeichnungen für ihre Werke erhalten, darunter den Daphne DuMaurier Award for Excellence, eine Will Rogers Medallion, den *Romantic Times Magazine* Reviewers' Choice Award, drei NJRW Golden Leaf Awards, zwei Holt Medallions und den Connecticut Press Club Award for Best Fiction. Ihr Werk ist in der Sammlung der Popular Culture Library des National Museum of Scotland enthalten.

Milton Keynes UK
Ingram Content Group UK Ltd.
UKHW030303050924
447823UK00004B/333